चक्रव्यूह

AF541468

वेद प्रकाश शर्मा

पेंगुइन रैंडम हाउस इम्प्रिंट

हिन्द पॉकेट बुक्स

यूएसए। कनाडा। यूके। आयरलैंड। ऑस्ट्रेलिया। सिंगापुर
न्यू ज़ीलैंड। भारत। दक्षिण अफ्रीका। चीन

हिन्द पॉकेट बुक्स, पेंगुइन रैंडम हाउस ग्रुप ऑफ़ कम्पनीज़ का हिस्सा है, जिसका पता www.hindpocketbooks.com पर मिलेगा

पेंगुइन रैंडम हाउस इंडिया प्रा. लि.,
चौथी मंजिल, कैपिटल टावर 1, एमजी रोड,
गुरुग्राम 122002, हरियाणा, भारत

पेंगुइन
रैंडम हाउस
इंडिया

प्रथम संस्करण : तुलसी पॉकेट बुक्स द्वारा 1989 में प्रकाशित
प्रथम हिन्दी संस्करण हिन्द पॉकेट बुक्स द्वारा 2019 में प्रकाशित

कॉपीराइट © वेद प्रकाश शर्मा, 2019
सर्वाधिकार सुरक्षित

10 9 8 7 6 5 4 3 2

इस पुस्तक में व्यक्त विचार लेखक के अपने हैं, जिनका यथासंभव तथात्मक सत्यापन किया गया है, और इस सम्बन्ध में प्रकाशक एवं सहयोगी प्रकाशक किसी भी रूप में उत्तरदायी नहीं हैं।

ISBN 9789353494056
मुद्रकः रेप्रो इंडिया लिमिटेड

यह पुस्तक इस शर्त पर विक्रय की जा रही है कि प्रकाशक की लिखित पूर्वानुमति के बिना इसका व्यावसायिक अथवा अन्य किसी भी रूप में उपयोग नहीं किया जा सकता। इसे पुनः प्रकाशित कर विक्रय या किराए पर नहीं दिया जा सकता तथा जिल्दबंद अथवा किसी भी अन्य रूप में पाठकों के मध्य इसका परिचालन नहीं किया जा सकता। ये सभी शर्तें पुस्तक के ख़रीददार पर भी लागू होंगी। इस संदर्भ में सभी प्रकाशनाधिकार सुरक्षित हैं।

www.penguin.co.in

This is a legitimate digitally printed version of the book and therefore might not have certain extra finishing on the cover.

हिन्द पॉकेट बुक्स

चक्रव्यूह

10 जून, 1955 को मेरठ में जन्मे वेद प्रकाश शर्मा हिंदी के लोकप्रिय उपन्यासकार थे। उनके पिता पं. मिश्रीलाल शर्मा मूलत: बुलंदशहर के रहने वाले थे। वेद प्रकाश एक बहन और सात भाइयों में सबसे छोटे हैं। एक भाई और बहन को छोड़कर सबकी मृत्यु हो गई। 1962 में बड़े भाई की मौत हुई और उसी साल इतनी बारिश हुई कि किराए का मकान टूट गया। फिर एक बीमारी की वजह से पिता ने खाट पकड़ ली। घर में कोई कमाने वाला नहीं था, इसलिए सारी ज़िम्मेदारी मां पर आ गई। मां के संघर्ष से इन्हें लेखन की प्रेरणा मिली और फिर देखते ही देखते एक से बढ़कर एक उपन्यास लिखते चले गए।

वेद प्रकाश शर्मा के 176 उपन्यास प्रकाशित हुए। इसके अतिरिक्त इन्होंने खिलाड़ी श्रृंखला की फिल्मों की पटकथाएं भी लिखी। *वर्दी वाला गुंडा* वेद प्रकाश शर्मा का सफलतम थ्रिलर उपन्यास है। इस उपन्यास की आजतक करोड़ों प्रतियाँ बिक चुकी हैं। भारत में जनसाधारण में लोकप्रिय थ्रिलर उपन्यासों की दुनिया में यह उपन्यास सुपर स्टार का दर्जा रखता है।

हिन्द पॉकेट बुक्स से प्रकाशित

लेखक की अन्य पुस्तकें

वर्दी वाला गुण्डा

सुहाग से बड़ा

सुपरस्टार

खेल गया खेल

सभी दीवाने दौलत के

चक्रव्यूह

''त-तुम–तुम यहां?'' अपने ऑफिस में दाखिल होते युवक को देखकर बैरिस्टर विश्वनाथ चौंक पड़े।

युवक का चेहरा गम्भीर था बल्कि अगर यह कहा जाये कि उसकी 'नीली' आंखों से हल्की-हल्की वेदना झांक रही थी तो गलत न होगा, मेज के नजदीक पहुंचकर उसने पूछा– ''क्या मैं बैठ सकता हूं?''

''तुम अपने ऊपर चल रहे मुकदमे के सिलसिले में ही यहां आए हो न?'' बैरिस्टर विश्वनाथ का स्वर उखड़ा हुआ था।

''जी हां।''

''तब तो हम तुम्हें बैठने के लिए नहीं कह सकते।''

''क-क्यों?'' उसने ऐसे स्वर में पूछा जैसे अभी रो देगा।

''क्योंकि हम सरकारी वकील हैं और सरकारी वकील कोर्ट में मुजरिम की 'पैरवी' नहीं करते, बल्कि उनकी पैरवी करने वालों की मुखालफत करते हैं। तुम्हारी पैरवी बचाव पक्ष के सबसे ज्यादा काबिल और खुर्राट माने जाने वाले वकील मिस्टर शहजाद राय कर रहे हैं–अपने मुकदमे से सम्बन्धित जो बातें करना चाहते हो उन्हीं से करो।''

''उनसे की जा सकने वाली सभी बातें मैं कर चुका हूं।''

''जवाब में क्या कहा उन्होंने?''

"राय साहब का कहना है कि सारे सबूत और शहादतें मेरे खिलाफ हैं—आपके द्वारा पेश किये गये गवाहों को वे नहीं तोड़ सकते—उन्होंने साफ लफ्जों में स्वीकार किया है बैरिस्टर साहब कि वे मुझे बचा पाने में असमर्थ हैं।"

बैरिस्टर विश्वनाथ के होंठों पर ऐसी मुस्कान उभरी जैसी सिर्फ तब उभरती थी जब उनके कान न्यायाधीश के श्रीमुख से अपने पक्ष में सुनाया जाने वाला फैसला सुन रहे होते थे—थोड़ी गर्वीली मुस्कराहट के साथ उन्होंने बगल वाली कुर्सी पर बैठी अपनी बेटी किरन की तरफ देखा और बोले—"तुमने सुना किरन, मिस्टर राय ने अपने मुवक्किल के सामने कबूल कर लिया है कि वे मुकदमा हार रहे हैं।"

किरन युवक की तरफ देखती हुई बोली—"इन्हें बैठने के लिए तो कहो पापा।"

"मैं इसे बैठने की इजाजत इसलिए नहीं दे रहा हूं बेटी, क्योंकि मुल्जिम का वकील कोर्ट में जब यह महसूस करने लगता है कि वह केस 'लूज' कर रहा है तो मुल्जिम को सलाह देता है कि अगर वह किसी तरह कोर्ट में सरकारी वकील को बोलने से रोक सके तो बच सकता है और तुम जानती हो कि तब मुल्जिम सरकारी वकील के मुंह पर नोटों की गड्डियां चिपकाने चले आते हैं।"

एकाएक थोड़े उत्तेजित स्वर में बोला युवक—"कम से कम मैं आपके पास इस मकसद से नहीं आया हूं बैरिस्टर साहब।"

अब!

बैरिस्टर विश्वनाथ ने चौंककर उसकी तरफ देखा।

कुछ देर पहले तक जो युवक गिड़गिड़ा रहा था वह अचानक उत्तेजित नजर आने लगा, बहुत ध्यान से उसका चेहरा देखते हुए बैरिस्टर विश्वनाथ ने पूछा—"तो क्यों आए हो?"

"अगर आप बैठने के लिए कहें तो मैं बैठ जाऊं।"

विश्वनाथ को कहना पड़ा–"बैठो।"

कानूनी किताबों और अनेक केसों की फाइलों से लदी-फदी मेज के इस तरफ पड़ी तीन में से एक कुर्सी के कोने पर बैठ गया युवक– पहले मेज के पार बैठी किरन के खूबसूरत मुखड़े की तरफ देखा और फिर– नीली आंखें विश्वनाथ के चेहरे पर गड़ा दीं–विश्वनाथ और उनकी बेटी, आंखों में सवालिया निशान लिए उसी की तरफ देख रहे थे।

लम्बी खामोशी के बाद विश्वनाथ ने कहा–"कहो।"

"क्या मैं सिगरेट पी सकता हूं?"

बैरिस्टर विश्वनाथ थोड़े हिचके जरूर मगर फिर जाने क्या सोचकर बोले–"पी लो।"

"थैंक्यू।" कहने के बाद उसने 'जीन' की जेब से विल्स फिल्टर का मुड़ा-तुड़ा पैकिट निकाला और एक सिगरेट सीधी करके सुलगाने के बाद बोला–"यह 'श्योर' है कि अपनी पत्नी की हत्या के जुर्म में मुझे फांसी होकर रहेगी जिसने कोर्ट की अब तक की कार्यवाही देखी-सुनी है–हद तो ये है बैरिस्टर साहब कि मैं खुद भी मान चुका हूं कि दुनिया की कोई ताकत मुझे फांसी से नहीं बचा सकती मगर–

"मगर?"

"एक बात कहने का ख्वाहिशमन्द हूं मैं।"

"क्या?"

"यह कि सच्चाई तर्कों से ऊपर होती है।"

"यानि?"

"सच्चाई ये है कि मैं बेगुनाह हूं।"

"तुमने अपनी बीवी की हत्या नहीं की?"

मुकम्मल दृढ़ता के साथ कहा युवक ने–"बिल्कुल नहीं की।"

"बकवास!" बैरिस्टर विश्वनाथ ने बुरा-सा-मुंह बनाकर कहा–

‘‘कोरी बकवास–हर तर्क चीख-चीखकर कह रहा है कि संगीता की हत्या तुम्हीं ने की है।’’

‘‘और मैं कह चुका हूं कि सच्चाई तर्कों से ऊपर होती है।’’

बैरिस्टर विश्वनाथ की आंखों में झांकता युवक कहता चला गया–‘‘यह जरूरी नहीं कि तर्क हमेशा वही साबित करें जो सच्चाई हो–ऐसा अक्सर होता है कि सच्चाई कुछ और होती है और तर्क कुछ और साबित कर देते हैं।’’

‘‘हम अब भी नहीं समझे।’’

‘‘फॉर एग्जाम्पिल।’’ युवक ने अपना सिगरेट वाला हाथ आगे किया–‘‘मेरे हाथ में सिगरेट है–आप तर्कों से यह साबित करने पर अमादा हो जाते हैं कि मेरे हाथ में सिगरेट नहीं है और बहस करने लगते हैं–मैं यह साबित करने के लिए तर्क देने लगता हूं कि मेरे हाथ में सिगरेट है–बुद्धि और तर्क शक्ति में आप मुझसे मीलों आगे हैं, सो अपने तर्कों से मुझे लाजवाब कर देंगे–साबित कर देंगे कि मेरे हाथ में सिगरेट नहीं है।’’

‘‘इस वक्त भला कैसे साबित हो जाएगा कि तुम्हारे हाथ में सिगरेट नहीं है?’’

‘‘हो जाएगा।’’ युवक ने कहा–‘‘मैं खुद कर सकता हूं।’’

बैरिस्टर विश्वनाथ ने दिलचस्प स्वर में कहा–‘‘करो।’’

‘‘आप क्यों मानते हैं कि मेरे हाथ में सिगरेट है?’’

हम अपनी आंखों से देख रहे हैं।

‘‘गलत देख रहे हैं आप।’’ युवक अपने एक-एक शब्द पर जोर देता हुआ बोला–‘‘आपकी भली-चंगी आंखें आपको धोखा दे रही हैं।’’

‘‘कैसे?’’

एकाएक युवक ने किरन से पूछा–‘‘क्या आप भी यह देख रही हैं मिस मेरे हाथ में सिगरेट है?’’

''ऑफकोर्स?'' किरन ने दिलचस्प स्वर में कहा।

''मैं जानना चाहता हूं, कैसे?''

''अपनी आंखों से देख रही हूं।''

''आपकी आंखे धोखा दे रही हैं।''

''कैसे?''

''सिगरेट मेरे हाथ में नहीं बल्कि अंगुलियों में है।''

किरन हकबका-सी गई।

सकपका बैरिस्टर विश्वनाथ भी गए थे, मगर शीघ्र ही सम्भलकर बोले–''बात तो एक ही हुई अंगुलियां हाथ का हिस्सा हैं।''

''और हाथ जिस्म का हिस्सा है, आपने यह क्यों नहीं कहा कि सिगरेट मेरे जिस्म में हैं?''

बैरिस्टर विश्वनाथ अवाक् रह गये, जवाब न बन पड़ा उन पर।

युवक कहता चला गया–झेंप मत मिटाइये बैरिस्टर साहब, ''बैरिस्टर–होने के नाते आप जानते हैं कि जरा-सा 'नुक्ता' निकल आने से कानून की नजर में बात बदल जाती है–हमारी बहस इस 'प्वॉइंट' पर छिड़ी थी कि सिगरेट हाथ में है या नहीं–आप कह रहे थे कि है, मैं कह रहा था नहीं है–मैंने साबित कर दिया कि सिगरेट मेरी अंगुलियों में है, हाथ में नहीं–खुले दिल से जवाब दीजिये कि अगर यह बहस इसी ढंग से कोर्ट में हुई होती तो न्यायाधीश यह कहता कि आप ठीक कह रहे हैं या यह कि मैं ठीक कह रहा हूं?''

बैरिस्टर विश्वनाथ को कहना पड़ा–''जज को तुम्हारी बात ज्यादा सटीक लगती।''

''यानि मैंने साबित कर दिया कि सिगरेट मेरे हाथ में नहीं है, आप दोनों की आंखें धोखा दे रही थीं?''

''बेशक साबित कर दिया।''

युवक ने किरन से पूछा–"आप क्या कहती हैं?"

"मानती हूं कि तुमने हमें गलत साबित कर दिया।"

"जबकि मैं अभी भी यह साबित कर सकता हूं कि सिगरेट न मेरे हाथ में है, न अंगुलियों में।"

किरन उछल पड़ी–"त-तुम यह साबित कर सकते हो?"

"पक्के तौर पर।" युवक ने दृढ़तापूर्वक कहा।

किरन ने उत्सुक स्वर में पूछा–"कैसे साबित कर सकते हो?"

"करूं बैरिस्टर साहब?" युवक ने विश्वनाथ की आंखों में झांककर पूछा।

"एक मिनट।" बैरिस्टर विश्वनाथ ने हाथ उठाकर उसे रोका, साफ जाहिर था कि वे अपने दिमाग पर जोर डालने की कोशिश कर रहे थे और उन्हें इस मुद्रा में देखकर युवक के होंठ हौले से मुस्करा उठे, मुस्कान में एक अजीब-सा फीकापन था, बोला–"सोच लीजिए, अच्छी तरह सोच लीजिए कि मैं ये बात कैसे साबित कर सकता हूं कि सिगरेट न मेरी अंगुलियों में है, न हाथ में, सिगरेट कहीं और ही है।"

एकाएक बैरिस्टर विश्वनाथ बोले–"सिगरेट तुम्हारी अंगुलियों के बीच में है।"

"बेशक आप समझ गए कि मैं क्या कहना चाहता हूं।"

"में शब्द का अर्थ है 'अन्दर'।" विश्वनाथ कहते चले गए–"अंगुलियों का मतलब हुआ अंगुलियों के अन्दर यानी चमड़ी के अन्दर, वहां जहां खून है, नसें हैं, हड्डियां हैं–सिगरेट वहां नहीं है लिहाजा यह कहना गलत है कि सिगरेट तुम्हारी अंगुलियों में है–यह कहना ज्यादा उपयुक्त है कि सिगरेट अंगुलियों के बीच में है।"

"यानि आप मान गए कि सिगरेट मेरी 'अंगुलियों' के बीच में है?"

"निःसन्देह!"

''जबकि यह गलत है।''

''क्या मतलब?'' इस बार बैरिस्टर विश्वनाथ भी उछल पड़े।

''अंगुलियां सोलह होती हैं बैरिस्टर साहब, सिगरेट उन सोलह अंगुलियों के बीच नहीं हो सकती बल्कि कहना चाहिए कि नहीं है–अर्थात् केवल यह कह देना सही नहीं है कि सिगरेट मेरी अंगुलियों के बीच है बल्कि यह कहना ज्यादा सही है कि सिगरेट मेरे दायें हाथ की कनिष्ठा और तर्जनी अंगुलियों के बीच में है।''

''तुम बिल्कुल ठीक कह रहे हो।'' बैरिस्टर विश्वनाथ ने हथियार डाल दिए।

किरन आंखों में प्रशंसा के भाव लिए युवक को निहारे जा रही थी जबकि युवक अपना मुकम्मल ध्यान बैरिस्टर विश्वनाथ पर केन्द्रित किए एक-एक शब्द पर जोर देता हुआ कहता चला गया–''जब सिगरेट पर बहस शुरू हुई थी तब आप इस बात को सच मान रहे थे कि सिगरेट मेरे हाथ में है–मैंने तर्क दिया तो आप मानने लगे कि सिगरेट अंगुलियों में है और जब मैंने उससे आगे तर्क दिए तो आपको मानना पड़ा कि सिगरेट अंगुलियों के बीच है–अन्त में मैंने यह साबित कर दिया कि सिगरेट मेरी अंगुलियों के बीच नहीं बल्कि दायें हाथ की तर्जनी और कनिष्ठा के बीच है।''

बैरिस्टर विश्वनाथ ने हल्की-सी मुस्कान के साथ कहा–''तर्कों से अन्त में वही साबित हुआ न जो सच्चाई है?''

''क्या गारन्टी है कि सच्चाई यही है?''

''मतलब?''

''जहां तक मैं तर्क दे चुका हूं, वहां से आगे तर्क देने की क्षमता मुझमें नहीं है, आपमें नहीं है इसलिए हम इसे सच्चाई मान रहे हैं जबकि किसी अन्य व्यक्ति में मुझसे और आपसे ज्यादा तर्कशक्ति हो

सकती है–अपने तर्क से वह पलक झपकते ही साबित कर सकता है कि सच्चाई वह भी नहीं है जिस तक हम पहुंचे हैं–ठीक उसी तरह जैसे अगर मैं तर्क न देता तो आप इसी को सच्चाई मानते कि सिगरेट मेरे हाथ में है, मानते या नहीं मानते?''

''बिल्कुल मानते बल्कि कहना चाहिए कि मान रहे थे।''

''जबकि वह सच्चाई नहीं थी?''

''बेशक नहीं थी।''

''कहने का मतलब ये कि हर व्यक्ति उस बात को सच्चाई मान लेता है जहां उसके अपने दिमाग की तर्क क्षमता चूक जाती है जबकि वास्तव में वह सच्चाई नहीं होती–मेरे केस में ठीक वैसा ही हुआ है बैरिस्टर साहब, तर्क भले ही कह रहे हों कि मैं हत्यारा हूं, मगर हकीकत यह है कि मैंने संगीता की हत्या नहीं की।''

''बार-बार यह बात कहने के पीछे तुम्हारा मकसद क्या है?''

''जानता हूं कि अगले तीन दिन बाद मेरे केस के फैसले की तारीख है और उस तारीख पर वह तारीख मुकर्रर कर दी जाएगी जिस तारीख पर मुझे फांसी पर चढ़ाया जाना है–जब यह बात मेरी समझ में आ गई तो दिल से एक 'गुब्बार' सा उठा आपको और जज साहब को यह बताने का गुब्बार, भले ही मैं खुद को बेगुनाह साबित न कर सका, भले ही मैं अपनी पत्नी का हत्यारा साबित हो गया, मगर सच्चाई ये है कि मैं हत्यारा नहीं हूं– मैं अपनी मरहूम पत्नी की कसम खाकर कहता हूं बैरिस्टर साहब कि मैंने उसे नहीं मारा।'' कहने के साथ उसने सिगरेट का अन्तिम सिरा 'ऐश-ट्रे' में मसला और खड़ा हो गया।

जाने क्या बात थी कि बैरिस्टर विश्वनाथ और उनकी बेटी हकबकाकर रह गए।

युवक तेजी से दरवाजे की तरफ बढ़ा।

''ठहरो।'' बैरिस्टर विश्वनाथ कह उठे।

वह ठिठका।

चेहरा बुरी तरह भभक रहा था, अंगारे जैसी आंखें उनके चेहरे पर गड़ाकर बोला वह–''जो मुझे कहना था कह चुका हूं, अब आप क्या चाहते हैं मुझसे?''

''यह सब हमसे कहने से तुम्हें क्या मिला?''

''सुकून।''

''सुकून?''

''मुमकिन है कि कल......मेरी मौत के बाद, मेरे फांसी पर चढ़ जाने के बाद कोई ऐसा चमत्कार हो जाए जिससे आप और जज साहब इस नतीजे पर पहुंचें कि वह सब नहीं था जिसे आपने सबूतों, तर्कों, शहादतों और वक्त के चक्रव्यूह में फंसकर सच मान लिया था–उस वक्त आपको यह बात जरूर याद आएगी कि शेखर मल्होत्रा अन्तिम सांस तक अपने बेगुनाह होने की बात कहता रहा था–निश्चित रूप से उस वक्त आपको यह सोचकर अफसोस होगा कि आप सबूत और शहादतों के चक्रव्यूह में क्यों फंसे रहे–आज के हालात में मुझे कुछ और तो हासिल हो नहीं सकता–सो, अगर मैं यह सोच-सोचकर 'सुकून' महसूस कर रहा हूं कि एक-न-एक दिन आपको अफसोस जरूर होगा तो क्या गुनाह कर रहा हूं मैं?''

''नहीं, कोई गुनाह नहीं कर रहे।''

शेखर मल्होत्रा नामक युवक ने अजीब स्वर में पूछा–''अब मैं चलूं?''

''जज साहब से मिल चुके हो या मिलोगे?''

''मिलूंगा।''

"यह जानते-बूझते कि तुम्हारी बातों को वे बकवास समझेंगे?"

शेखर के होंठों पर बेहद फीकी मुस्कान उभरी, बोला–"यह जानते-बूझते तो आपसे भी मिला हूं, बस इतना कह सकता हूं कि आधा सुकून हासिल कर चुका हूं आधा जज साहब से हासिल करूंगा।"

⅄

शेखर मल्होत्रा चला गया।

ऑफिस में छोड़ गया सन्नाटा।

डायमंड की धार जैसा पैना और कलेजे को चीरकर रख देने वाला सन्नाटा।

काफी देर तक न तो बैरिस्टर विश्वनाथ के मुंह से कोई लफ़्ज़ निकल सका, न किरन के–दोनों अपनी-अपनी सोचों में गुम थे।

एकाएक किरन ने सन्नाटे का भेजा उड़ा दिया–"इस केस से 'कनेक्टिड' फाइल कहां है पापा?"

"क-क्यों?" विश्वनाथ बुरी तरह चौंककर उसकी तरफ पलटे–"तुम क्यों पूछ रही हो?"

"मैं उसे पढ़ना चाहती हूं।"

"वजह?"

"देखना चाहती हूं कि ये मामला क्या है?"

"सारे मामले को संक्षेप में यूं बयान किया जा सकता है कि अपनी बीवी की दौलत हड़पने के लिए शेखर मल्होत्रा ने उसकी हत्या कर दी।"

"दौलत हड़पने के लिए?"

"संगीता के पिता यानि गुलाब चन्द जैन हमारे अच्छे दोस्त थे–संगीता उनकी इकलौती बेटी थी और उसने गुलाब चन्द की इच्छा

के विरुद्ध जाकर शेखर मल्होत्रा से 'लव-मैरिज' की थी–गुलाब चन्द ने शेखर मल्होत्रा को कभी पसन्द नहीं किया–वे अक्सर कहा करते थे कि देख लेना विश्वनाथ, एक दिन मैं रहस्यमय परिस्थितियों में मरा पाया जाऊंगा और अगर ऐसा हो जाए तो समझ जाना कि दौलत की खातिर मेरी हत्या मेरे दामाद ने की है–तुम उसका पर्दाफाश करके मेरी बेटी की आंखें खोल देना–गुलाब चन्द की मौत संगीता की मौत से केवल तीन महीने पहले सचमुच रहस्यमय परिस्थितियों में हुई। हिल एरिया में कार ड्राइव करता मरा था वह–दुर्घटना की जांच करने के बाद पुलिस इस नतीजे पर पहुंची कि नशे की ज्यादती की वजह से गुलाब चन्द अपनी फियेट सहित सैकड़ों फुट गहरी खाई में जा गिरा–यानि पुलिस ने उसे दुर्घटना ही माना परन्तु हमें आज भी रह-रहकर गुलाब चन्द के शब्द याद आते हैं और लगता है कि यह दुर्घटना नहीं, बल्कि शेखर द्वारा किया गया मर्डर था–हम चाहकर भी कुछ न कर सके और फिर इसने संगीता की भी हत्या कर दी लेकिन झूठ की हांडी रोज नहीं चढ़ती–संगीता का मर्डर करता वह घर के तीन नौकरों द्वारा रंगे हाथों पकड़ लिया गया–नौकरों के नाम बुन्दू, निक्के और रधिया हैं।''

किरन ने बड़ी गहरी नजरों से अपने पापा की तरफ देखा और बोली–''आपके हवाई ख्यालों के मुताबिक शेखर मल्होत्रा आपके दोस्त और उसकी बेटी का हत्यारा है, कहीं यही वजह तो नहीं है पापा कि आप उसके द्वारा कही गई बातों को रत्ती भर भी महत्व नहीं दे रहे?''

''तुम भी महत्व मत दो, वे बात महत्व दी जाने लायक हैं ही नहीं।''

''क्यों?''

''क्योंकि वे एक मुजरिम के मुंह से निकली हैं, हर मुजरिम अपने अन्तिम समय तक यही कहता रहता है कि वह बेगुनाह है और फिर शेखर मल्होत्रा तो एक ऐसा मुजरिम है जिसे यकीन हो चुका है कि उसे फांसी होने वाली है–जो कुछ उसने कहा वह उसकी हताशा से ज्यादा कुछ नहीं था।''

मुकम्मल दृढ़ता के साथ कहा किरन ने–''मैं आपकी इस बात से इत्तेफाक नहीं रखती।''

बैरिस्टर विश्वनाथ अपने एक-एक शब्द पर जोर देते हुए उसे समझाने वाले अन्दाज में बोले–''तुम्हें हमने एल. एल. एम. कराया, एडवोकेट की डिग्री दिलवाई, अनुभव 'गेन' करने के लिए साथ बैठाना शुरू किया, इस घटना से तुम्हें यह शिक्षा लेनी चाहिए कि एक हताश और पूरी तरह कानून की गिरफ्त में फंस चुका मुजरिम कितने व वजनदार ढंग से लोगों को अपने पक्ष में सोचने के लिए विवश कर सकता है।''

''अगर मैं यह कहूं कि आप अपने अनुभवों की वजह से पूर्वाग्रह से ग्रस्त हैं तो?''

''क्या मतलब?''

''आप जानते हैं कि खुद को बचाने के लिए प्रत्येक मुजरिम अंतिम समय तक खुद को बेगुनाह बताता रहता है–आप मानते हैं कि तर्क, बहस, सबूत और शहादतें हमेशा वही साबित कराती हैं जो सच होता है–आपके दिलो-दिमाग में यह बात बैठी हुई है पापा कि झूठ कभी साबित नहीं हो सकता–इन्हीं सब पूर्वाग्रहों से ग्रस्त होकर एक क्षण के लिए भी आप मुलजिम के हक में सोचना तक नहीं चाहते बल्कि उससे भी ऊपर की स्थिति ये है कि मेरी तरह अगर कोई हक में सोचने की चेष्टा करता भी है तो आप उसे बेवकूफ, मूर्ख और

प्रभावित हो जाने वाले की संज्ञा देते है।''

''कहना क्या चाहती हो तुम?''

''सिर्फ इतना कि जो कुछ शेखर मल्होत्रा ने कहा अगर उसकी जांच कर ली जाए तो क्या बुराई है?''

''कैसे जांच करना चाहती हो?''

''इस केस की फाइल पढ़कर, सारे मामले की 'इन्वेस्टीगेशन करके।''

''जिस केस में से शहजाद राय जैसा काइयां एडवोकेट कुछ नहीं निकाल सका उसमें से तुम भला क्या निकाल लोगी?''

''ऐसे बहुत-से-काम होते हैं पापा, जिन्हें हाथी नहीं कर पाता मगर चींटी कर देती है।''

''तुम उन तिलों में से तेल निकालने की कोशिश करोगी जिनमें तेल नहीं है।''

''कोल्हू में डालने से पहले कोई नहीं बता सकता कि किन तिलों में तेल है, किनमें नहीं।''

''बता देते हैं बेटी।'' बैरिस्टर विश्वनाथ ने कहा–''अनुभवी लोग तिलों को देखते ही, बिना उन्हें कोल्हू में डाले बता देते हैं कि उनमें तेल है या नहीं।''

''देखना यही है पापा कि आपका अनुभव जीतता है या मेरे दिल की आवाज।''

▲

अजय देशमुख नामक जिला एवं सत्र न्यायधीश ने शेखर मल्होत्रा की सभी बातें धैर्यपूर्वक सुनीं और सुनने के बाद सवाल किया–''अगर तुम बेगुनाह हो तो तुम्हारे खिलाफ इतने पुख्ता गवाह और ऐसे

अकाट्य सबूत कहां से पैदा हो गए जिन्हें शहजाद राय जैसा धुरन्धर वकील न काट सका।''

''इस किस्म के सवालों का जवाब अगर मेरे पास होता तो आज आप उसे सच न मान रहे होते जिसे मान रहे हैं।''

''एक सेकेंड के लिए मान लें कि तुम सच बोल रहे हो तो.... इसका मतलब ये हुआ कि तुम्हें हत्यारा साबित करने वाले पुख्ता गवाह और अकाट्य सबूत किसी के द्वारा प्लॉट किये गये हैं!''

''अब इन बातों पर गौर करने का वक्त निकल चुका है जज साहब।''

''क्या तुम्हें किसी पर शक है?''

''कैसा शक?''

''कि फलां शख्स तुम्हें अपनी बीवी की हत्या के जुर्म में फंसाने की चेष्टा कर सकता है।''

''जो कुछ आप कह रहे हैं वह मेरे लिए नया नहीं है, राय साहब भी यही सब कहते रहे हैं और मैं....मैं यह सब सोचता रहा हूं–इतना सोचा है मैंने कि अब तो सोचने की कल्पना से ही दिमाग में दर्द शुरू हो जाता है सोचते-सोचते आपकी तरह मुझे भी हर बार ऐसा जरूर लगा कि किसी के प्रयास किये बगैर मैं इतनी बुरी तरह नहीं फंस सकता–किसी-न-किसी ने तो मेरे चारों तरफ चक्रव्यूह रचा ही है।''

''चक्रव्यूह?''

''हां, जो कुछ हुआ है, उसे शायद यही शब्द दिया जाना उपयुक्त है–किसी ने, ऐसे शख्स ने मेरे चारों तरफ कोई चक्रव्यूह रचा है जिसके बारे में मैं कल्पनाओं तक में नहीं सोच पाया हूं–जब मुझे यही नहीं मालूम कि चक्रव्यूह किसने रचा है तो उसे तोड़ने का प्रयास कहां से शुरू करता और फिर....मेरी तो बिसात क्या है–इस चक्रव्यूह

को इंस्पेक्टर अक्षय श्रीवास्तव जैसा घाघ पुलिसिया न तोड़ सका, शहजाद राय जैसे धुरन्धर वकील न तोड़ सके–आप और बैरिस्टर साहब तक इस चक्रव्यूह में फंस गए हैं।''

''हम और विश्वनाथ?''

''क्यों, क्या खुद को आप चक्रव्यूह के चक्र से बाहर समझते हैं?''

''हम कैसे फंसे हुए हैं?''

''आपने खुद कबूल किया कि अगर मैं बेगुनाह हूं तो किसी ने मुझे फंसाया है–जाहिर है कि फंसाने वाले का लक्ष्य मुझे अपनी बीवी की हत्या के जुर्म में फांसी करा देना है, और मुझे फांसी के फंदे तक पहुंचाने की जिम्मेदारी से न आप बच सकते हैं, न बैरिस्टर साहब।''

''देखो शेखर, हम सिर्फ वह करते हैं जो सबूत और गवाह कराते हैं।''

''और वे सबूत और गवाह बकौल आप ही के किसी के द्वारा 'प्लॉट' किये गए हो सकते हैं–प्लॉट किये गये सबूत और गवाहों के फेर में पड़कर अगर आप एक बेगुनाह को फांसी पर चढ़ा देते हैं तो क्या यह नहीं माना जायेगा कि किस अदृश्य ताकत द्वारा रचे गये चक्रव्यूह में फंसकर मैं फांसी के फंदे पर झूल जाऊंगा उसी ताकत द्वारा रचे गये चक्रव्यूह में फंसकर आप व बैरिस्टर साहब भी वह कर रहे हैं, जो वह करवा रहा है?''

''हम नहीं समझते कि हम किसी चक्रव्यूह में फंसे हुए हैं।''

''वह चक्रव्यूह ही क्या हुआ जज साहब, जिसमें फंसे शख्श को यह इल्म हो जाये कि वह फंसा हुआ है–खैर, मुझे लगता है कि बहस लम्बी होती जा रही है बहस भी वह जिसका कोई लाभ नहीं है–मैं आपको दोष देने नहीं आया–इतना जाहिल भी नहीं हूं कि आपके और

बैरिस्टर साहब के कर्तव्य को न समझता होऊं–जानता हूं कि आप और बैरिस्टर साहब अपना कत्र्तव्य मुकम्मल ईमानदारी से निभा रहे हैं, मैं तो सिर्फ इतना साबित करके अपने दिल को समझाने की चेष्टा कर रहा हूं कि चक्रव्यूह जिसने रचा है, उसके फेर में मैं कम-से-कम अकेला फंसा हुआ नहीं हूं बल्कि–आप, बैरिस्टर साहब, शहजाद राय और श्रीवास्तव भी फंसे हुए हैं–यह सोच-सोचकर मुझे चैन मिलता है कि जिस चक्रव्यूह का शिकार ऐसी-ऐसी धुरन्धर 'घाघ' खुर्राट और काइयां हस्ती हैं, उसमें अगर मैं फंस गया तो कौन-सी बड़ी बात है–जिस चक्रव्यूह को ऐसी हस्तियां न तोड़ सकीं उसे तोड़ने की 'कुव्वत' मैं अदना-सा शख्स भला कहां से लाता–खैर, आपने मेरी बातें सुनीं–बहस की, भले ही कुछ सेकेंड के लिए सही, मगर मुझे बेगुनाह माना तो है ही, इन सबके लिए शुक्रिया–अब मैं चलता हूं।''

कहने के बाद शेखर मल्होत्रा लम्बे-लम्बे कदमों के साथ ड्राइंगरूम से बाहर निकल गया, जिला एवं सत्र न्यायधीश ने उसे रोकने की चेष्टा नहीं की।

⅄

'धांय....धांय....धांय!'

वातावरण गोलियों की आवाज से थर्रा उठा।

किरन इस हमले का तात्पर्य तक न समझ पाई थी कि स्टेयरिंग काबू से बाहर होने लगा–गाड़ी नशे में धुत्त शराबी की भांति लड़खड़ाई और यह पहला क्षण था जब किरन को लगा कि किसी ने उसकी गाड़ी के टायरों को निशाना बनाया है।

दिमाग पर आतंक सवार हो गया।

गाड़ी की रफ्तार यदि ज्यादा होती तो निश्चित रूप से उलट जाती–

इस वक्त सिर्फ इतना हुआ कि किरन के ब्रेक मारने पर गाड़ी दो-तीन जबरदस्त झटकों के साथ रुक गई।

तभी!

''धांय....धांय....धांय।''

गोलियों की एक और बाढ़ गाड़ी पर झपटी।

इस बार मारुति डीलक्स के टिंटिड ग्लास चकनाचूर हो गये।

किरन ने तेजी से खुद को अगली सीटों पर गिरा दिया–गोलियां चलने और खतरनाक कांच टूटने की आवाजों ने उसके रोंगटे खड़े कर दिए।

सीट में मुंह दिये उकड़ूं बैठी हुई थी वह।

गोलियों की बाढ़ जिस तेजी से आई थी उसी तेजी से शांत पड़ गयी।

परन्तु।

किरन का दिल धाड़-धाड़ करके बज रहा था।

चेहरा पसीने-पसीने हो गया।

मारे दहशत के हालत ऐसी हो गई कि काफी देर तक कोई घटना न घटने के बावजूद सिर उठाकर देखने का साहस न कर सकी कि हुआ क्या है?

उसके जीवन की यह पहली भयानक घटना थी।

हाथ-पांव फूल गये।

एकाएक दिमाग में ख्याल उभरा कि हमलावर उसकी गाड़ी को घेरने का प्रयत्न कर रहे होंगे और इस ख्याल ने तो छक्के ही छुड़ा दिये उसके–दिमाग हालांकि ठीक से काम नहीं कर रहा था मगर फिर भी, उकड़ूं अवस्था में ही उसने खुद को दोनों सीटों के बीच से गुजार कर पिछली सीट पर डाल दिया।

तभी!

ऐसी आवाज सुनी जैसे कोई गाड़ी 'सर्र....र्र....र....' से दौड़ती चली गई हो।

चेहरा ऊपर उठाकर देखा।

आंधी-तूफान की तरह दौड़ी चली आ रही एक काली एम्बेसेडर के पृष्ठ भाग पर उसकी आंखें स्थिर हो गयीं–नम्बर पढ़ने की चेष्टा की, परन्तु 'प्लेट' गायब थी और तब तक गाड़ी इतनी दूर निकल चुकी थी कि प्रयास के बावजूद किरन यह अनुमान न लगा सकी कि एम्बेसेडर में कितने व्यक्ति थे?

चकनाचूर हुई अपनी 'विंड-स्क्रीन' के पार सुनसान सड़क पर दौड़ी चली जा रही एम्बेसेडर को वह तब तक देखती रही जब तक कि बिन्दु की शक्ल में चेंज होने के बाद आंखों की रेंज से बाहर न निकल गई।

हालांकि उसे विश्वास था कि हमलावर उसी गाड़ी में सवार थे और अब वे यहां नहीं हैं, परन्तु इतना साहस न जुटा सकी कि गाड़ी का दरवाजा खोलकर सड़क पर आ जाती।

चूहे की मानिन्द सहमी किरन के दिमाग ने धीरे-धीरे काम करना शुरू किया–जहन में यह विचार उभरा कि हमला करने वालों का आखिर उद्देश्य क्या था?

केवल गाड़ी को क्षति पहुंचाकर क्यों भाग गये?

अभी दिमाग ने जवाब नहीं उगला था कि पीछे से आई 'ग्रे' कलर की एक फियेट 'सर्र....र्र....' से गुजर गई। किरन उसके पिछले हिस्से को देख ही रही थी कि करीब दो सौ गज आगे जाने के बाद ब्रेकों की चरमराहट के साथ फियेट रुकी।

किरन का दिल पुनः जोर-जोर से धड़कने लगा।

हालांकि उसने नोट कर लिया था कि फियेट में केवल एक व्यक्ति था और वह भी जो ड्राइव कर रहा था किन्तु फियेट के बैक गेयर में पड़कर वापस सरकते ही उसके होश फाख्ता हो गए।

चेहरा पीला पड़ चुका था।

फियेट उसकी गाड़ी के ठीक बगल में रुकी, ड्राइविंग सीट पर मौजूद युवक ने ऊंची आवाज में पूछा–''क्या मैं आपकी मदद कर सकता हूं?''

''ह-हां।'' हलक सूखा होने के कारण बड़ी मुश्किल से कह सकी किरन।

युवक ने पूछा–''आपकी गाड़ी को यह क्या हो गया है?''

''म-मुझ पर कुछ बदमाशों ने गोलियां चलाई थीं।''

''ग-गोलियां?'' युवक हकला गया, आतंक के भाव उसके चेहरे पर भी उभर आये।

किरन यह सोचकर घबरा गई कि कहीं एकमात्र मददगार स्वयं डरकर न भाग जाये, अतः तेजी से बोली–''म-मगर अब वे भाग गये हैं, काले रंग की एम्बेसेडर में थे वे।''

युवक के चेहरे की रौनक लौटी, पूछा–''आपसे क्या चाहते थे?''

''प-पता नहीं।''

''मेरी गाड़ी चलने लायक नहीं है, क्या आप मुझे लिफ्ट दे सकते हैं?''

''ऑफकोर्स?'' युवक ने आकर्षक मुस्कान के साथ कहा।

किरन ने फुर्ती से डैशबोर्ड के टॉप पर पड़ा अपना पर्स उठाया, मारुति का दरवाजा खोला और फियेट में, युवक की बगल में बैठती हुई बोली–''थैंक्यू।''

''कहां चलना है?''

“मुझे किसी पब्लिक टेलीफोन बूथ में छोड़ दीजिए।”

युवक ने जवाब मुंह से नहीं दिया मगर आंखों में ऐसे भाव अवश्य उत्पन्न किये जैसे उसे अपने प्रभाव में लेना चाहता हो–जाने क्यों, उस क्षण किरन को लगा कि इस युवक को उसने कहीं देखा है।

कहां देखा है?

अभी जवाब नहीं सूझा था कि गाड़ी आगे बढ़ाते हुऐ युवक ने पूछा–“हमलावर कौन थे?”

“मैं देख नहीं पाई।”

“अनुमान तो होगा कुछ, किसी से आपकी दुश्मनी होगी?”

“द-दुश्मनी?” किरन के मस्तिष्क में विस्फोट-सा हुआ–पलक झपकते ही दिमाग में वह विचार कौंधा कि जो हौलनाक घटना घटी है जिसकी वजह इसके अलावा कुछ और नहीं हो सकती कि उसने संगीता मर्डर केस की रि-इन्वेस्टीगेशन के लिए कदम बढ़ा दिये हैं।

युवक ने तन्द्रा भंग की–“आपने जवाब नहीं दिया, किसी से दुश्मनी है आपकी?”

“नहीं।” किरन ने युवक को संक्षिप्त जवाब देकर टरका दिया, परन्तु स्वयं उसका मस्तिष्क बड़ी तेजी से काम कर रहा था–हमले के बारे में जितना सोचती गई उतना ही विश्वास होता गया कि कारण संगीता मर्डर केस की रि-इन्वेस्टीगेशन का उसका फैसला है।

हमलावरों ने सिर्फ उसकी गाड़ी को क्षति पहुंचाई। वे केवल उसे आतंकित करना चाहते थे।

क्यों?

क्या वे यह कहना चाहते हैं कि अगर मैंने इस केस की रि-इन्वेस्टीगेशन की तो अंजाम खतरनाक होगा?

हां–यही वजह है।

इसके अलावा दूसरी कोई वजह हो ही नहीं सकती।

बात किरन को जम गई।

और इस बात के जमते ही उसके दिलो-दिमाग पर छाया सारा भय, सारा आतंक, सारा खौफ यूं काफूर हो गया जैसे आग में गिरते ही कपूर काफूर हो जाता है–सफलता से लबालब मुस्कराहट पहले से गुलाबी होंठों का श्रृंगार बन गई, आंखें 'विजयी' अंदाज से 'देदीप्यमान' हो उठीं–उसकी इस अवस्था को देखकर युवक चकरा गया।

चकराने की बात भी थी।

जिस युवती को क्षण-भर पूर्व शेर से डरी हिरनी की सी हालत में देखा था उसी को इस वक्त चालाक लोमड़ी की भांति मुस्कराते देख रहा था, बोला–''जाने आप क्या सोच रहीं हैं?''

''क-कुछ नहीं।'' किरन ने उसे टालना चाहा।

''कुछ देर पहले आप बुरी तरह डरी हुई थीं। मगर अब!''

''व-वो सामने पब्लिक टेलीफोन बूथ है, मुझे यहीं उतार दीजिए।'' किरन ने उसकी बात काट दी।

''मेरे ख्याल में आपको पुलिस स्टेशन जाना चाहिए।''

''क्यों?''

''जो हुआ है, उसकी 'रपट' लिखवाने।''

''नहीं, रपट की जरूरत नहीं है–मुझे उतार दो।''

युवक ने कंधे उचकाने के साथ ब्रेक लगाये–गाड़ी बूथ के नजदीक रुकी और किरन गजब की तेजी के साथ दरवाजा खोलकर बाहर निकलती हुई बोली–''थैंक्यू फॉर लिफ्ट।''

⅄

''इंस्पेक्टर अक्षय हियर।'' दूसरी तरफ से कहा गया।

''बैरिस्टर विश्वनाथ की बेटी बोल रही हूं इंस्पेक्टर, अम्बेडकर रोड़ पर मुझ पर हमला हुआ है।''

''कैसा हमला?''

''मेरी गाड़ी पर अंधाधुंध गोलियां चलाई गईं।'' किरन कहती चली गई–''पहले उसके टायर 'ब्रस्ट' किये फिर शीशों को चकनाचूर किया गया और इसके बाद बिना नम्बर प्लेट वाली काले रंग की एक एम्बेसेडर में हमलावर फरार हो गये।''

''क-क्या कह रही हैं आप?''

''मेरी रपट दर्ज कर लीजिए–क्षतिग्रस्त गाड़ी वहीं खड़ी है–जैसे चाहें, जांच करने के बाद मारुति को वर्कशाप में पहुंचवा दीजिए।''

''आप कहां से बोल रही हैं?''

''सुभाष मार्ग स्थित बूथ से।''

''मैं अम्बेडकर मार्ग पर गाड़ी के नजदीक पहुंच रहा हूं, आप भी वहीं–

''नहीं, मैं वहां नहीं पहुंच रही हूं इंस्पेक्टर–मुझे इस वक्त कहीं और पहुंचना है।''

''कहां?''

''जहां मुझे संगीता का हत्यारा नहीं पहुंचने देना चाहता।'' रहस्यमय स्वर में कहने के साथ उसने सम्बन्ध विच्छेद कर दिया।

⅄

''ओह, किरन बेटी!'' शहजाद राय की आवाज उभरी–''कहो कैसे फोन किया?''

''मैं आपसे 'संगीता मर्डर केस' के सिलसिले में बात करना चाहती हूं अंकल।''

''स-संगीता मर्डर केस?'' ये शब्द शहजाद राय के मुंह से ऐसे अन्दाज में निकले जैसे वह उस सिलसिले को याद न करना चाहते हों, कुछ देर चुप्पी के बाद बोले–''उस बारे में बात करने के लिए अब बचा ही क्या है?''

''जब कोई 'क्लाइन्ट' अपना केस लेकर बचाव पक्ष के वकील के पास जाता है तो वकील क्लाइन्ट से सबसे पहला सवाल यह पूछता है कि 'जो अभियोग तुम पर लगाया गया है वह सच्चा है या झूठा–क्या यह सवाल आपने शेखर मल्होत्रा से किया था?''

''अनेक बार।''

''क्या जवाब दिया उसने?''

''यही तो मुसीबत रही–हमने उससे हर तरह से पूछा, एक बार नहीं बल्कि अनेक बार यह कहा कि अगर तुमने कुछ किया है तो साफ-साफ बता दो–हमें बताने से तुम्हारा कुछ बिगड़ेगा नहीं बल्कि फायदा ही होगा, क्योंकि तब हम ज्यादा सशक्त ढंग में कोर्ट से तुम्हारा बचाव कर सकेंगे–वह पट्ठा था कि लगातार झूठ बोलता रहा, आज तक झूठ बोल रहा है।''

''झूठ बोल रहा है?''

''यह झूठ नहीं तो और क्या है कि उसने संगीता की हत्या नहीं की?''

''अ-आप?'' किरन चकित रह गई–''आप उसके वकील होने के बावजूद ऐसा कह रहे हैं?''

''कोर्ट में जो कुछ भी कहें मगर कोर्ट के बाहर हम वही कहते हैं जो लग रहा होता है और फिर इस मामले में तो शायद इतना भी दम नहीं रहा कि कोर्ट में हमारे कुछ कहने से कुछ हो सके।''

''आप तो जरूरत से ज्यादा निराश हैं अंकल।'' किरन बोली–

''अब मेरी समझ में इतना सब आ रहा है कि आप शेखर मल्होत्रा को बेगुनाह साबित क्यों नहीं कर सके?''

''क्या कहना चाहती हो?''

''जो वकील अपने ही दिल में अपने क्लाइन्ट को भी गुनहगार मानता हो वह उसे कोर्ट में बेगुनाह साबित कर कैसे सकता है?'' कहने के साथ उसने रिसीवर हैंगर पर लटका दिया।

⅄

सिगार मुंह में दबाये कीमती कपड़े पहने और लॉन में खड़े अधेड़ व्यक्ति ने पूछा–''किससे मिलना है तुम्हें?''

''शेखर मल्होत्रा से।''

''श-शेखर?'' यह लफ्ज उसके मुंह से कुछ यूं निकला जैसे भद्दी गाली निकली हो और फिर लगभग गुर्राता-सा बोला–''कौन हो तुम?''

''मेरा नाम किरन अग्निहोत्री है।''

अधेड़ के चेहरे पर मौजूद भाव साफ-साफ बता रहे थे कि वह शेखर मल्होत्रा से ही नहीं बल्कि उससे मिलने आने वालों से भी नफरत करता है, ऊंची आवाज में बोला–''अरे बुन्दू?''

''जी मालिक?'' फूलों को पानी देता बलिष्ठ नौकर आक£षत हुआ।

''ये लड़की शेखर से मिलना चाहती है, उसके कमरे में ले जाओ।''

''जी।'' उसने वहीं से चीखकर कहा और फिर किरन को कुछ ऐसी नजरों से देखता हुआ इस तरफ आने लगा जैसे वह चिड़ियाघर से निकल भागी हिरनी हो।

किरन ने अधेड़ से पूछा–''क्या मैं आपका परिचय जान सकती हूं?''

''क्यों?'' उसने अक्खड़ स्वर में कहा– ''हमारा परिचय जानकर क्या करोगी?''

नजदीक आते बुन्दू पर एक नजर डालती हुई किरन बोली–''नौकर द्वारा, आपको 'मालिक' कहने से असमंजस में पड़ गई हूं, क्योंकि जानती हूं कि इस कोठी का मालिक शेखर मल्होत्रा है।''

किरन के इन शब्दों ने अधेड़ को तिलमिलाकर रख दिया–मारे गुस्से के चेहरा भभक उठा, गुर्राया–''बुन्दू, इस बेवकूफ लड़की को बताओ कि कोठी का मालिक कौन है?''

''य-ये बड़े शाब के भाई हैं मेमसाब।'' बुन्दू ने किरन से कहा।

''कौन बड़े साहब?''

''सेठ गुलाब चन्द जी, संगीता मेमसाब के पिता।''

''ओह!'' बात किरन की समझ में आ गई–''तो ये संगीता के चाचा हैं?''

''हां।'' सिगार मुंह में दबाये अधेड़ ने आगे बढ़ते हुए कहा–''और अनजाने में जो भूल की सो की, मगर भविष्य में कभी उस हत्यारे को इस कोठी का मालिक कहने की 'जुर्रत' मत करना।''

''क्यों?''

क्योंकि उसने इस जायदाद का मालिक बनने के फेर में पहले हमारे बड़े भाई को ऐसे ढंग से मरवा दिया कि जिसे पुलिस 'हत्या' ही नहीं समझती–फिर उस हरामजादे ने हमारी बेटी संगीता की हत्या कर दी मगर पाप की हांडी रोज नहीं चढ़ती–इस बार फूट गई–यह जायदाद भला उस कमीने की कैसे हो सकती है जिसने इसे हथियाने के लिए दो-दो हत्याएं कर दीं, अंधेर है क्या?''

''आपने किस अधिकार से जायदाद का चार्ज सम्भाल लिया है?''

''अधिकार–तुम अधिकार की बात करती हो?'' अधेड़ भड़क उठा–''हमें कोर्ट ने सम्पूर्ण जायदाद और फैक्ट्री का 'रिसीवर' नियुक्त किया है।''

''र-रिसीवर?''

''हुंह....तुम बेवकूफ लड़की भला क्या जानो कि रिसीवर किसे कहते हैं?''

हौले से मुस्कुराई किरन, बोली–''आप बता दीजिए!''

''जब कोई ऐसा शख्स किसी ऐसे व्यक्ति की हत्या के जुर्म में फंस जाता है जिसके बाद जिसकी सारी दौलत फंसने वाले की होनी हो तो कोर्ट वारिस नम्बर दो को मरने वाले की जायदाद का 'रिसीवर' नियुक्त कर देती है–रिसीवर को कानून यह अधिकार सौंपता है कि जब तक वारिस नम्बर एक पर मुकदमा चले तब तक जायदाद की देखभाल तुम्हें करनी है–वारिस नम्बर एक अगर बेगुनाह साबित हो जाता है तो वारिस नम्बर दो यानि रिसीवर को सारा चार्ज उसे वापस सौंप देना होता है और अगर वह गुनाहगार साबित होता है तो वारिस नम्बर दो मालिक बन जाता है।''

किरन अचानक आगे बढ़ी और अधेड़ की आंखों में आंखें डालकर बोली–''वैसे आप तो यह सोचते होंगे कि शेखर मल्होत्रा ने संगीता की हत्या करके अच्छा ही किया?''

''क-क्या मतलब?'' अधेड़ सकपका गया।

किरन ने तपाक से कहा–''उसकी बेवकूफी के कारण आप करोड़ों की जायदाद के मालिक बन गये।''

''क-क्या....क्या बका तुमने।'' अधेड़ हलक फाड़कर चीख पड़ा–''त-तुम हमें जायदाद का लालची समझती हो?''

''अजी क्या हुआ....इतनी जोर-जोर से क्यों चीख रहे हैं आप?'' कहती हुई एक अधेड़ महिला ड्राइंगरूम से निकलकर लॉन में आ गई।

वह अकेली नहीं थी।

एक जवान लड़की और दो युवा लड़के भी लॉन में आ गये थे।

किरन उन सबको ध्यान से देख ही रही थी कि शक्ल से गुन्डा और लफंगा-सा नजर आने वाला लड़का अधेड़ के नजदीक पहुंचता हुआ बोला–''क्या हुआ पापा, आप इतने गुस्से में क्यों हैं?''

''जरा इस लड़की की बात सुनो।'' अधेड़ किरन की तरफ हाथ नचाकर बोला–''कहती है हम बड़े भाई और संगीता बेटी की मौत पर बहुत खुश होंगे, यह जायदाद जो मिल गई है हमें।''

लड़के ने सुर्ख आंखों से किरन को घूरा।

अधेड़ स्त्री ने पूछा–''कौन है ये?''

''पता नहीं कौन है, हत्यारे से मिलने आई है।''

सबकी नजरें किरन पर स्थिर थीं।

किरन यह सोच-सोचकर मुस्करा रही थी कि उसके शब्दों का प्रभाव ठीक वैसा ही हुआ जैसा वह चाहती थी–''दरअसल वह यह जानना चाहती थी कि शेखर मल्होत्रा के बाद वारिस किस मनः स्थिति में है?''

अभी वह मुस्करा ही रही थी कि बड़ा लड़का बांहें चढ़ाता हुआ उसकी तरफ बढ़ा और नजदीक पहुंचकर गुर्राया–''कौन है तू?''

''तमीज से बात करो मिस्टर!'' किरन गुर्राई।

''त-तू मुझे तमीज सिखाएगी?'' कहने के साथ उसने हाथ हवा में उठाया ही था कि–

अधेड़ झपटकर उसे पकड़ता हुआ चीखा–''ये क्या बेवकूफी है कमल, छोटे लोगों के मुंह नहीं लगते।''

‘‘कमल ने कुछ कहने के लिए मुंह खोला ही था कि– ‘‘अरे.... आप....आप यहां किरन जी?’’

किरन सहित सभी ने आवाज की दिशा में देखा।

साइड गैलरी से निकलकर सफेद कुर्ता और पायजामा पहने शेखर मल्होत्रा अभी-अभी वहां पहुंचा था–उसके पहुंचते ही अधेड़, उसकी पत्नी, बेटों और बेटी पर ही नहीं बल्कि बुन्दू तक पर सन्नाटा छा गया।

‘‘हां शेखर।’’ किरन ने संयत स्वर में कहा–‘‘मैं यहां।’’

‘‘अ-आप यहां किसलिए आई हैं?’’

‘‘तुमसे मिलने।’’

‘‘म-मुझसे मिलने?’’ शेखर उछल पड़ा–‘‘क-क्यों?’’

किरन ने पूछा–‘‘क्या हम कहीं आराम से बैठकर बातें नहीं कर सकते?’’

‘‘क-क्यों नहीं–म-मगर....मुझसे क्या बातें करना चाहती हैं आप?’’

किरन ने एक नजर कमल, अधेड़ और उसके पूरे परिवार पर डाली तथा शेखर से बोली–‘‘मैं तुम्हें बेगुनाह साबित करने निकली हूं।’’

‘‘ब-बेगुनाह–म-मैं समझा नहीं।’’ शेखर बुरी तरह बौखला गया।

‘‘मेरी बात जल्दी ही तुम्हारी समझ में आ जायेगी और इनकी समझ में भी।’’ कहने के साथ उसने खूंखार नजरों से कमल की तरफ देखा–कमल अभी तक उसे खा जाने वाली नजरों से घूर रहा था।

⅄

कोठी के भीतर कमरे में अधेड़, उसकी पत्नी, दोनों बेटे और बेटी आपस में सिर जोड़े फुसफुसाने के से अन्दाज में बातें कर रहे थे।

उनके बीच एक छोटी-सी सेन्टर टेबल थी।

अधेड़ की पत्नी ने अभी-अभी कहा था–''मुझे तो उस लड़की की इस बात से डर लग रहा है कि वह उस मुए को बेगुनाह साबित करने निकली है–अगर उसने उसे सचमुच बेगुनाह साबित कर दिया तो हमारा क्या होगा?''

''बरबाद हो जायेंगे हम।'' बड़ा लड़का अर्थात् कमल कह उठा।

छोटे ने पूछा–''कैसे?''

''कैसे?'' कमल भड़क उठा–''पूछता है कैसे–तेरे भेजे में भूसा भरा है क्या–हम अपनी अमीनाबाद वाली दुकान बेच चुके हैं–अगर दौलत हाथ से निकल गई तो खायेंगे क्या?''

''उस दुकान से हमें मिलता ही क्या था?''

''कुछ न सही–मगर पेट भर रोटी तो दे ही रही थी दुकान।'' कमल कहता चला गया–''कुछ भी हो अब हम इस जायदाद और फैक्ट्री को किसी भी कीमत पर नहीं गंवा सकते।''

''फैसले की तारीख में अब केवल तीन दिन रह गए हैं और ये लगभग स्पष्ट है कि अदालत का फैसला क्या होने जा रहा है–दुनिया की कोई ताकत उसे सजा से नहीं बचा सकती।'' अधेड़ ने कहा।

''लेकिन अगर उससे पहले इस लड़की ने उसे बेगुनाह साबित कर दिया?'' अधेड़ स्त्री ने पुनः शंका व्यक्त की।

''ऐसा नहीं होगा, एड़ी-चोटी का जोर लगाने के बावजूद वह ऐसा नहीं कर सकेगी।''

कमल बोला–''और अगर मुझे लगा कि वह ऐसा कर सकती है तो तुम सब यकीन रखो मैं ऐसी स्थिति कर दूंगा कि न रहेगा बांस, न बजेगी बांसुरी।''

''यानि?''

"शेखर का काम तमाम कर दूंगा मैं।"

"तुम ऐसी बेवकूफी हरगिज नहीं करोगे।" गुर्राकर अधेड़ ने सख्त स्वर में कहा–"जरा-सी चूक होते ही सारे किए-धरे पर पानी फिर सकता है, हम बरबाद हो जायेंगे।"

कुछ कहने के लिए कमल ने मुंह खोला ही था कि मां पर नजर पड़ते ही ठिठक गया–होंठों पर अंगुली रखे बड़े रहस्यमय अन्दाज में वह सबको चुप रहने का इशारा कर रही थी।

कमल का मुंह खुला रह गया।

सबकी नजरें अधेड़ स्त्री के चेहरे पर स्थिर थीं, दिल जोर-जोर से धड़कने लगे थे।

कमरे में सन्नाटा छा गया।

डायमंड की धार-सा पैना सन्नाटा।

अधेड़ ने उसके कान पर झुककर पूछा–"क्या बात है सुमित्रा?"

"उ-उधर देखिये, उधर।" सुमित्रा ने अंगुली से कमरे के बन्द दरवाजे की तरफ इशारा किया।

अधेड़ सहित सबकी नजरें दरवाजे की तरफ उठ गईं और वहां नजर पड़ते ही सबके दिल धक्क से रह गए–चेहरों पर हवाइयां उड़ने लगीं, सबकी हालत सुमित्रा जैसी हो गई थी।

बंद किवाड़ों और फर्श के बीच बनी बारीक झिर्री से एक जोड़ी पैरों का थोड़ा-सा हिस्सा अस्पष्ट नजर आ रहा था–समझते देर न लगी कि वहां खड़ा कोई शख्स बातें सुनने का प्रयत्न कर रहा है।

आतंक की ज्यादती के कारण छोटा लड़का चीख पड़ा–

"क-कौन है दरवाजे पर?"

और बस!

खेल बिगड़ गया।

पैर तेजी के साथ हटे और गैलरी में भागते कदमों की आवाज गूंजी।

सबसे पहले उछलकर कमल खड़ा हुआ–दौड़कर दरवाजे तक पहुंचा, चटकनी गिराकर जब उसने दरवाजा खोला तो कोई पांच मीटर लम्बी गैलरी....सन्नाटे में डूबी हुई थी।

एक साया कोठरी के अन्तिम मोड़ पर गुम होते जरूर देखा था उसने।

अभी कमल वहीं खड़ा था और जिस्म में एक अजीब-सी सनसनी का अहसास कर रहा था कि थर्राते से उसके मम्मी, पापा, भाई-बहन नजदीक आये, अधेड़ ने पूछा–''कौन था कमल?''

''पता नहीं।'' कमल अपने छोटे भाई पर चढ़ दौड़ा–''इसकी बेवकूफी से भाग गया।''

⅄

''अ-आप......आप कहीं मजाक तो नहीं कर रही हैं किरन जी?''

किरन ने गम्भीर स्वर में कहा–''क्या मैं इतनी दूर से चलकर तुमसे मजाक करने आई हूं?''

''म-मगर......मगर मेरे लिए यह बात दुनिया के नौवें आश्चर्य जैसी है कि किसी ने मुझे मेरे कहने–सिर्फ कहने के आधार पर बेगुनाह मान लिया–कोई तर्क, सबूत पेश नहीं किया है मैंने।''

''अगर ऐसा है तो यूं समझो कि दुनिया का नौवां आश्चर्य हो चुका है।''

''यानि आप मुझे बेगुनाह मानती हैं?''

''पूरी तरह।''

शेखर मल्होत्रा ने अपने सामने वाले सोफे पर बैठी किरन को इस

तरह देखा–जैसे किरन को नहीं बल्कि साक्षात् कुतुबमीनार को अपने कमरे में, अपने सामने वाले सोफे पर बैठी देख रहा हो।

जुबान से बोल तक न फूटा, होंठ फड़फड़ाकर रह गये।

हां, आंखें जरूर भर आई थीं।

और उन भरी हुई आंखों को देखकर किरन ने कहा–''त-तुम रो रहे हो?''

''न-नहीं....नहीं तो?'' बौखलाकर शेखर ने अपनी दोनों आंखें हथेलियों से ढक लीं।

फिर स्वयं को संयत करने के लिए एक सिगरेट सुलगाई।

किरन समझ सकती थी कि पल-भर के लिए झिलमिलाने वाले वे आंसू अचानक मिली असीमित खुशी के आंसू थे, विषय चेंज करने की गरज से वह बोली–''मगर जैसा कि तुम जानते हो, मात्र मेरे बेगुनाह समझ लेने से स्थिति में कुछ चेंज आने वाला नहीं है–चेंज तब आयेगा जब मैं तुम्हें कोर्ट में बेगुनाह साबित करने में कामयाब होऊंगी''

''म-मेरे ख्याल में ऐसा नहीं हो सकेगा किरन जी।''

''क्यों नहीं हो सकेगा?''

''जो चक्रव्यूह मेरे चारों तरफ रचा गया है वह इतना चक्करदार है कि जिसे आपके पापा, अक्षय श्रीवास्तव, शहजाद राय और स्वयं जज साहब तक नहीं समझ सके, उसे भला हम......जो कि बौद्धिक स्तर पर उनके सामने बहुत 'बौने' हैं, क्या समझ सकेंगे–चक्रव्यूह के अन्दर घुसकर इसे तोड़ने की तो बात ही दूर, लाख प्रयत्न करने के बावजूद मैं इतना तक नहीं जान पाया हूं कि यह चक्रव्यूह आखिर रचा किसने है?''

''तुम्हें फंसाने की इतनी जबरदस्त योजना वही बना सकता

हैं,जिसे तुम्हारे फंसने पर जबरदस्त लाभ हो।''

''जाहिर-सी बात है।''

''तो सोचो, तुम्हारे फंसने से किसे लाभ हो सकता है।''

''लाख दिमाग घुमाने के बावजूद मैं किसी ऐसे व्यक्ति का नाम नहीं सोच पाया हूं।''

''सीधा-सीधा लाभ तो संगीता के चाचा को पहुंचा है।''

''क्या नाम है उनका?''

''अतर जैन।''

''पत्नी, बेटी और दोनों बेटों के नाम भी बताओ।''

''पत्नी का नाम सुमित्रा है, बेटी का नाम संगम, छोटे लड़के का राकेश और बड़े लड़के का कमल मगर–

''मगर!''

''ये लोग भला संगीता की हत्या कैसे कर सकते हैं?''

''क्यों नहीं कर सकते?''

''संगीता की मौत से पहले ये अमीनाबाद में रहते थे–यहां आते-जाते तक नहीं थे, अतर जैन को या तो मैंने तब देखा था जब बाबूजी की मृत्यु हुई थी या संगीता के बाद देखा है।''

शेखर की आंखों में आंखें डालकर सवाल किया किरन ने–''गुलाब चन्द की मौत कैसे हुई थी?''

''उनकी मृत्यु हिल एरिया में कार ड्राइव करते हुई थी–ब्रेक फेल हो जाने की वजह से उनकी फियेट एक खाई में जा गिरी थी–लाश गद्दी और स्टेयरिंग के बीच फंसी मिली थी, आग भी लग गई थी कार में–बुरी तरह जल गए थे वे–इतने ज्यादा कि लाश पहचान तक में नहीं आ रही थी–अंगूठी आदि के बेस पर ही मैं और संगीता उनकी शिनाख्त कर सके थे।''

शेखर को बड़ी गहरी नजरों से देखती हुई किरन ने एक सवाल और किया–''क्या गुलाब चन्द जी संगीता को बहुत चाहते थे?''

''यह भी कोई पूछने वाली बात है, संगीता उनकी बेटी थी।''

''तब तो तुम्हें भी उतना ही चाहते होंगें आखिर तुम उनकी इकलौती और प्यारी बेटी के पति थे?''

''अ-अ....आं।'' हिचका शेखर।

किरन ने तुरन्त पूछा–''हिचक क्यों रहे हो?''

''बाबूजी मुझसे कुछ चिढ़े-चिढ़े से रहते थे।''

''क्यों?''

''दरअसल संगीता और मैंने लव-मैरिज की थी–लव-मैरिज भी ऐसी कि बाबूजी जिसके सख्त खिलाफ थे, जाने क्यों मैं उनकी नजर में कभी अच्छी छवि न बना पाया–वे हमेशा मुझे गुन्डा-लफंगा और पैसे का लालची समझते रहे–खैर अब उन बातों को दोहराने से क्या लाभ?''

''तो अतर जैन एन्ड फैमिली को तुमने सबसे पहले तब देखा जब गुलाब चन्द की अन्त्येष्टि हुई थी?

''फैमिली को नहीं, सिर्फ 'अंकल' को–वे अकेले आये थे, अन्त्येष्टि उन्होंने ही की थी।''

''बीवी-बच्चे नहीं आए थे?''

''नहीं।''

''क्यों?''

''दरअसल इन तीनों भाइयों के सम्बन्ध आपस में ठीक नहीं थे।''

''तीन भाई?''

''हां......हालांकि तीसरे को मैंने कभी देखा नहीं और बकौल संगीता के उसने भी बचपन में ही देखा था–उसका नाम सुब्रत जैन

था–तीनों भाइयों में सबसे बड़ा था वह–उस वक्त संगीता केवल चार वर्ष की थी जब वह घर से रूठकर बल्कि लड़-झगड़कर चला गया था।''

''लड़-झगड़कर?''

''संगीता बताया करती थी कि मूल रूप से ये लोग हस्तिनापुर के निवासी हैं–तीनों भाइयों के पिता हस्तिनापुर के सबसे सम्भ्रांत व्यक्ति थे। बड़ा लड़का यानि सुब्रत गंदी सोसायटी में उठने-बैठने लगा था। गुन्डों-लफंगों के साथ रहकर वह भी गुन्डागर्दी करने लगा था–सबसे छोटा यानि अतर भी कुछ-कुछ उसी के रंग जैसा था जबकि बाबूजी दोनों से बिल्कुल अलग अपने पिता के रंग में रंगे हुए थे–धीरे-धीरे सुब्रत और अतर की आवारगियां और बदतमीजियां इतनी बढ़ गईं कि उनके पिता ने दोनों को चेतावनी दे दी कि अगर नहीं सुधरेंगे तो वे उन्हें अपनी सम्पूर्ण जायदाद से बेदखल कर देंगे–इस चेतावनी का थोड़ा-सा असर अतर पर पड़ा किन्तु सुब्रत की बदतमीजियां कुछ और बढ़ गयीं–बार-बार की चेतावनी के बावजूद उसने एक न सुनी और एक दिन ऐसा आ गया कि उनके पिता ने अखबार में इस आशय की विज्ञप्ति निकाल दी कि सुब्रत से उनका कोई सम्बन्ध नहीं है और उनकी सम्पत्ति में भी उसका कोई हिस्सा नहीं है बकौल संगीता के उस दिन परिवार में मानो तूफान आ गया था–घर में कदम रखते ही सुब्रत सब पर बरस पड़ा–सबसे ज्यादा अपने पिता और बाबूजी पर भड़का था।''

''गुलाब चन्द पर क्यों?''

सुब्रत का कहना था कि सब कुछ उसी का करा-धरा है–बाबूजी पर यह आरोप लगाया कि पिता पर उसने जादू कर दिया है–वह उसी दिन अपनी पत्नी और दस वर्षीय बेटे को लेकर हस्तिनापुर से

निकल गया–जाता-जाता बाबूजी को धमकी दे गया, कह गया कि अगर उसका मौका लगा तो बाबूजी से और उनके पूरे परिवार से बदला लेगा।

''फिर?''

''वह अन्तिम दिन था जब इन लोगों ने सुब्रत की शक्ल देखी थी–बाबूजी और संगीता का कहना यह था कि पता नहीं सुब्रत को धरती निगल गई या आसमान खा गया–पता नहीं कहां जाकर बस गया था वह?''

''और अतर?''

''सुब्रत का अंजाम देखकर अतर सम्भल तो गया था किन्तु खुद को इतना कभी न सुधार सका कि अपने पिता की नजरों में चढ़ जाए–उनका चहेता बेटा हमेशा बाबूजी ही रहे इसी का परिणाम था कि उनकी मृत्यु के बाद जब वसीयत खोली गई तो पता लगा कि अपनी सम्पत्ति का नब्बे प्रतिशत भाग उन्होंने बाबूजी को दिया था और कुल दस प्रतिशत अतर को–झगड़ा होना था, सो हुआ–मगर झगड़े से अब हो क्या सकता था, अतर ने भी बाबूजी पर वही आरोप लगाये जो घर छोड़ते वक्त सुब्रत ने लगाए थे, मगर वैसी कोई धमकी नहीं दी जैसी सुब्रत ने दी थी–जो सम्पत्ति बाबूजी के हिस्से में आयी उसके बूते पर उन्होंने इस शहर में असली घी की फैक्ट्री लगा ली और अतर ने अमीनाबाद में रेडीमेड कपड़ों की दुकान खोल ली–अब ये लोग उसे बेच-बाचकर यहां आ गए हैं मगर–

''मगर?''

''आपने मुझसे इस परिवार की हिस्ट्री क्यों पूछी?''

''हत्या के अधिकांश मामलों में कई पीढ़ियों पहले हुए पारिवारिक कलह महत्वपूर्ण होते हैं।'' किरन ने कहा–''खैर, मतलब यह हुआ

कि गुलाब चन्द और अतर के बीच न रंजिश जैसी बात थी न मुहब्बत जैसी, एक खिंचाव-सा था और उसी खिंचाव के कारण अपने भाई की मृत्यु पर अतर अकेला आया, फैमिली नहीं आई थी?''

''हां!''

''खैर....हत्यारा जो भी है, सामने तो अब उसे आना ही पड़ेगा।'' आंखें शून्य में केन्द्रित किए किरन अजीब-सी दृढ़ता के साथ कहती चली गई–''मैं उसके रचाए गए चक्रव्यूह के अन्दर घुस चुकी हूं–इस चक्रव्यूह को तोड़कर रख दूंगी मैं–चक्रव्यूह के एक-एक 'जाले' की धज्जियां उड़ाकर रख दूंगी।''

''अ-आप....आप-सेन्टीमैन्टल हो रही हैं किरन जी।''

''ओह!'' किरन चौंकी–''शायद हां....शायद मैं सेन्टीमैन्टल ही हो उठी थी–खैर, अतर एन्ड फैमिली के बीच मैं एक 'शगूफा' छोड़ आई थी–अगर उनके दिल में जरा भी 'मैल' है तो उस 'शगूफे' के परिणाम सामने आने चाहियें।''

''कैसे?''

''मैंने उन्हें बता दिया कि शीघ्र ही तुम्हें बेगुनाह साबित कर दूंगी।'' किरन ने कहा–''अगर वे अपराधी हैं तो यह खबर उनके लिए 'शगूफा' होगी और यह शगूफा ऐसा है जो उनके बीच जबरदस्त खलबली मचा देगा।''

▲

और!

खलबली मच गयी थी।

उस खलबली का ही परिणाम था कि–

बंद दरवाजे पर दस्तक हुई।

किरन और शेखर मल्होत्रा चौंक पड़े, दोनों की नजरें एक साथ दरवाजे की तरफ उठ गयीं, शेखर ने ऊंचे स्वर में पूछा–''कौन है?''

''म-मैं हूं शाब, बुन्दू–जल्दी से दरवाजा खोलिए।''

आवाज बुन्दू की ही थी और ऐसी थी जैसे चाहता हो कि आवाज को इस कमरे में मौजूद लोगों के अलावा कोई और न सुन सके।

''ब-बुन्दू?'' शेखर चकित स्वर में बड़बड़ाया–''बुन्दू आज यहां कैसे आ गया?''

किरन ने पूछा–''क्यों, क्या बुन्दू तुम्हारे कमरे में नहीं आता?''

जवाब देने के लिए शेखर ने मुंह खोला ही था कि बंद दरवाजे के पार से बुन्दू की फुसफुसाहट पुनः उभरी–''जल्दी से दरवाजा खोल दीजिए शाब, अगर उन्होंने मुझे देख लिया तो मार डालेंगे।''

किरन लपककर उठी।

शेखर कुछ समझ नहीं पाया था कि उसने चटकनी गिरा कर दरवाजा खोल दिया।

सामने बुन्दू खड़ा था।

चेहरे पर हवाइयां लिए।

किरन उसके पीले जर्द पड़े चेहरे का सबब समझने की चेष्टा कर ही रही थी कि बुन्दू ने कमरे के अन्दर झांकने का प्रयत्न करते हुए पूछा–''श-शेखर शाब कहां हैं?''

दरवाजे पर पहुंचते हुए शेखर ने कहा–''मैं यहीं हूं बुन्दू, क्या बात है?''

''श-शाब......शाब!'' अजीब-सी हड़बड़ाहट हावी थी उस पर–''म–मुझे आपसे कुछ कहना है।''

''कहो।''

''म-मगर......मगर, शाब, अकेले में।'' उसने किरन की तरफ देखा।

शेखर ने एक नजर किरन पर डाली और फिर बुन्दू की तरफ आकर्षित होकर बोला–''ये बिल्कुल अपनी हैं बुन्दू, इनके सामने बिना डरे कोई भी बात कह सकते हो।''

बुन्दू चुप रह गया। किरन ने बेहद नम्र स्वर में कहा–''आओ बुन्दू, जो कुछ कहना है अन्दर आकर आराम से कहो।''

बुन्दू अन्दर आ गया।

किरन के इशारे पर शेखर ने दरवाजा बंद करके चटकनी चढ़ा ली।

तब, जबकि बुन्दू कुछ बताने की स्थिति में आया, बोला–''श-शाब, कमल बाबू आपकी हत्या कर सकते हैं।''

''क-क्या!'' वह बोला–''मैं सच कह रहा हूं, सब-कुछ अपने कानों से सुना है मगर–

''मगर?''

''उनसे मत कहना शाब कि यह सब-कुछ आपसे मैंने कहा है वर्ना....वर्ना वे मेरी जान के दुश्मन बन जायेंगे।''

''नहीं कहेंगे।'' किरन ने तपाक से उसका हौंसला बढ़ाने के लिए कहा–''बिना डरे सब-कुछ बताओ बुन्दू वादा रहा कि तुम्हारा नाम नहीं आने देंगे?''

''व-वैसे तो आप जानते ही हैं शाब कि मैं उस दिन से आपसे नफरत करता हूं कि जिस दिन आपने संगीता मेमशाब की हत्या की थी।''बुन्दू सीधा शेखर की तरफ देखता हुआ कहता रहा–''इसीलिए मैं तब से आज तक कभी आपके कमरे में नहीं आया–कभी आप से बात नहीं कि–आप ही ने कुछ पूछा तो जवाब दे दिया मगर आज–आज इसलिए आना पड़ा साब क्योंकि मैंने अपने कानों से कमल बाबू को यह कहते हुए शुना है कि ये मेमसाब आपको बेगुनाह साबित करने वाली हैं तो वे आपका काम तमाम कर देंगे।''

''ये बात कमल ने किससे कही?''

''वहां सभी थे–उसके मम्मी-पापा, छोटा भाई और बहन।''

''और क्या-क्या सुना तुमने?'' किरन ने पूछा।

''ज्यादा तो कुछ न सुन सका, मेमसाब, क्योंकि वे लोग बात ही इतने धीरे-धीरे कर रहे थे कि दरवाजे तक ठीक से आवाज नहीं आ रही थी–हां, कमल बाबू कभी जरूर जोर शे बोल पड़ते थे–उनकी, और दूशरे लोगों की फुसफुसाहटों से मुझे ऐसा लगा कि वे आप ही दोनों के बारे में बात कर रहे थे।''

किरन के होंठों पर बेहद जीवंत मुस्कान उभरी, बोली–''देखो .... खैर, मेरे शगूफे ने कितनी जल्दी कमाल दिखाया और कमाल भी वैसा जैसे कि मैंने उम्मीद की थी।''

हैरत में डूबे शेखर ने कहा–''क्या इस बात से यह ध्वनित होता है, संगीता के मर्डर में उनका हाथ है?''

''इतनी जल्दी किसी निश्चय पर नहीं पहुंच जाना चाहिए हमें।''

''फिर।''

''आओ, उनसे बात करते हैं।''

''क-क्या?'' शेखर चौंक पड़ा–''उनसे बात करेंगी आप?''

गजब की फुर्ती के साथ दरवाजे की तरफ बढ़ती किरन ने कहा–''मेरे साथ आओ।''

शेखर हक्का-बक्का रह गया था, बुन्दू को काटो तो खून नहीं।

⅄

ड्राइंग हॉल में पांचों एक-दूसरे से काफी दूर-दूर पड़े पांच सोफों पर बैठे थे।

चुपचाप!

अपने-अपने विचारों में गुम।

हॉल में सन्नाटा व्याप्त था।

चेहरे इस कदर निचुड़े हुए नजर आ रहे थे मानो कोल्हू के भारी पाटों के बीच से कई-कई बार गुजारा गया हो और फिर अचानक वहां एक आवाज गूंजी–''क्या बात है, शेखर का मर्डर करने की अभी तक कोई स्कीम नहीं बनी क्या?''

पांचों चौंके।

एक झटके के साथ सोफों से उछलकर इस तरह खड़े हो गये जैसे एक ही स्विच से 'कनेक्टिड' हों।

नजर हॉल में दाखिल होती किरन पर पड़ी।

उस किरन पर जिसके कमल की पंखुड़ियों जैसे पतले सुर्ख और रस भरे होंठों पर मुर्दे में भी जान डाल देने वाली मुस्कुराहट नृत्य कर रही थी।

बुन्दू नजर नहीं आ रहा था।

उन्हें देखते ही पांचों के चेहरे मानो एक–एक बार और कोल्हू के पाटों के बीच गुजर गये अभी वे हक्के-बक्के ही थे कि किरन सोफों के बीच में, ठीक वहां पहुंची जहां शीशे की एक विशाल और बेशकीमती सेन्टर टेबल रखी थी, सीधी कमल से मुखातिब होकर बोली वह–''मेरे सवाल का जवाब नहीं दिया तुमने?''

''क-कौन सा सवाल?'' वह हकला गया।

''मैंने पूछा था कि शेखर का मर्डर करने की कोई स्कीम नहीं बनी?''

''क-क्या बक रही हो तुम?'' वह हिम्मत करके गुर्राया–''हम भला इस कमीने का मर्डर क्यों करेंगे?''

बेहद जानदार लहजे में कहा किरन ने–''क्योंकि मैं शीघ्र ही इसे बेगुनाह साबित करने जा रही हूं।''

“इ-इसे बेगुनाह साबित करने वाली तुम होती कौन हो?”

“इस केस की जांच पड़ताल करने के लिए मुझे कोर्ट ने नियुक्त किया है।”

“क-क्या कोर्ट ने?” कमल के हलक से चीख निकल गई।

“हां कोर्ट ने–अदालत नहीं चाहती कि उससे कोई गलत फैसला हो–हालांकि ‘डेट’ वही है यानि फैसला आज से ठीक चौथे दिन सुनाया जाना है–मगर सुनाया मेरी रिपोर्ट के आधार पर जायेगा–मुझे आज से ठीक तीसरे दिन जज साहब के सामने अपनी रिपोर्ट पेश करनी है–स्पष्ट रूप से यह बताना है कि शेखर संगीता का हत्यारा है या नहीं?”

“फैसले से पहले कोर्ट द्वारा किसी को इस तरह नियुक्त करने की बात तो मैंने पहली ही बार सुनी है।”

किरन ने मजेदार स्वर में कहा–“अभी तो ऐसी बहुत सी बातें हैं जिन्हें तुम अपने जीवन में पहली बार सुनोगे।”

“तुम शेखर को बेगुनाह साबित करने निकली हो या जज साहब को अपनी निष्पक्ष रिपोर्ट देने?” अतर ने पूछा।

“निष्पक्ष रिपोर्ट देने।”

“कुछ देर पहले तुमने कहा था कि....!”

“वह इसलिए कहा था ताकि देख सकूं कि उन शब्दों की आप लोगों पर क्या ‘प्रतिक्रिया’ होती है।”

“प्रतिक्रियास्वरूप आप सब अन्दर वाले कमरे में इकट्ठे हुए और लगे इस बारे में बातें करने कि अगर मैंने शेखर को बेगुनाह साबित कर दिया तो क्या होगा?”

ये शब्द सुनते ही पांचों के छक्के छूट गये।

दिल धक्क् से रह गये।

चेहरों पर बज गये पौने बारह।

किसी के मुंह से बोल न फूट सका–अभी वे डरी-डरी आंखों से एक-दूसरे की तरफ देख ही रहे थे कि किरन ने घूम-घूमकर पांचों के चेहरों का निरीक्षण करते हुए कहा–''और कमल नाम के इस बहादुर ने तो यह घोषणा तक कर दी कि अगर इसे लगा कि मैं शेखर को बेगुनाह साबित करने वाली हूं तो यह शेखर का काम तमाम कर देगा।''

पांचों को एक साथ ऐसा लगा जैसे कोई बड़ा पर्वत अचानक गड़गड़ाकर उनके ऊपर गिर पड़ा हो और वे लोग उसके मलबे के नीचे दब चुके हों–मौत की सिहरन विद्युतीय तरंगों की तरह अभी उनके जिस्मों में दौड़ रही थी कि किरन ने सीधे कमल से कहा–''बोलो, तुमने ऐसा कहा था या नहीं?''

कमल कुछ बकने ही वाला था कि अतर जैन ने कहा–''कमल बेवकूफ है बेटी, मैं तुम्हें बताता हूं कि असलियत क्या थी?''

यह सोचकर किरन मन-ही-मन मुस्करा उठी कि अब वह 'बेटी' बन गई है–अतर जैन की तरफ पलटती हुई बोली वह–''आप ही कहिए?''

''यह सच है कि अन्दर वाले कमरे में हम सब बातें कर रहे थे और यह भी सच है कि कमल ने शेखर की हत्या कर देने वाली बात कही थी मगर तुम्हें यह भी सोचना चाहिए कि यह बात किन हालात में, क्यों, कैसे और किन भावनाओं के साथ कही गई?''

''आप बता दीजिये।''

कमल अपने पापा की तरफ इस तरह देख रहा था जैसे वे पागल हो गए हों जबकि अतर जैन अपनी बात को ज्यादा से ज्यादा प्रभावशाली ढंग से कहता चला गया–''हम सबको पूरा यकीन है कि

संगीता बिटिया की हत्या शेखर ने ही की है–जब सुना कि इसे तुम बेगुनाह साबित करना चाहती हो तो हम यह सोचकर चिन्तित हो उठे कि संगीता बिटिया का हत्यारा खुला घूमता रहेगा बस, इसी वजह से गुस्से से भरा कमल ये शब्द कह गया–किसी भाई को यह लगे कि उसकी बहन के हत्यारे को सजा नहीं होगी तो उसका क्रोधित हो उठना स्वाभाविक है–कमल पर हुई उस स्वाभाविक प्रतिक्रिया को जरा भी गम्भीरता से नहीं लिया जाना चाहिए–यह बके चाहे जितना मगर शेखर की तो बात ही दूर, चीटीं तक को नहीं मार सकता।''

किरन कह उठी–''अपने बेटे की अच्छी पैरवी की है आपने।''

''यह पैरवी नहीं, हकीकत है बेटी।''

किरन के कुछ कहने से पहले ही वातावरण में एक जोरदार चीख की आवाज गूंजी।

सभी चौंक पड़े।

अभी उनमें से कोई कुछ समझ भी नहीं पाया था कि ''बचाओ ....बचाओ....बचाओ!''

किसी के चिल्लाने से सारी कोठी दहल उठी।

शेखर चीखा–''ये-ये तो बुन्दू की आवाज है किरन जी।''

मगर!

किरन को उक्त शब्द सुनने का होश कहां था?

अनुमान से उस तरफ भागी जिस तरफ से बुन्दू के चिल्लाने की आवाज आ रही थी–लम्बी-चौड़ी बारादरी में भागती हुई वह कोठी के भीतर की तरफ दाखिल हो गयी।

शेखर, अतर, कमल, राकेश, सुमित्रा और संगम उसके पीछे लपके।

बुन्दू की 'बचाओ......बचाओ' की पुकार अभी भी सारी कोठी

में गूंज रही थी–आंधी-तूफान की तरह भागती किरन बारादरी के एक मोड़ पर मुड़ी और मुड़ते ही नजर सामने से चिल्ला-चिल्लाकर इसी तरफ आते बुन्दू पर पड़ी, किरन कुछ और तेजी से उसकी तरफ लपकी!

बुन्दू की हालत ऐसी थी जैसे सैकड़ों भूत उसके पीछे दौड़ रहे हों–उस वक्त वह किरन से करीब दस मीटर दूर था जब भागता-भागता अचानक यूं लड़खड़ाया जैसे किसी ने अड़ंगी मार दी हो फिर झोंक में एक दर्दनाक चीख के साथ फर्श पर गिरा।

और।

चिकने फर्श पर फिसलता हुआ जिस्म ठीक किरन के पैरों के नजदीक आकर स्थिर हुआ।

कोई हरकत नहीं थी उसमें।

एकदम शान्त, निश्चेष्ट।

किरन ने बारादरी के सामने वाले मोड़ पर निगाह डाली–मोड़ करीब तीस मीटर दूर था परन्तु कहीं कोई हलचल नजर नहीं आई–अभी वह अपनी उखड़ी सांसों को नियंत्रित करने का प्रयत्न कर ही रही थी कि भागते कदमों की आवाज के साथ सभी लोग वहां पहुंच गये।

फूली सांसों के साथ लगभग सभी ने पूछा–"क-क्या हुआ?"

किसी के सवाल का जवाब देने के स्थान पर किरन जहां खड़ी थी, घुटनों के बल वहीं बैठ गई फिर उसने औंधे पड़े बुन्दू के जिस्म को सीधा किया।

नब्ज टटोली।

यह अहसास करके किरन के चेहरे पर छाया तनाव कुछ कम हुआ कि बुन्दू केवल बेहोश था–फर्श पर गिरने के कारण उसके मस्तक के

अग्रभाग से खून बह रहा था–चेहरा पसीने से तर-बतर।

पीला जर्द।

मुर्दे के चेहरे की मानिन्द निस्तेज!

आतंक की परछाई उसके चेहरे पर ऐसे विकराल रूप में नजर आ रही थी जैसे आपको अपनी परछाई तब नजर आती है जब आप किसी 'ऑन' बल्ब के नजदीक खड़े हों।''

⅄

ड्राइंग हॉल में!

सभी लोग बुन्दू के चारों तरफ खड़े थे–उनमें 'निक्कू' भी आ मिला था, वह निक्कू जो बुन्दू के बेहोश होने के बाद सब्जी लेकर आया था–जब उसे वारदात के बारे में बताया गया तो उसकी हालत भी उन जैसी हो गई और वह भी यह जानने के लिए उत्सुक हो उठा कि आखिर हुआ क्या है?

जख्म पर पट्टी बांध दी गई थी।

एक बार होश में आने के बाद बुन्दू बड़े ही खौफनाक अन्दाज से चीखा और पुनः बेहोश हो गया।

कुछ देर बाद।

फिर होश में लाया गया।

बड़ी मुश्किल से सम्भाला गया उसे।

किरन ने समझाया कि ''अब डरने की कोई जरूरत नहीं है, वह अपने शुभचिंतकों के बीच है।''

''व-वह मुझे मार डालेगी।'' आतंकित बुन्दू पागलों की तरह आंखें फाड़-फाड़कर कहता चला गया–उसने मेरी गर्दन पकड़ ली थी–मैं-मैं बड़ी मुश्किल से छूट सका–भागा, उसने मेरा पीछा किया

मेमशाब–म-मुझे बचा लीजिए–मेरे पीछे भागी थी वह।''

''किसकी बात कर रहे हो?''

''व-वह......वह।''बुन्दू हकलाकर रह गया आतंक की छाया ने चेहरे के साथ-साथ आंखों तक को ढक लिया था जबकि किरन ने कहा....हां....हां बोलो बुन्दू, डरो नहीं–बताओ, कौन थी वह?''

''ल-लाश!''

सम्भलकर सबसे पहले किरन ही ने पूछा–''किसकी लाश थी?''

''ब-बडे शाब की, बड़े मालिक की।''

''गुलाब चन्द की!'' आश्र्चय मिश्रित चीखें निकल पड़ीं।

प्रत्येक व्यक्ति के जिस्म में मौत की झुरझुरी-सी दौड़ गई जबकि बुन्दू कुछ ऐसे अन्दाज में कहता चला गया जैसे अभी भी गुलाब चन्द की लाश को अपने सामने देख रहा हो–''हां, बड़े शाब की लाश थी वह–बहुत ही डरावनी, बुरी तरह जली हुई–शारा जिस्म जला हुआ था......उशके जिस्म पर वही कपड़े थे, वही अधजले कपड़े और चेहरा......चेहरा तो इतना भयानक था–कि देखते ही मेरे हलक से चीख निकल गई।''

''जब चेहरा जला हुआ था तो तुमने कैसे पहचाना कि लाश गुलाब चन्द की है?''

''म-मैंने मालिक की लाश देखी नहीं थी क्या?''

''कब देखी थी?''

''तभी जब वे मरे थे–अंत्येष्टि से पहले मैंने ही तो नहलाया था उन्हें।''

''और अंत्येष्टि भी तुम्हारे सामने हुई थी?''

''हां।''

''तुमने उनकी जलती चिता देखी थी?''

''हां....देखी थी।''

''उसकी लाश को पंचतत्वों में मिलते भी देखा था?''

''बिल्कुल देखा था।''

''तो फिर लाश कोठी में कैसे आ सकती है?''

''म-मुझे नहीं मालूम कि कैसे आई म-मगर....मगर वह थी शाब की लाश–मैंने उनकी फूली हुई अंगुलियों के बीच में फंसी अगुंठियां देखी थीं–शाब की अंगूठियों को मैं लाखों में पहचान सकता हूं बड़ी कीमती अंगूठियां थीं वे।''

''इसका मतलब ये है बुन्दू कि किसी बहरुपिए ने गुलाब चन्द की लाश का रूप धारण करके तुम्हें डराया है।''

''ए-ऐसा कैसे हो सकता है?''

''और ऐसा भी कैसे हो सकता है कि जिस लाश को तुमने अपनी आंखों से पंचतत्वों में विलीन होते देखा वह उसी रूप में तुम्हें फिर मिल जाये?''

बुन्दू चुप रह गया।

आंखों में सोचने वाले भाव उभर आये।

उसे सामान्य अवस्था में लाने की गरज से किरन कहती चली गई– ''यकीन मानो वह लाश नहीं हो सकती–कोई बहरूपिया था जिसका उद्देश्य तुम्हें डराना था और तुम डर गये, बेवजह डर गये। तुम्हें डटकर उसका मुकाबला करना चाहिए था।''

''म-मैं......?'' बुन्दू सकपका गया–''मैं भला उसका मुकाबला कैसे कर सकता था?''

''खैर, अब यह बताओ कि बहरुपिया तुम्हें मिला कहां था?''

''वह मुझे शेखर शाब के पुराने बेडरूम के नजदीक मिली थी–जब आपने मेरे शामने शेखर शाब से कहा कि चलो इन लोगों से बात

करते हैं तो मैं यह सोचकर डर गया कि आप अपना वादा भूलकर इन पर मेरा भेद खोल देंगी–बारादरी के मोड़ पर मुड़ा ही था कि अचानक लाश मेरे सामने आ गयी।''

''फिर?''

''मैं भाग रहा था कि दरवाजा बंद होने की जोरदार आवाज सुनी–भागते ही भागते पीछे मुड़कर देखा–देखा कि वह, आवाज श्टडी की दरवाजा बंद होने की थी।''

''और लाश?''

''बारादरी में कहीं नजर नहीं आ रही थी।''

''यानि स्टडी के अन्दर चली गयी।''

''अपनी आंखों से मैंने उसे स्टडी के अन्दर जाते नहीं देखा और बारादरी में उसे न पाकर भागने या चीखने की रफ्तार में भी कोई कमी नहीं लाया मगर हां, जिस तरह से स्टडी का दरवाजा बन्द होते ही आवाज के शाथ वह बारादरी से गायब हो गई उशसे लगता तो यही है कि श्टडी में ही चली गयी होगी।''

इससे पूर्व कि किरन उससे अगला सवाल करती, शेखर बोला–''एक मिनट किरन जी।''

''क्या चाहते हो?'' किरन ने उसकी तरफ पलटकर पूछा।

''मैं यह बताना चाहता हूं कि स्टडी के नीचे एक तहखाना है।''

''तहखाना?''

''तहखाना भी ऐसा जिसकी जानकारी मेरी 'नॉलिज' के मुताबिक मुझे, संगीता और केवल बाबूजी को थी–मेरे ख्याल से इसकी जानकारी अंकल या इनके किसी फैमिली मैम्बर्स को भी अभी तक नहीं होगी।''

''जब हमें किसी ने बताया ही नहीं तो जानकारी कैसे होगी?'' अतर जैन गुर्रा-सा उठा।

किरन ने एक पल चुप रहकर कुछ सोचा और पुनः पलटकर बुन्दू से बोली–''तुम्हें हम सबको वहां ले चलना होगा बुन्दू जहां लाश मिली थी।''

एक बार पुनः बुन्दू की आंखों में आतंक के साये नाच उठे।

⅄

''य-यहां।'' बारादरी के एक मोड़ पर पहुंचकर बुन्दू ने बताया–''लाश यहां मिली थी।''

''गर्दन दबाने की कोशिश भी उसने यहीं की थी?''

''हां।''

''तुम उससे छूटकर किधर भागे?''

''उधर।'' उसने दूर तक खाली पड़ी बारादरी की तरफ अंगुली उठाई।

''स्टडी कहां है?''

''वो रही।'' बुन्दू ने करीब बीस मीटर दूर तक एक बंद दरवाजे की तरफ अंगुली उठाई।

सभी लोगों को साथ लिए स्टडी की तरफ बढ़ती किरन ने शेखर से सवाल किया–''तुमने गुलाब चन्द की अंगूठियों का क्या किया था शेखर?''

''मेरा या संगीता का तो अंगूठियों की तरफ ध्यान तक नहीं था–ध्यान दिलाया अंत्येष्टि में आये लोगों ने–सभी ने कहा कि अंगूठियां बहुत कीमती हैं अतः उन्हें निकाल लिया जाये–ऐसा कहने वालों में अंकल भी थे–मैंने और संगीता ने न विरोध किया, न स्वीकृति दी बल्कि जाने किस-किसने सारी अंगूठियां मुझे पकड़ा दी थीं।''

''आपने ऐसा कहा था?'' किरन ने अतर जैन से पूछा।

''जी हां।''

किरन ने पुनः शेखर से सवाल किया–''तुमने उनका क्या किया?''

''संगीता को सौंप दी थीं–मगर–।''

''वे चोरी चली गईं?''

''च-चोरी चली गईं?'' किरन बुरी तरह चौंकी–''कब?''

''संगीता की मौत से करीब एक हफ्ता पहले।''

''कुछ और भी चोरी गया था या सिर्फ गुलाब चन्द की अंगूठियां?''

''काफी कुछ चला गया था, बल्कि अगर यह कहा जाये तो गलत न होगा कि संगीता का जो जेवर लॉकर में न होकर घर की सेफ में था वह सभी चला गया था।''

''क्या तुम लोगों ने इस चोरी की रपट लिखवाई थी?''

''हां......लिखवाई थी, मगर आज तक तो इंस्पेक्टर अक्षय चोर पकड़ नहीं सका है–जब चोर का मामला ताजा-ताजा था तब संगीता करीब-करीब रोज ही फोन पर अक्षय से बात करके पूछा करती थी कि चोर पकड़ा गया या नहीं, परन्तु सकारात्मक जवाब कभी नहीं मिला–दिन गुजरते गए और बात आई-गई हो गई–संगीता ने भी निराश होकर फोन-वोन करने छोड़ दिये।''

शेखर की बात खत्म होते-होते वे स्टडी के दरवाजे के नजदीक पहुंच गए और जब किरन ने धक्का देकर दरवाजे को खोलना चाहा तो पाया कि वह अन्दर से बंद था।

किरन चिहुंक उठी।

चकरा सभी गये थे।

सन्नाटे से घिरे धड़कते दिलों के साथ वे सभी आंखों में सवालिया निशान लिए एक-दूसरे की तरफ देखते रह गये–जो सवालिया निशान

सबकी आंखों में 'कैबरे' कर रहा था उसका जवाब किसी के पास नहीं था।

करीब-करीब एक मिनट उनके बीच सन्नाटा कायम रहा।

खौफनाक सन्नाटा।

ऐसा, जिससे एक विशेष प्रकार की सांय-सांय की आवाज होती है।

सन्नाटे युक्त उस एक मिनट के अन्दर-अन्दर किरन सहित सभी के दिल 'धाड़-धाड़', करके बजने लगे थे–सस्पेंस की ज्यादती सभी के चेहरों पर स्पष्ट परिलक्षित हो रही थी–खुद पर नियंत्रण पाकर मुंह से सबसे पहला शब्द निकालने की हिम्मत किरन ने ही की, उसने शेखर से पूछा–''क्या स्टडी का कोई दूसरा दरवाजा भी है?''

''नहीं।''

''खिड़की आदि?''

''पूरी कोठी में स्टडी ही ऐसी जगह है जिसके तीन तरफ कमरे हैं, चौथी तरफ बारादरी यानि जहां हम खड़े हैं–किसी भी कमरे में न स्टडी का दरवाजा है, न खिड़की–बाबूजी कहा करते थे ''कि स्टडी ऐसी होनी चाहिए जहां लॉन में चहक रही चिड़ियों की चहचहाट तक सुनाई न दे।''

''यानि स्टडी के अन्दर सिर्फ एक तहखाना है?''

''हां।''

''तहखाने का कोई अन्य रास्ता?''

''नहीं है।''

''इसका मतलब खुद को गुलाब चन्द की लाश बनाने वाला शख्स स्टडी या तहखाने में ही होना चाहिए?''

''तहखाने की जानकारी भला किसी को कैसे हो सकती है, उसके

बारे में केवल तीन शख्स जानते थे जिनमें से दो आज इस दुनिया में नहीं हैं और तीसरा मैं खुद खड़ा हूं।''

''तो वह स्टडी में होगा?''

''होना तो चाहिए क्योंकि बाहर निकलने का इस दरवाजे के अलावा कोई रास्ता नहीं है।''

''और वह अन्दर बंद है।'' किरन बड़बड़ाई।

जवाब किसी ने नहीं दिया।

सब उसी की तरफ देख रहे थे मानो अनजाने में ही सबने उसका नेतृत्व कुबूल कर लिया हो–सबके चेहरों पर साफ-साफ लिखा था कि वे किरन का फैसला जानना चाहते हैं–यह आशंका सबको थरथराये दे रही थी कि गुलाब चन्द की लाश बना शख्स स्टडी के अन्दर हो सकता है, सबसे खस्ता हालत बुन्दू की थी।

''तो अब स्टडी के अन्दर जाने के लिए दरवाजे को तोड़ने के अलावा कोई चारा नहीं है?''

''क-क्या आप स्टडी के अन्दर जाने की सोच रही हैं?''

किरन ने कहा–''भेद जानने का इसके अलावा और चारा भी क्या है?''

''म-मैं इस तरह से आपको स्टडी में जाने की इजाजत नहीं दूंगा।''

''क्यों?''

''कमाल की बात कर रही हैं आप।'' शेखर चकित स्वर में कहता चला गया–''अन्दर जो भी है, अकेला भले ही सही मगर उसके पास कोई हथियार हो सकता है–हम लोगों पर आक्रमण कर सकता है वह।''

मोहक मुस्कान के साथ किरन ने कुछ कहना चाहा ही था कि किसी ने उसे बोलने नहीं दिया–सबने शेखर के सुर से सुर मिला दिया

था और अपने ऊपर हुए हमले की याद आते ही किरन ने फैसला किया कि ज्यादा बहादुरी दिखाने का कोई लाभ नहीं, अतः बोली–"तो फोन करके पुलिस को बुला लेते हैं।"

"यह ठीक रहेगा।" सबने एक स्वर में कहा।

"आप लोग यहीं ठहरिये।" किरन बाहर की तरफ वाली सांकल लगाती हुई बोली–"मैं पुलिस को फोन करके आती हूं।"

बुन्दू तपाक से बोल उठा–"मैं आपके साथ चलूंगा मेमशाब।"

किरन मुस्कराकर रह गई–ये क्षण इतने तनावपूर्ण थे कि अन्य किसी के होंठों पर मुस्कान तक न उभरी।

⅄

"न-नहीं, डॉक्टर साहब!" अक्षय श्रीवास्तव फोन पर लगभग चीख पड़ा और अगले ही पल जाने क्या हुआ कि अपने पहले लहजे के ठीक विपरीत गिड़गिड़ा उठा–"प-प्लीज....इस बारे में आप किसी से जिक्र न कीजिएगा।"

दूसरी तरफ से कुछ कहा गया।

जवाब में अक्षय बोला–"न-नहीं......उससे तो भूलकर भी मत कहियेगा–उसे पता न लग पाये, खासतौर से इसीलिए तो किसी से जिक्र न करने की 'रिक्वेस्ट' कर रहा हूं।"

पुनः कुछ कहा गया।

"हां-हां, पता तो लगना ही है।" जवाब में उसने कहा–"यह तो मैं भी जानता हूं कि पता तो उसे लगेगा ही और जब पता लगेगा तो 'शॉक' भी लगेगा उसे, मगर यदि समय से पहले पता लग गया, अभी पता लग गया तो वो रो-रोकर वह अपनी जान दे देगी–प्लीज मुझे उसका हँसता-खिलखिलाता चेहरा देखने दो डॉक्टर।"

दूसरी तरफ से बोलने वाले ने शायद शिकस्त कुबूल कर ली।

"थैंक्यू....थैंक्यू वैरी मच डॉक्टर।" कहने के बाद उसने रिसीवर क्रेडिल पर पटका और मुंह से ऐसी सांस निकाली जो यह बता रही थी कि वह बहुत थक गया है।

अपना सिर कुर्सी की पुश्त पर टिकाकर उसने ऑफिस के लैंटर की तरफ देखा और फिर जाने किस रहस्यमय सोचों के कारण आंखें आंसुओं से डबाडब भर गयीं।

जानें कितनी देर तक वह वही सब सोचता रहता जो उसे असीमित पीड़ा पहुंचा रहा था कि फोन की घन्टी घनघना उठी।

वह सीधा हुआ।

दोनों हथेलियों से आंसू पोंछे, रिसीवर उठाया और पुलिसिया स्टाइल में बोला–"सिविल लाइन थाने से इंस्पेक्टर अक्षय श्रीवास्तव बोल रहा हूं।"

"मैं किरन हूं इंस्पेक्टर।"

"ओह!" इंस्पेक्टर के काले होंठों पर अजीब-सी मुस्कान उभरी–"आपकी रपट दर्ज करके मैं छानबीन कर चुका हूं–क्षतिग्रस्त गाड़ी वर्कशाप भिजवा दी है मगर काफी प्रयासों के बावजूद अभी तक बिना नम्बर प्लेट वाली काली एम्बेसेडर नहीं पकड़ी जा सकी–वैसे क्या आपने हमलावरों में से किसी को देखा था?"

उसके सवाल पर ध्यान न देकर किरन ने कहा–"इस वक्त मैं शेखर मल्होत्रा की कोठी से बोल रही हूं इंस्पेक्टर और आपको यह बताने के लिए फोन किया है कि फौरन से पेश्तर यहां आपकी जरूरत है।"

"क्यों क्या हुआ?"

"बुन्दू ने अपनी आंखों से गुलाब चन्द की लाश देखी है और उस लाश ने इस वक्त खुद को स्टडी में बन्द कर रखा है।" कहने के बाद

किरन ने रिसीवर वापस क्रेडिल पर रख दिया, जानती थी कि जितना कह चुकी है उतना सुनने के बाद इंस्पेक्टर लाख जरूरी काम छोड़कर तत्काल यहां के लिए रवाना हो जाएगा।

⅄

''क-क्या?'' अक्षय श्रीवास्तव उछल पड़ा–''क-क्या कहा आपने, आप संगीता मर्डर केस की 'रि-इन्वेस्टीगेशन' करने निकली हैं?''

''हां।'' किरन हौले से मुस्कराई।

''बात कुछ समझ में नहीं आई।'' अक्षय अपने आश्चर्य पर काबू नहीं कर पा रहा था–''संगीता मर्डर केस में रि-इन्वेस्टीगेशन के लिए आखिर है ही क्या?''

किरन और अक्षय के बीच ये बातें शेखर मल्होत्रा की कोठी के एक तन्हा कमरे में हो रही थीं।

''मैं ये जानना चाहती हूं कि आप इस केस में कैसे इन्वॉल्व हुए?''

बेडौल शरीर वाले करीब पच्चीस वर्षीय काले-कलूटे इंस्पेक्टर ने गहरी सांस ली–किरन की तरफ ऐसे अन्दाज में देखा जैसे किसी 'क्रैक' की तरफ देख रहा हो, बोला–''उस रात मैं नाइट ड्यूटी पर था–अपने ऑफिस में बैठा खाली वक्त गुजारने के लिए वेद प्रकाश शर्मा का 'सुहाग से बड़ा' पढ़ रहा था कि फोन की घन्टी घनघना उठी।''

''किसका फोन था?''

''रधिया यानि इस कोठी की नौकरानी का।''

''क्या कहा उसने?''

''उसकी आवाज से जाहिर था कि वह बुरी तरह डरी और घबराई हुई है।'' अक्षय कहता चला गया–''हकला-हकलाकर बड़ी मुश्किल

से बता पाई कि उसके 'साब' ने मेम-साहब को मार डाला है, मैं उछल पड़ा, चीखकर उसका नाम-पता पूछा–पता बताया जाते ही पूछा कि ''तुम्हारे साहब कहां हैं–उसने बताया कि निक्कू और बुन्दू 'उन्हें' पकड़े खड़े हैं–मेरे यह पूछने पर कि निक्कू और बुन्दू कौन हैं उसने बताया कि वे मेरी तरह नौकर हैं–मैंने यह निर्देश देकर फोन क्रेडिल पर पटक दिया कि वे लोग किसी चीज को छेड़ें नहीं और एक कांस्टेबल तथा दो सिपाहियों को साथ लेकर जीप द्वारा यहां पहुंचा।''

''यहां आपने क्या पाया?''

''बुन्दू कोठी के लोहे वाले गेट पर मिल गया था–वह हमें सीधा उस कमरे में ले गया जहां संगीता की लाश पड़ी थी–वह शेखर और संगीता का बेडरूम था–ताजे गाढ़े और गर्म खून से सराबोर संगीता की लाश डबलबेड के नजदीक फर्श पर पड़ी थी लाश की खुली आंखें बेडरूम के लैंटर को को घूर रही थीं–मैं समझ गया कि मरते समय उन आंखों ने अपने हत्यारे को देखा है मगर कम-से-कम संगीता अब अपने हत्यारे के बारे में कुछ नहीं बता सकती थी–उसके जिस्म पर चाकू के तीन जख्म थे–पहला छाती में, दूसरा पेट में और तीसरा चेहरे पर, यह कहना गलत न होगा कि लाश की अवस्था बेहद वीभत्स थी।''

''शेखर मल्होत्रा कहां था उस वक्त?''

''बेडरूम ही में लॉन की तरफ खुलने वाली खिड़की के नजदीक बेहोश पड़ा था?''

''बेहोश कैसे हो गया था?''

''बुन्दू और निक्कू ने किया था।''

''क्यों?''

''मैंने दोनों नौकरों और नौकरानी के बयान अलग-अलग लिए

मगर तीनों के बयान अक्षरशः एक ही थे–रत्ती भर भी विरोधाभास नहीं था–उनके बयान से जो कहानी प्रकाश में आई वह यह थी कि उस वक्त वे निक्कू के कमरे में बैठे 'तीन-दो-पांच' खेल रहे थे जब सन्नाटे को चीरती चीख की आवाज सुनी–तीनों चौंक पड़े। निक्कू चीखा–"ये तो मेमशाब हैं"–आवाज को पहचान बुन्दू और रधिया भी गए थे–किसी अनिष्ठ की आशंका से ग्रस्त वे आंधी-तूफान की तरह चीख की दिशा में भागे–बेडरूम में पहुंचे और उस वक्त एक नकाबपोश खून से रंगे चाकू सहित खुली खिड़की के माध्यम से लॉन में कूदने वाला था जब बलिष्ठ बुन्दू ने उसे दबोच लिया–नकाबपोश ने उसके बंधनों से निकलने की चेष्टा की परन्तु तब तक निक्कू और रधिया भी उसे जकड़ चुके थे–लाख कोशिशों के बावजूद वह खुद को न छुड़ा सका–उसी हाथापाई के दरम्यान नकाबपोश का चाकू कमरे के फर्श पर जा गिरा–उसे पूरी तरह अपने कब्जे में करने के बाद निक्कू ने चेहरे से नकाब नोंच लिया।

चेहरे पर नजर पड़ते ही तीनों के हलक से चीखें निकल गईं।

वह चेहरा उनके अपने मालिक का था!

शेखर मल्होत्रा का।

"श-साब......शाब आप?" रधिया के हलक से घुटी घुटी-सी चीख निकल गई थी।

"म-मुझे छोड़ दो, संगीता की हत्या मैंने नहीं की–हत्यारा भाग रहा है, मुझे छोड़कर उसे पकड़ो।" शेखर गुर्राया।

परन्तु!

"निक्कू-बुन्दू समझ गए कि शेखर उन्हें धोखा देने की कोशिश कर रहा है, अतः उसे नहीं छोड़ा बल्कि रधिया ने पुलिस स्टेशन फोन कर दिया–निक्कू-बुन्दू उस वक्त शेखर को जकड़े खड़े थे–इधर

रधिया ने रिसीवर वापिस क्रेडिल पर रखा। उधर शेखर ने पुनः खुद को आजाद कराने की कोशिश शुरू कर दी और इस बार की हाथापाई का परिणाम यह निकला कि शेखर बेहोश हो गया।''

''ओह!''

''मैंने पोस्टमार्टम और फिंगर प्रिंट्स विभाग वालों को फोन किया–जिस वक्त वे अपना काम निपटा रहे थे उस वक्त निक्कू, बुन्दू और रधिया के मुकम्मल बयान लिए अन्य बातों के साथ-साथ उन्होंने यह भी बताया कि उनकी जानकारी के मुताबिक शेखर मल्होत्रा दस वाली ट्रेन से बम्बई चला गया था–ड्राइवर खुद उसे स्टेशन छोड़कर आया था।''

''क्या शेखर की जेब से ट्रेन का टिकट निकला था?''

''ट्रेन का भी और प्लेन का भी।''

''क्या मतलब?''

''प्लेन का टिकट रात के एक बजे वाली फ्लाइट का था और ये दोनों टिकट अपनी कहानी आप कह रहे थे–स्पष्ट था कि मर्डर करने के बाद एक वाले प्लेन से बम्बई के लिए रवाना हो जाता–प्लेन यहां से एक घन्टा दस मिनट में बम्बई पहुंच जाता है जबकि दस बजे चली ट्रेन ग्यारह बजे पहुंचती है–कहने का मतलब ये कि शेखर दिखाना चाहता था कि जिस वक्त संगीता की हत्या हुई उस वक्त वह ट्रेन में था, ड्राइवर स्वयं यह बयान देता कि अपने मालिक को ट्रेन में सवार कराके आया था।''

''बम्बई के इन दो टिकटों के बारे में शेखर मल्होत्रा का क्या कहना है?''

''प्लेन के टिकट के बारे में बड़ी हास्यास्पद बात कहता है वह।''

''क्या?''

''यह कि प्लेन का टिकट उसने नहीं खरीदा–यह भी नहीं जानता कि उसके नाम का प्लेन का टिकट उसकी जेब में कहां से आ गया?''

''यानि प्लेन का टिकट उसके नाम से किसी और ने खरीदकर उसकी जेब में डाल दिया।''

अक्षय हँसा, हँसकर बोला–''कहना तो वह यही चाहता था और साथ में यह भी चाहता था कि उसकी इस बकवास पर पुलिस ही नहीं बल्कि अदालत भी यकीन कर ले।''

''ट्रेन के टिकट के बारे में क्या कहता है वह?''

''कहता है कि सचमुच ट्रेन से बम्बई के लिए यात्रा कर रहा था परन्तु अभी ट्रेन इस शहर के मुख्य स्टेशन से चलकर कैंट स्टेशन पर पहुंची ही थी कि एक अजनबी उसकी बर्थ के निकट आया और उसें वहां देखते ही चीख पड़ा, बोला–''आप यहां ट्रेन में यात्रा कर रहे हैं मिस्टर मल्होत्रा और वहां–आपकी फैक्ट्री में आग लग गई है, शेखर के बयान के मुताबिक अजनबी से पूछा कि 'तुम मुझे कैसे जानते हो'–जवाब में अजनबी ने कहा कि 'आपको शहर में भला कौन नहीं जानता, आप इस शहर में एकमात्र ऐसे शख्स हैं जिसकी फैक्ट्री में बने देसी घी के डिब्बे सारे देश में सप्लाई होते हैं'–बस इतनी बात सुनते ही शेखर मल्होत्रा समझ गया कि यह व्यक्ति मुझसे परिचित है और अभी वह उससे उसका परिचय पूछने ही वाला था कि ट्रेन पटरियों पर सरकने लगी, शेखर मल्होत्रा ट्रेन से कूद पड़ा।''

''वहां से फैक्ट्री पहुंचा?''

''हां।''

''फैक्ट्री को सही-सलामत देखकर उस पर क्या प्रतिक्रिया हुई?''

''कहता है कि मैं दंग रह गया।''

''उसके बाद?''

''बकौल अपने वह काफी देर तक यह सोच-सोचकर हैरान होता रहा कि अजनबी ने झूठ क्यों बोला–जब कोई कारण समझ में न आया तो यह सोचकर खुद को संतुष्ट कर लिया कि अजनबी ने उसके साथ 'शरारतपूर्ण मजाक किया होगा'–जिस टैक्सी से स्टेशन से फैक्ट्री पहुंचा था उसी से कोठी पर पहुंचा, कोठी तक पहुंचते-पहुंचते उसके दिमाग में यह बात आई कि संगीता यह सोचकर बेसुध सोई पड़ी होगी कि वह शहर में नहीं है और जब अचानक उसे अपने सामने देखेगी तो उस पर क्या प्रतिक्रिया होगी–यह सोच-सोचकर वह रोमांचित हो उठा और यही सब सोचते-सोचते उसके दिमाग में संगीता को 'सरप्राइज' देने की बात आई–सो, वह सीधे रास्ते से कोठी में दाखिल होने की जगह चारदीवारी फांदकर लॉन में पहुंचा और अपने बेडरूम की खिड़की की तरफ बढ़ा।''

''क्या उसे मालूम था कि खिड़की खुली हुई होगी?''

''कहता है कि उसे मालूम था–इसलिए मालूम था क्योंकि जानता था कि खिड़की बन्द करके संगीता को नींद नहीं आती।''

''फिर?''

''अभी खिड़की के नजदीक पहुंचा ही था कि सन्नाटे के कलेजे को चीरकर रख देने वाली संगीता की चीख सुनी–वह बुरी तरह हड़बड़ा गया, ठीक से कुछ समझ भी नहीं पाया था कि पुनः संगीता की चीख दूर-दूर तक गूंज गई–झपटकर वह खिड़की पर चढ़ गया और यही क्षण था जब संगीता तीसरी बार चीखी–इस चीख के साथ उसने संगीता को बैड के नजदीक फर्श पर गिरते देखा और साथ ही देखा खून से सराबोर चाकू हाथ में लिए एक नकाबपोश को–उसे, जिसका सम्पूर्ण जिस्म काले लबादे में छुपा हुआ था– इधर संगीता फर्श पर गिरी। उधर नकाबपोश ने अपने दूसरे हाथ से उसके गले में

मौजूद एक लाख की कीमत का वह डायमंड नेकलेस नोंच लिया जो अपनी 'मैरिज एनीवर्सरी' के मौके पर उसने संगीता को 'प्रेजेन्ट' किया था–बिना सोचे-समझे शेखर हलक फाड़कर चीख पड़ा–''कौन है?'' सुनते ही नकाबपोश पलटा और शेखर को खिड़की के रास्ते से कमरे के फर्श पर कूदता देखकर बौखला गया–बौखलाकर वह अन्दर की तरफ बंद दरवाजे की तरफ भागा और अभी दरवाजे की चटकनी गिरा ही पाया था कि शेखर ने उसे दबोच लिया–दोनों के बीच हाथापाई होने लगी–शेखर ने उसके हाथ से चाकू छीनकर कब्जाया ही था कि बेडरूम का दरवाजा 'भड़ाक' से खुला–बुन्दू और रधिया अन्दर दाखिल हुये–बेडरूम का दृश्य देखकर वे भौंचक्के रह गये–नकाबपोश से हाथापाई करते हुए शेखर ने चीखकर रधिया और बुन्दू से कहा कि –'इसने संगीता का खून कर दिया है, इसे पकड़ने में मेरी मदद करो' और फिर तीनों ने नकाबपोश को जकड़ लिया–चेहरे से नकाब नोंचते ही वे उछल पड़े, हत्यारा कोठी का तीसरा नौकर यानि निक्कू था–शेखर का कहना है कि 'उस क्षण मैं समझ गया कि निक्कू ने एक लाख के नैकलेस के लालच में संगीता की हत्या कर दी है'–उस वक्त तक बुन्दू और रधिया 'मेरा' (शेखर) ही साथ दे रहे थे मगर अचानक निक्कू ने गुर्राकर बुन्दू और रधिया से कहा कि अगर तुमने मेरे खिलाफ कुछ भी करने की कोशिश की तो मैं वह भेद तुम दोनों के घरवालों पर खोल दूंगा जिसे तुम अब तक छुपाये हुए हो–शेखर मल्होत्रा का कहना ये है कि निक्कू के शब्द सुनते ही बुन्दू और रधिया के चेहरे पीले पड़ गये–ऐसी हालत हो गई उनकी कि काटो तो खून नहीं–हक्के-बक्के से अभी वे एक-दूसरे की तरफ देख ही रहे थे कि निक्कू ने गुर्राकर एक और चोट की–''वह भेद जानते ही तेरा पति तेरे परखच्चे उड़ा देगा रधिया और तेरी घरवाली तुझे कच्चा

चबा जायेगी बुन्दू–बोलो, क्या तुम दोनों अपने-अपने पति व पत्नी से बच सकोगे?''

बुन्दू और रधिया के चेहरों पर हवाइयां उड़ने लगी थीं।

आंखों में खौफ लिए अभी वे निक्कू की तरफ देख ही रहे थे कि निक्कू ने खतरनाक स्वर में कहा–''मुझे छोड़ दो–अगर मुझे कुछ हो गया तो याद रखना तुम दोनों को बरबाद करके रख दूंगा मैं।''

और!

आश्चर्यजनक ढंग से उन दोनों ने निक्कू को छोड़ दिया।

उनके हटते ही निक्कू ने अपने जिस्म को जोरदार झटका दिया– बकौल शेखर के, उस वक्त चूंकि वह स्वयं हक्का-बक्का था, अतः निक्कू को अपनी पकड़ से निकलने से न रोक सका और पलक झपकते ही पासा यूं पलटा कि वह स्वयं निक्कू के बन्धनों में छटपटा रहा था, कि निक्कू चीखा–''अगर तुम अपने भेद को हमेशा के लिए भेद ही बनाये रखना चाहते हो तो वही करो जो मैं कहता हूं।

''क-क्या करें हम?'' बौखलाये हुए स्वर में बुन्दू ने पूछा।

''इसे फंसाने में मेरी मदद करो।''

''क-कैसी मदद करें?''

और बस!

शेखर मल्होत्रा का कहना ये है कि मैं उनके बीच होने वाला वात्र्तालाप आगे न सुन सका क्योंकि निक्कू ने बुन्दू के सवाल का जवाब देने के स्थान पर 'मेरी' कनपटी पर इतनी जोर से 'कराटे' मारी कि पल-भर के लिए मेरी आंखों के सामने रंग-बिरंगे तारे नाच उठे तथा 'मैं' बेहोश होता चला गया, जब होश आया तो यहां, ''खुद को हवालात में पाया।''

''क्या शेखर मल्होत्रा ने यह बयान हवालात में दिया था?''

''हां अपने वकील से बात करने के बाद।''

''क्या मतलब?''

''घटनास्थल से अपनी कार्यवाही निपटाने और संगीता की लाश को पोस्टमार्टम के लिए भेजने के बाद मैं बुन्दू, रधिया और निक्कू के साथ बेहोश शेखर मल्होत्रा को थाने ले गया था।'' अक्षय कहता चला गया–''होश आने पर जब मैंने उसका बयान लेना चाहा तो बोला कि वह जो कुछ कहेगा अपने वकील के सामने कहेगा और वकील से सलाह मशविरा किये बिना एक लफ्ज नहीं कहेगा–मुझे भला क्या आपत्ति हो सकती थी–सो उसे अपना वकील बुलाने की इजाजत दे दी–तब उसने फोन करके शहजाद राय को थाने बुलाया–एकान्त में उसके और शहजाद राय के बीच जानें क्या बातें हुईं–मैं सिर्फ इतना जानता हूं कि उस वात्र्ता के बाद शेखर मल्होत्रा ने उपरोक्त बयान दिया–शहजाद राय कोर्ट में इस कहानी को सच्ची साबित करना चाहते थे कि नौकरों ने शेखर को पुलिस के आने तक लबादा और नकाब पहनाकर उसे फंसाया है–शहजाद राय ने कोर्ट में ये भेद खोला कि रधिया, बुन्दू के बच्चे की मां बनने वाली है जब दोनों ही शादीशुदा हैं और दोनों के पति-पत्नी अलग-अलग गांवों में रहते हैं यह सच भी था यानि मेडिकल चैकअप द्वारा रधिया के गर्भ में पांच माह का भ्रूण पाया गया जबकि वह पिछले छः महीने से अपने पति से नहीं मिली थी।''

किरन ने उत्साहजनक स्वर में कहा–''यानि शेखर मल्होत्रा के बयान में थोड़ा बहुत 'तत्व' था?''

''अदालत ने ऐसे नहीं माना।''

''क्यों?''

''मैने कोर्ट में उस कपड़ा और चाकू विक्रेता को पेश कर दिया,

जिससे शेखर ने लबादे का काला कपड़ा और चाकू खरीदा था उस टेलर को पेश कर दिया, जिससे उसने लबादा सिलवाया था–चाकू की मूठ पर शेखर मल्होत्रा की अंगुलियों के निशान थे संगीता के खून से सराबोर था वह–कहने का मतलब ये कि मेरे द्वारा पेश किये गए अकाट्य सबूतों और गवाहों की रोशनी में अदालत ने शहजाद राय की कहानी को पूरी तरह अविश्वसनीय और काल्पनिक करार दिया–अदालत ने कहा कि बेशक यह सच है कि बुन्दू और रधिया के बीच अवैध सम्बन्ध हैं मगर बचाव पक्ष अगर यह सोचता है कि वह इस एक सत्य के चारों तरफ चासनी में डूबी और अविश्वसनीय कहानी को भी सच साबित कर सकता है तो यह उसकी भूल है–एक छोटी-सी सच्चाई की आड़ में इतने बड़े झूठ को भी सच साबित करने की कोशिश हास्यास्पद है–एक तरफ जहां बचाव पक्ष सिर्फ एक काल्पनिक कहानी सुना रहा है वहीं पुलिस ने ऐसे पुख्ता सबूत और गवाह पेश किए हैं जिन्हें बचाव पक्ष 'क्रास' नहीं कर पा रहा है।''

''क्या असली घी का बिजनेस शेखर मल्होत्रा ने खुद सम्भाला हुआ था?''

''हां।''–अक्षय ने कहा–''गुलाब चन्द की मृत्यु के बाद फैक्ट्री को वही देख रहा था।''

''संगीता का उसमें कोई दखल नहीं था?''

''नहीं।''

''तब तो ये थ्योरी कुछ जमती नहीं कि शेखर ने संगीता की हत्या दौलत की खातिर की।''

''क्यों नहीं जमती?''

''जिस दौलत को इन्सान खुद पैदा कर रहा हो, उसे भोग रहा हो–जिस दौलत के किसी भी हिस्से को वह मनचाही इच्छा से खर्च करने

के लिए स्वतन्त्र हो। उसके लिए वह किसी की हत्या क्यों करेगा?''

''दौलत उसकी अपनी तो नहीं थी न, था तो सब कुछ संगीता के ही नाम?''

''और संगीता उसकी पत्नी थी–पत्नी भी ऐसी जो शेखर मल्होत्रा के साथ खुश थी–''मेरे ख्याल से संगीता की मौत के बाद कोर्ट में या बाहर भी, किसी ने यह नहीं कहा है कि शेखर और संगीता के बीच कोई मनमुटाव या झगड़ा-टंटा था?''

''बेशक ऐसा किसी ने नहीं कहा–मगर इस प्वॉइन्ट को उठाकर आप कहना क्या चाहती हैं?''

''आदमी दौलत क्यों हासिल करना चाहता है?''

''यह तो आदमी-आदमी की नेचर पर निर्भर है।''

''बेशक है, मगर सभी लोगों के लिए एक 'कॉमन' बात कही जा सकती है और वह यह कि हर शख्स दौलत इसलिए हासिल करना चाहता है ताकि उसका मनचाहा उपयोग कर सके–इसके अलावा दौलत का कोई इस्तमोल है ही नहीं, आप मानते हैं न? ''

''मानता हूं।''

हल्की-सी मुस्कान के साथ किरन कहती चली गई–''और यह आप पहले ही मान चुके हैं कि शेखर उस दौलत का मनचाहा इस्तेमाल कर रहा था–जिसके नाम ये दौलत थी यानि संगीता की तरफ से उस पर कोई बंदिश नहीं थी, जब उस पर बंदिश नहीं थी तो संगीता का मर्डर करने की उसे जरूरत क्या थी?''

अक्षय पुनः सकपका गया, सम्भलकर बोला–''मुमकिन है कि संगीता की तरफ से कोई बंदिश हो?''

''अब आप मुमकिन पर आ गये।'' कहते वक्त किरन के होंठों पर बेहद जीवन्त मुस्कान उभरी थी–''आपका मुमकिन पर आना साबित

करता है कि मेरा तर्क आपके भेजे में घुस गया है–दरअसल जायदाद अगर पत्नी के नाम हो और पत्नी की हत्या हो जाये तो लोग कूदकर इस नतीजे पर पहुंच जाते हैं कि हत्या पति ने ही की है–इस मामले में भी यही हुआ है–बिना सोचे-समझे नतीजा निकाल लिया गया कि शेखर मल्होत्रा ने दौलत की खातिर अपनी बीवी की हत्या कर दी–इतने धुरंधर-धुरंधर लोगों ने यह बात सोचने की चेष्टा नहीं की कि शेखर को दौलत की खातिर पत्नी का कत्ल करने की जरूरत ही नहीं थी।''

अक्षय किरन का मुंह ताकता रह गया।

अपने चेहरे पर विजेता के भाव लिए किरन उठकर खड़ी हो गयी, बोली–''सबसे प्रमुख होता है हत्या का उद्देश्य और हमारी संक्षिप्त बहस का परिणाम यह निकला कि हत्या का उद्देश्य ठोस नहीं है–अगर आप अभी यह दावा करते हैं इंस्पेक्टर कि संगीता की हत्या दौलत की खातिर हुई है तो मैं यह दावा करती हूं कि हत्यारा शेखर मल्होत्रा नहीं है–अगर आप अभी भी उसे ही हत्यारा मानते हैं तो मैं ये कहूंगी कि आप अपनी थ्योरी में सुधार कीजिए–कम-से-कम दौलत की खातिर उसे यह हत्या करने की जरूरत नहीं थी।''

''मेरे ख्याल से फिलहाल हम इस सम्बन्ध में बहस न करके अगर उसकी खबर लें जिसने गुलाब चन्द की लाश के रूप में खुद को स्टडी में बन्द कर रखा है तो बेहतर होगा।''

''ओह, संगीता मर्डर केस की कहानी में डूबकर उसे तो मैं भूल ही गयी थी।'' कहते वक्त किरन के जहन में यह सवाल रह-रहकर कौंध रहा था कि अगर यह बात सच है कि शेखर मल्होत्रा को नौकरों ने फंसाया है तो शेखर बार-बार यह क्यों कह रहा है कि उसे चक्रव्यूह के रचयिता के बारे में कोई जानकारी नहीं है।

‘‘हम तुम्हें अन्तिम चेतावनी देते हैं।’’ हाथ में रिवॉल्वर लिए स्टडी के दरवाजे के नजदीक खड़े इंस्पेक्टर अक्षय ने अपनी ऊंची आवाज में कहा–‘‘या तो एक मिनट के अन्दर-अन्दर बाहर निकल आओ अन्यथा दरवाजा तोड़ दिया जायेगा।’’

जवाब में पुनः पहले जैसा सन्नाटा व्याप्त रहा।

अक्षय ने कम-से-कम पांचवीं बार उक्त शब्द दोहराये थे– उसके पीछे स्टडी के दरवाजे के ठीक सामने हाथों में बन्दूक लिए चार पुलिसिये ऐसे मुस्तैद खड़े थे जैसे मोर्चे पर खड़े हों।

किरन आदि को इंस्पेक्टर ने दरवाजे के सामने से थोड़ा-सा हटाकर खड़ा किया था।

धड़कते दिल से सभी एक मिनट के गुजरने का इन्तजार करते रहे, परन्तु वह मिनट गुजर जाने के बावजूद स्टडी के अन्दर से हल्की-सी हलचल तक का आभास न मिला।

तब, दरवाजे के नजदीक से हटते हुए अक्षय ने ऊंची आवाज में सिपाहियों से कहा–‘‘दरवाजा तोड़ दो।’’

सिपाहियों को हुक्म मिलने की देर थी कि वे आगे बढ़े और बन्दूकों के ‘बट्ट’ से दरवाजे पर प्रहार करने लगे।

दरवाजा मजबूत था मगर कोई चीज चाहे जितनी मजबूत हो, इन्सानी इरादों से ज्यादा मजबूत नहीं हो सकती। कहने का मतलब ये कि सिपाही पसीने से तर हो गये परन्तु वह क्षण आ ही गया जब दरवाजा ‘भड़ाक’ की आवाज के साथ चौखट से अलग होकर स्टडी के अन्दर जा गिरा।

सबके दिल जोर-जोर से धड़क रहे थे।

हाथ में रिवॉल्वर लिए रास्ते में पड़े दरवाजे पर से गुजरता अक्षय

स्टडी के अन्दर प्रविष्ट हुआ–अपने अफसर को किसी भी 'बला' से बचाने हेतु सिपाही बन्दूकें ताने मुस्तैद खड़े थे किन्तु कोई बला उस पर नहीं झपटी।

कहीं कोई हलचल नहीं।

लम्बी-चौड़ी स्टडी का भरपूर निरीक्षण करने के बाद जब उसने घोषणा की कि वहां कोई नहीं है तो लोग स्टडी के अन्दर आ गये–फर्श से शुरू होकर दीवारों के सहारे-सहारे छत तक चली गई 'रैक्स' में लगी किताबों को वे सभी इस तरह घूर रहे थे जैसे वे रहस्यमय वस्तुएं हों।

स्टडी में जब अक्षय को ऐसी कोई जगह नजर नहीं आई जहां कोई व्यक्ति खुद को छुपा सके, तो उसने शेखर से मुखातिब होकर सवाल किया–"तहखाने का रास्ता कहां है?"

स्टडी के बीचों-बीच रखी विशाल मेज के ठीक ऊपर लटके फानूस की तरफ इशारा करके शेखर ने कहा–"तहखाने का दरवाजा इस फानूस के सबसे नीचे वाले लट्टू को पकड़कर लटकने से खुल जाता है।"

"खोलो।"

शेखर मेज की तरफ बढ़ा।

एकाएक किरन ने उससे पूछा–"क्या तुम बता सकते हो कि गुलाब चन्द ने तहखाना बनवाया किस मकसद से था?"

"इस बारे में न मैंने संगीता से कभी कुछ पूछा, न उसने बताया।" मेज के नजदीक पहुंचकर ठिठकते हुए उसने कहा–"हां, बाबूजी की मौत के बाद संगीता एक बार मुझे तहखाने में ले गई थी मगर उस वक्त वहां कुछ पुराने और जर्जर दरवाजों और ड्रामों के अलावा कुछ नहीं था।"

''तहखाने में कोई चीज छुपाकर नहीं रखी गई थी?''

''मुझे तो वहां ऐसी कोई जगह ही नजर नहीं आयी जहां कुछ छुपाकर रखा जा सकता और न ही संगीता ने किसी छुपी हुई चीज का जिक्र किया।'' कहने के साथ शेखर न केवल मेज के ऊपर खड़ा हो गया बल्कि दोनों हाथ ऊपर उठाकर फानूस के सबसे नीचे वाले लट्टू पर लटक भी गया।

उसका लटकना था कि स्टडी में गड़गड़ाहट की हल्की-सी आवाज गूंजी।

ठीक मेज के नीचे के फर्श में एक गड्ढा नजर आने लगा।

किरन और अक्षय सहित सभी चकित नजरों से उसे देख रहे थे– गड्ढे में दो सीढ़ियां नजर आ रही थीं......इधर शेखर मेज से कूदा उधर अक्षय ने कहा–''मेज को तहखाने के रास्ते के ऊपर से हटा दो।''

सिपाहियों ने हुक्म का पालन किया।

हाथ में रिवॉल्वर लिए अक्षय गड्ढे के निकट पहुंचा, परन्तु स्थिति में केवल इतना ही परिवर्तन आया कि दो के स्थान पर तीन सीढ़ियां नजर आने लगीं–उससे नीचे का हिस्सा अंधेरे में डूबा हुआ था।

''सबसे ऊपर वाली सीढ़ी के पृष्ठ भाग में एक स्विच है।'' शेखर ने कहा–''उसे ऑन करने पर तहखाने के अन्दर लगा बल्ब 'ऑन' हो जायेगा।''

''ऑन करो।'' अक्षय ने संक्षिप्त आदेश दिया।

शेखर ने गड्ढे के नजदीक बैठकर सीढ़ी के पृष्ठ भाग में हाथ डाला और बोला–''ये तो ऑन पड़ा है।''

''तो बल्ब क्यों नहीं जल रहा?''

किरन ने कहा–''या तो बल्ब फ्यूज हो गया है या किसी ने होल्डर से निकाल लिया है।''

''टॉर्च है यहां?'' अक्षय ने पूछा।

और।

कुछ देर में टॉर्च आ गई।

सबके दिमाग यह सोचने में तल्लीन थे कि क्या तहखाने में गुलाब चन्द की कथित लाश होगी या तहखाने से भी वैसी ही निराशा हाथ लगेगी जैसी स्टडी से लगी थी लेकिन अगर वह लाश तहखाने में न हुई तो गई कहां?

स्टडी का दरवाजा अन्दर से बन्द क्यों था?

अक्षय के आदेश पर सबसे पहले तहखाने में उतरने का काम दो सिपाहयों ने सम्भाला–आगे वाले के एक हाथ में टॉर्च थी दूसरे में बन्दूक–पीछे वाला दोनों हाथों से बन्दूक सम्भाले हुए था।

शेखर ने चेतावनी दी–''सबसे नीचे वाली सीढ़ी पर पैर मत रखना, उस पर पैर रखते ही तहखाने का दरवाजा बंद हो जायेगा।''

सिपाहियों ने उसकी बात सुनी, दिमाग में बैठाई और उतरना शुरू कर दिया–आगे वाला सिपाही अपने से नीचे वाली सीढ़ी पर प्रकाश का गोल दायरा स्थिर करता और यह निश्चय करने के बाद उस पर कदम रख देता कि वह अन्तिम सीढ़ी नहीं है–ऊपर यानि तहखाने के रास्ते और टॉर्च के गोल प्रकाश दायरे के अलावा दोनों सिपाहियों को अपने चारों तरफ अंधेरा-ही-अंधेरा नजर आ रहा था।

'सैकिंड-लास्ट' सीढ़ी से वे सीधे तहखाने के फर्श पर कूदे।

आगे वाले सिपाही ने टॉर्च के प्रकाश के दायरे को तहखाने में घुमाना शुरू किया–वहां भरे आड़-कबाड़ पर से फिसलता हुआ प्रकाश दायरा एक ऐसे स्थान पर पहुंचा जहां पहुंचते ही दोनों के हलक से जोरदार चीखें उबल पड़ीं।

''क-क्या हुआ?'' गड्ढे के नजदीक खड़ा अक्षय चिल्लाया–

"क्या हुआ रामदीन?"

"ल-लाश......यहां एक लाश है सर।"

"किसकी लाश है?"

"क-किसी औरत की लाश है सर, उफ्फ–बहुत डरावनी है ये।"

अक्षय के नजदीक पहुंचती किरन उत्तेजनायुक्त स्वर में बोली–"लाश रधिया की होगी?"

"र-रधिया की?" अक्षय चौंका–"आपको कैसे मालूम?"

"मेरे दिमाग में शुरू से ही यह बात कौंध रही है कि रधिया कहां गई, वह गायब है।"

⅄

लाश, सचमुच रधिया की थी।

एक पुराने ड्रम के साथ पीठ टिकाये वह आंखें फाड़े सीढ़ियों की तरफ देख रही थी–मुंह खुला हुआ था, करीब ढाई इंच लम्बी जीभ बाहर लटकी हुई थी–कोहनियों पर से मुड़े दोनों हाथ वैसी दशा में थे जैसी दशा में तब होते हैं जब कोई भयाक्रांत होकर चीखता है।

हाथों की सारी अंगुलियां एक-दूसरे से दूर-दूर थीं।

फैली हुई

मुद्रा ऐसी थी जैसे अभी भी मारे खौफ के चीख पड़ना चाहती हो अथवा हर उस शख्स को चिढ़ा रही हो जो उसकी तरफ देख रहा था–गैस के हंडे के साथ सभी लोग वहां पहुंच चुके थे।

वे सब, मारे दहशत के जिनका बुरा हाल था।

रधिया की मौत और खासतौर से लाश की भयानकता ने उनके होश फाख्ता कर रखे थे–अक्षय पोस्टमार्टम और फिंगर प्रिंट्स विभाग वालों को फोन कर चुका था, यह घोषणा भी कर दी थी उसने कि

कोई भी शख्स तहखाने में मौजूद किसी वस्तु को छेड़ने का प्रयत्न न करे।

उलटे पड़े एक ड्रम के ऊपर रखे बल्ब के नजदीक पहुंचकर किरन ने कहा–बल्ब, फ्यूज नहीं है, इसका मतलब, ये हुआ इंस्पेक्टर कि हत्यारे ने जानबूझकर होल्डर से निकालकर यहां रखा है और अगर उसने दस्ताने नहीं पहन रखे थे तो इस पर अंगुलियों के निशान काफी स्पष्ट होने चाहिएं।''

''अंगुलियों के निशान तो लाश की गर्दन पर भी होंगे।'' लाश को बिना छेड़े बहुत नजदीक से उसका निरीक्षण कर रहे अक्षय ने कहा–''रधिया को गला घोंटकर मारा गया है।''

''म-मेरा भी उसने गला घोंटने की कोशिश की थी शाब।'' बुन्दू कह उठा।

अक्षय ने पूछा–''क्या यह काम तुम्हारी पत्नी या उसका भाई-बन्द अथवा रधिया का पति कर सकता है?''

''क-क्या मतलब शाब?''

''तुम्हारे और रधिया के सम्बन्धों के बारे में उन्हें पता लग गया होगा न?''

''नहीं शाब, बिल्कुल नहीं–हम दोनों में से किसी के भी गांव तक यह खबर नहीं पहुंची।''

''सारे अखबारों में छपी है, फिर गांव तक भला कैसे नहीं पहुंची होगी?''

''पहली बात तो ये शाब कि अखबारों में सिर्फ नौकर और नौकरानी छपा है–हमारे नाम नहीं छपे। दूसरी ये कि मेरी घरवाली और रधिया का मरद पढ़े-लिखे नहीं हैं–तीसरी ये कि हम दोनों में से किसी के गांव में एक भी अखबार नहीं पहुंचता–चौथी और सबसे बड़ी बात

ये है शाबजी कि तब से अब तक मैं और रधिया कई बार गांव हो आए हैं–न मेरी औरत को ही कुछ पता लगा न रधिया के मरद को।''

''आपका दिमाग इनके सम्बन्धों और गांव तक इसीलिए पहुंचा है न इंस्पेक्टर, क्योंकि गुलाब चन्द की लाश के रूप में जो भी था उसने रधिया की हत्या की है या बुन्दू को मारने की चेष्टा?''

''जाहिर-सी बात है।'' अक्षय ने कहा–''मैं सोच रहा हूं कि कहीं इस वारदात के पीछे इनके अवैध सम्बन्ध ही तो नहीं थे?''

किरन ने कहा–''और मैं दावे के साथ कह सकती हूं कि यह हत्या किसी अनपढ़ ग्रामीण ने नहीं बल्कि पढ़े-लिखे और शहरी व्यक्ति ने की है।''

''ऐसा दावा आप कैसे कर सकती हैं?''

''दावा मैं नहीं बल्कि ये फाउन्टेन पैन कर रहा है।''

कहने के साथ ही ड्रम की बगल में पड़े पैन को रूमाल की मदद से उठाकर किरन ने कहा–''इस पैन पर 'मेड इन हांगकांग' लिखा है–रधिया का तो यह हो नहीं सकता, जाहिर है कि हत्यारे का होगा और अनपढ़ व्यक्ति जेब में 'मेड इन हांगकांग' वाला पैन लेकर क्यों घूमेगा?''

''कह तो आप ठीक रही हैं।'' अक्षय प्रभावित हुए बिना न रह सका।

अभी वह इस बारे में ज्यादा डिसकस न कर पाए थे कि फोटोग्राफर और फिंगर प्रिंट विभाग वाले वहां पहुंच गये, तब अक्षय ने कहा–''अपनी आगे की इन्वेस्टीगेशन हम इन लोगों का काम निपट जाने के बाद करेंगे।''

''ओ.के.!'' किरन बोली।

उधर फिंगर प्रिंट विभाग के लोग अपना काम निपटा रहे थे इधर शेखर मल्होत्रा को खींचकर किरन एक तन्हा कमरे में ले गई और गुर्राई–"तुमने मुझसे झूठ क्यों बोला?"

"झ-झूठ–क्या झूठ बोला है मैंने?"

"यह कि तुम्हें उसका नाम तक पता नहीं जिसने तुम्हें संगीता की हत्या के जुर्म में फंसाया है।"

पूरी मासूमियत के साथ कहा शेखर ने–"इसमें झूठ क्या है, अगर मुझे चक्रव्यूह के रचियता का नाम पता होता तो फिर बात ही क्या थी?"

"क्या तुम्हें फंसाने वाले निक्कू, रधिया और बुन्दू नहीं हैं?"

"नहीं।"

"नहीं?" मारे हैरत के किरन का बुरा हाल हो गया।

"ओह......अच्छा!" शेखर इस तरह बोला जैसे सारी बात समझ में आ गई हो–"आप शायद उस बयान को सच मान रही हैं जो इस केस की फाइल में दर्ज है–जो मैंने हवालात में और फिर कोर्ट में दिया था।"

बुरी तरह चकित किरन ने पूछा–"क्यों, यह बयान झूठा था?"

"सरासर झूठा?"

"झूठा बयान तुमने दिया क्यों?"

"शहजाद राय के कहने पर।"

"सच्चाई क्या है?

"यह कि घटना वाली रात से तीन दिन पहले यानि उन्तीस मार्च को हमारी मैरिज एनीवर्सरी थी–वह हमने एकान्त में हँसी-खुशी मनाई–मैंने संगीता को एक नेकलेस दिया था और उसने मुझे यह

डायमंड वाली रिस्टवॉच।'' कहने के साथ शेखर ने अपनी घड़ी वाली कलाई आगे कर दी।

किरन ने चुपचाप रिस्टवॉच की तरफ देखा, बोली कुछ नहीं।

शेखर मल्होत्रा कहता चला गया–''हमारी 'मैरिज एनीवर्सरी' के केवल दो दिन बाद 'फर्स्ट अप्रैल' पड़ता है–उन्तीस तारीख को जाने किस बात में से बात निकली कि 'फर्स्ट अप्रैल' पर बात चल निकली–मैं कह बैठा कि फर्स्ट अप्रैल वाले दिन लोग अच्छे से अच्छे समझदार व्यक्ति को बेवकूफ बना देते हैं।–संगीता मानने को तैयार नहीं थी–कह रही थी कि सारे दिन आदमी सतर्क रहे तो लाख प्रयत्न करने के बावजूद उसे कोई बेवकूफ नहीं बना सकता–मैंने विरोध किया–अपने बचपन के वे किस्से सुनाए जिनके इस्तेमाल से दोस्तों को बेवकूफ बनाया करता था–बहस ही बहस में संगीता कह बैठी कि अगर फर्स्ट अप्रैल वाले दिन मुझे बेवकूफ बना दो तो जानूं, वह शायद कोई मनहूस घड़ी थी–हां, अब तो उस घड़ी को मनहूस ही कहा जायेगा, जब मैंने जोश में भरकर संगीता की चुनौती स्वीकार कर ली और दुकान से काला कपड़ा लिया तथा पहली तारीख के वायदे पर उसे टेलर के यहां सिलने दे दिया।''

''ओह!'' किरन के दिमाग की नसें खुलती चली गईं।

''चाकू मैंने उसी दिन यानि पहली अप्रैल की दोपहर को खरीदा था।'' शेखर मल्होत्रा बताता चला गया–''मेरा इरादा रात के वक्त खिड़की के माध्यम से अपने बेडरूम में जाकर संगीता को डराने का था–पूरा विश्वास था कि इस तरीके से संगीता को डराने और बेवकूफ बनाने में कामयाब हो जाऊंगा मगर–चाकू खरीदने के बाद फैक्ट्री पहुंचा ही था कि हमारे बम्बई के सोल एजेन्ट का टेलीग्राम मिला–टेलीग्राम में लिखा था कि उसकी दुकान से हमारी फैक्ट्री के कुछ

डिब्बे शुद्धता की जांच हेतु फूड विभाग वाले ले गए हैं–जांच कल यानि दो अप्रैल को होगी, अतः मेरा वहां मौजूद रहना आवश्यक है–इस टेलीग्राम को पढ़कर एक बार तो लगा कि संगीता को बेवकूफ बनाने के सारे प्लान पर पानी फिर गया है, मगर थोड़ी देर सोचने के बाद समस्या हल कर ली–समस्या के हल के रूप में मैंने अपनी फैक्ट्री के मैनेजर से दस बजे वाली ट्रेन और एक वाली फ्लाइट के टिकट मंगाए–योजना यह थी संगीता को टेलीग्राम दिखाता हुआ उससे कहूंगा कि दस वाली ट्रेन से बम्बई जा रहा हूं–ड्राइवर को साथ ले जाकर ट्रेन में सवार भी हो जाऊंगा और उसके जाते ही स्टेशन से बाहर निकल आऊंगा–बेडरूम में पहुंचकर संगीता को डराऊँगा और फिर एक वाली फ्लाइट से सचमुच बम्बई चला जाऊंगा फैक्ट्री की छुट्टी करके जब मैं यहां यानि कोठी पर आया और टेलीग्राम संगीता को दिखाते हुए कहा कि दस वाली ट्रेन से बम्बई जाना होगा तो उसने कहा कि कहीं तुम मेरा 'अप्रैल फूल' तो नहीं बना रहे हो–यह सोचकर मैं सकपका गया कि वह पूरी तरह सतर्क है, परन्तु पूरा विश्वास था कि भले ही चाहे जितनी सतर्क हो मगर उसे बेवकूफ बनाने की मेरी जो योजना है उसमें वह हर हालत में फंस जाएगी। अतः बिना जरा भी 'कन्फ्यूज' हुए मैंने अपनी योजना पर अमल किया–उस वक्त रात के पौने बारह बजे थे जब मैं चोरों की तरह चारदीवारी फलांग कर कोठी के किचन लॉन में पहुंचा–अमरूद के पेड़ के नीचे जिस्म पर चौंगा डाला, चेहरे पर नकाब और हाथ में खुला चाकू लेकर खिड़की की तरफ बढ़ा।''

''तुमने यह सच्चाई कोर्ट में क्यों नहीं रखी?''

''बताता हूं–बात आपकी समझ में तभी आयेगी जब सब कुछ क्रमवार बताऊंगा–चौंगे और नकाब में छुपा हाथ में चाकू लिए मैं

लॉन की तरफ खुलने वाली अपने बेडरूम की खिड़की तक पहुंचा ही था कि सन्नाटे को चीरती संगीता की चीख ने कलेजा हिला दिया–मैं बौखला गया और ठीक से कुछ समझ भी न पाया था कि संगीता दूसरी बार चीखी। हड़बड़ाकर मैं खिड़की पर चढ़ गया–ठीक यही क्षण था जब मैंने एक नकाबपोश को संगीता के चेहरे पर चाकू से वार करते देखा।''

''क्या उसके जिस्म पर भी तुम्हारे जैसे रंग का यानि काला चौगा था?''

''उसका चौंगा काला था और नकाब भी।''

''चाकू?''

''चाकू भी ठीक मेरे ही जैसा था, उसी चाकू को बाद में मेरा कहा गया।''

''क्या मतलब?''

''चेहरे पर चाकू लगते ही संगीता के हलक से एक और चीख निकली–उस वक्त वह लहराकर बेड के नजदीक गिर रही थी जब मारे गुस्से के मैं पागल हुआ हमलावर पर झपटा–मुझे देखकर वह जरा भी नहीं चौंका–क्षण मात्र में मेरा मुकाबला करने के लिए खुद को इस तरह तैयार कर लिया जैसे पहले ही से जानता हो कि संगीता का कत्ल करने के बाद मेरा मुकाबला करना है–मैं उसके नजदीक पहुंचा, वार करने के लिए चाकू वाली कलाई हवा में उठाई ही थी, उसने झपटकर मेरी कलाई पकड़ी और मरोड़ दी–मेरे हाथ से चाकू निकल गया–उसने तुरन्त मुझे छोड़कर अपना चाकू फर्श पर फेंका और मेरा उठा लिया–इस बीच मैं उस पर जम्प लगा चुका था–गुत्थमगुत्था हुए दोनों फर्श पर काफी दूर तक लुढ़कते चले गए और फिर उसने अपने दोनों जूतों को मेरे पेट में फंसाकर ऐसा झटका दिया कि हवा में लहराकर मैं फर्श पर पड़े उसके चाकू के नजदीक गिरा–अपनी तरफ

से भरपूर फुर्ती के साथ मैं उछलकर खड़ा हो गया–मुझसे तीन कदम दूर खिड़की के नजदीक खड़ा वह अपने दस्तानेयुक्त हाथ में मेरा चाकू लिए मेरे किसी भी हमले का मुकाबला करने के लिए तैयार खड़ा था–जब चाकू को खतरनाक ढंग से उसने हवा में घुमाया तो मुझे लगा कि निहत्थे ही उस पर झपट पड़ना बेवकूफी होगी और बिना सोचे-समझे फर्श पर पड़ा उसका चाकू उठा लिया, खून से सना चाकू हाथ में लिए मैं उस पर झपटने ही वाला था कि गैलरी में भागते कदमों की आवाज सुनाई दी–क्षणभर के लिए मेरी तवज्जो उस तरफ चली गई और इसी क्षण मेरे चाकू सहित हमलावर ने खिड़की के पार जम्प लगा दी–मैं खिड़की की तरफ लपका–तभी 'भड़ाक' की जोरदार आवाज के साथ दरवाजा खुला और उस वक्त मैं खिड़की के चौखट पर चढ़कर लॉन में कूदने वाला था कि बुन्दू ने पीछे से पकड़ लिया–हमलावर का पीछा करने की गरज से खुद को बुन्दू से छुड़ाने का प्रयत्न कर ही रहा था कि निक्कू और रधिया ने भी मुझे पकड़ लिया–मैं चीख-चीखकर कहता रहा कि ''मैंने संगीता की हत्या नहीं की असली हत्यारा भाग रहा है, मगर उन्होंने मेरी एक न सुनी और लाख प्रयत्नों के बावजूद उनके चंगुल से खुद को निकाल न सका–चाकू बेडरूम के एक कौने में जा गिरा था–निक्कू और बुन्दू ने मुझे जकड़ लिया–उस वक्त तो होश ही उड़ गए जब रधिया ने मेरे सामने ही फोन पर पुलिस से यह कहा कि मैंने संगीता की हत्या कर दी है–मैं बुरी तरह बौखला गया बल्कि कहना चाहिए कि यह सोचकर छक्के छूट गए कि मैं संगीता का हत्यारा साबित होने जा रहा हूं और उसी हड़बड़ाहट का नतीजा यह था कि एक बार फिर उनके चंगुल से निकलकर फरार हो जाने की अपनी इस कोशिश के परिणामस्वरूप इस बार मुझे बेहोश हो जाना पड़ा।''

''इसका मतलब यह हुआ कि नौकरों के बयान बिल्कुल सच्चे हैं?''

''तभी तो कह रहा हूं मुझे फंसाने में उनका कोई हाथ नहीं है–उन पर शक तब किया जा सकता था जबकि उनमें से कोई झूठ बोल रहा होता।''

''खैर, फिर क्या हुआ?''

''होश में आने पर सब-कुछ विद्युत गति से दिमाग में कौंध गया–यह बात समझ में आ गई कि मुझे संगीता का हत्यारा समझ लिया गया है–हत्यारे को सिर्फ मैंने देखा था और मेरी बात किसी को विश्वसनीय नहीं लगेगी, अतः बिना किसी वकील की सलाह के पुलिस से एक लफ्ज भी कहना मुझे अपने लिए घातक लगा–तब फोन करके शहजाद राय को थाने बुला लिया।''

''उसके बाद?''

''एकान्त मैं उन्हें सब-कुछ सच-सच बताया।''

''वही जो तुमने मुझे बताया है?''

''हां।''

''फिर?''

''मेरी बातें सुनने के बाद शहजाद राय ने बुरा-सा मुंह बनाया और बोले कि 'फर्स्ट अप्रैल' की इस बात पर दुनिया का कोई भी आदमी विश्वास नहीं करेगा।''

''अ-आप विश्वास कीजिए, सच्चाई यही है।''

''मेरे विश्वास करने से कुछ नहीं होगा।'' शहजाद राय भड़क उठे–''विश्वास पुलिस को आना चाहिए, अदालत को आना चाहिए और दावा है कि उन्हें इस बेवकूफी भरी कहानी पर विश्वास नहीं आएगा–लोग इस बात पर हंसेंगे कि आधी रात के वक्त जिस्म पर चौगा, चेहरे

पर नकाब और हाथ में चाकू लिए बेडरूम में तुम अपनी पत्नी को 'अप्रैल-फूल' बनाने के मकसद से गये थे–पूरी तरह अविश्वसनीय, असम्भव और बचकाना बयान होगा यह।''

''तो फिर मैं क्या कहूं, आप ही सलाह दीजिये।'' मैं अधीर होकर कह उठा–''मैं आपको अपना वकील नियुक्त करता हूं। वही कहूंगा जो आप कहेंगे–मुझे इस झमेले से निकालने की जिम्मेदारी आप ले लीजिए।''

शहजाद राय खामोश हो गये।

मुद्रा बता रही थी कि कुछ सोच रहे हैं।

लुटा-पिटा मैं उम्मीदजनक अवस्था में उनकी तरफ देख रहा था।

वे बड़बड़ाये–''तुम्हें बुन्दू, निक्कू और रधिया ने रंगे हाथों पकड़ा है, तुम केवल एक अवस्था में बच सकते हो–तब, जबकि अदालत में इन तीनों को अविश्वसनीय साबित कर दिया जाए, और ये तीनों अविश्वसनीय तब साबित हो सकते हैं जब प्रमाणित किया जाये कि तुम्हें संगीता की हत्या के जुर्म में फंसाने के पीछे इनका स्वार्थ है।''

मैं चुपचाप उनकी बड़बड़ाहट को सुन रहा था।

एकाएक उन्होंने मुझसे पूछा–''नौकर का तुम्हें फंसाने के पीछे क्या स्वार्थ हो सकता है?''

''उन्होंने मुझे फंसाया ही कब है?'' मैंने मूर्खों की मानिंद कहा।

''फंसाया नहीं है बेवकूफ!'' शहजाद राय झुंझला उठे–''बल्कि अदालत में साबित कर रहे हैं कि उन्होंने तुम्हें फंसाया है, सोचना ये है कि वे तुम्हें क्यों फंसायेंगे?''

काठ के उल्लू की तरह मैं उन्हें देखता रहा।

एकाएक उन्होंने पूछा–''वह डायमंड नेकलेस कहां है जो तुमने अपनी मैरिज एनीवर्सरी पर संगीता को दिया था?''

‘‘मेरे लॉकर में।’’

‘‘वहां क्या कर रहा है?’’

‘‘अगले ही दिन यानि तीस तारीख को संगीता ने यह कहकर नेकलेस मुझे दे दिया था कि इतना महंगा नेकलेस ‘डेली यूज’ के लिए नहीं होता–इसे विशेष अवसरों पर पहना करूंगी, वैसे भी इतना महंगा नेकलेस कोठी में रखना समझदारी नहीं थी।’’

‘‘और तुम–नेकलेस को लॉकर में रख आये?’’

‘‘हां।’’

वे बोले–‘‘यह झूठ है।’’

‘‘ज–जी?’’ मैं चकराया।

‘‘यह बात तुम्हें किसी के सामने अपने मुंह से नहीं निकालनी कि नेकलेस लॉकर में है–इस सच्चाई को भूल जाओ और इस झूठ को याद रखो कि तुमने इन तीन नौकरों में से किसी को संगीता के गले से नेकलेस खींचते देखा है।’’

‘‘ज-जी......मैं कुछ समझा नहीं।’’

‘‘सब समझ जाओगे।’’ शहजाद राय का दिमाग मानो कम्प्यूटर की-सी तेजी से काम कर रहा था–‘‘यह बताओ कि क्या तुम्हें इन तीनों नौकरों में से किसी का कोई ऐसा भेद मालूम है जिसके खुलने से वह डरता हो?’’

‘‘स-मैं समझा नहीं कि आप क्या पूछ रहे हैं।’’

‘‘लगभग प्रत्येक व्यक्ति के जीवन में कोई-न-कोई क्षण ऐसा आता है जब उससे कोई ऐसा काम हो जाता है जिसके बारे में वह अपने अलावा किसी को पता नहीं लगने देना चाहता–यानि वह उसके जीवन का ऐसा भेद बन जाता है कि जिसके बारे में अगर लोगों को पता लग जाये तो उसके जीवन में तूफान आ सकता है।’’

''एक दिन संगीता कह रही थी कि रधिया गर्भवती है।''

शहजाद राय ने उत्सुक स्वर में पूछा–''क्या वह शादीशुदा नहीं है?''

''है, मगर–

''मगर?''

''उसका पति गांव में रहता है और वह छः महीने से गांव नहीं गई है।''

चमचमा रही आंखों के साथ शहजाद राय ने तुरन्त पूछा–''फिर गर्भवती कैसे हो गई वह?''

''संगीता ने बताया था कि बुन्दू के साथ उसके सम्बन्ध हैं।''

''वैरी गुड, बुन्दू शादीशुदा है या कुंवारा?''

''शादीशुदा है, उसकी पत्नी भी गांव में रहती है।''

''बन गई कहानी!'' शहजाद राय चुटकी बजाकर कह उठे और फिर उन्होंने मुझे वह कहानी सुनाई जो मैंने हवालात में इंस्पेक्टर अक्षय को और फिर अदालत में सुनाई थी–शहजाद राय के निर्देश पर मैं इसी कहानी पर डटा रहा, मगर झूठ की यह हांडी चढ़ी नहीं, आपके पापा ने मेरे और शहजाद राय के झूठ की धज्जियां उड़ाकर रख दीं–अक्षय ने केस को इतना पुख्ता बनाकर कोर्ट में पेश किया कि शहजाद राय की एक नहीं चली।''

किरन गहरे सोच में डूब गई थी।

⅄

फोटोग्राफर और फिंगर प्रिन्ट्स विभाग वालों का काम निपटते ही अक्षय और किरन पुनः लाश के इर्द-गिर्द का निरीक्षण करते हुए इन्वेस्टीगेशन में जुट गए और कुछ देर बाद किरन ने घोषणा की–

''अब मैं एक बहुत ही जबरदस्त और धमाकेदार बात पूरे दावे के साथ कह सकती हूं।''

''क्या?'' अक्षय ने पूछा।

जाने कैसी मुस्कुराहट के साथ किरन पलटकर शेखर से बोली–''उस आदमी की लम्बाई क्या थी जिसे तुमने संगीता पर हमला करते देखा था?''

अक्षय चौंका–''इसने संगीता पर किसी को हमला करते देखा था?''

''प-प्लीज इंस्पेक्टर, मैंने शेखर से सवाल किया है–तुमने जवाब नहीं दिया शेखर, क्या लम्बाई रही होगी उसकी?''

''इ-इस तरह तो उसकी लम्बाई बताना मेरे लिए मुश्किल होगा।''

''यह तो बता सकते हो कि तुमसे लम्बा था अथवा गुट्टा?''

शेखर ने तुरन्त जवाब दिया–''मुझसे तो लम्बा था।''

''इधर आओ।'' किरन ने अंगुली के इशारे से उसे नजदीक बुलाया और फिर तहखाने की एक दीवार के नजदीक ले गई–वहां उसने शेखर को दीवार के सहारे लाठी की तरह खड़ा कर दिया और अपने लम्बे बालों से एक हेयर पिन निकालकर उसके सिर के ऊपर दीवार में एक निशान लगाने के बाद बोली–''हट जाओ।''

असमंजस में फंसा शेखर हट गया।

अकेला वह क्या?

सभी असमंजस में फंसे हुए थे।

औरों की तो बात ही दूर, स्वयं अक्षय नहीं समझ पा रहा था कि वह कर क्या कर रही है–सबकी नजरें किरन पर इस तरह केन्द्रित थीं जैसे वह कोई जादूगर हो और हैरत में डाल देने वाला कोई जादू दिखाने जा रही हो–कुछ देर तक ध्यान से दीवार को घूरती रही और

फिर अचानक अक्षय की तरफ पलटकर बोली–''अब मैं रधिया की हत्या का कारण बता सकती हूं।''

''दीवार पर कारण लिखा है क्या?''

''ऐसा ही समझो।'' किरन के पतले होंठों पर बेहद प्यारी मुस्कान उभरी।

''तो बताइये, वहां आपने क्या पढ़ा?''

''दीवार पर 'कोडवर्ड' में लिखा है कि रधिया संगीता के हत्यारे से मिली हुई थी।''

''संगीता का हत्यारा?'' अक्षय उछल पड़ा–''संगीता का हत्यारा तो शेखर मल्होत्रा है।''

''नहीं।'' पूरी सख्ती और मुकम्मल दृढ़ता के साथ कहा किरन ने–''संगीता का हत्यारा वह है जिसने रधिया की हत्या की है।''

''प-पता नहीं आप कौन-सी बात किस आधार पर कह रही हैं?''

''मेरे 'एक्टिव' होते ही हत्यारा इसलिए बौखला गया क्योंकि वह समझ चुका था कि मैं एक सवाल......सिर्फ एक सवाल करके रधिया को 'तोड़' सकती हूं और अगर वह टूट गई तो उसके चेहरे से नकाब खुद नुंच जाएगा–ऐसा वक्त आने से पहले ही उसने रधिया की हत्या कर दी।''

''मेरी समझ में नहीं आ रहा है कि आप क्या कह रही हैं?''

एकाएक किरन ने बुन्दू से सवाल किया–''तुम बोलो बुन्दू, तुम्हें उस रात थाने का फोन नम्बर मालूम था जिस रात संगीता का कत्ल हुआ?''

''नहीं, मुझे तो आज भी मालूम नहीं है।''

''और तुम्हें निक्कू?''

निक्कू ने कहा–''थाने के नम्बर की मुझे भला जरूरत ही क्या पड़ती जो मालूम होगा?''

"तो रधिया को कैसे मालूम था?"

दोनों सकपका गये, एक साथ बोले–"ह-हमें क्या पता?"

"क्या उसने नम्बर डायरेक्टरी या कहीं अन्य से देखा था?"

"नहीं।" निक्कू बोला–"नम्बर उसने तुरन्त, इस तरह मिला दिया था जैसे उसे याद हो।"

"आप बताइये इंस्पेक्टर साहब, अच्छी तरह दिमाग लड़ाने के बाद बताइए कि रधिया को थाने का नम्बर इस कदर रटा हुआ कैसे था कि फर्राटे के साथ आपसे सम्बन्ध स्थापित कर लिया!"

"कमाल की बात है।" अक्षय बड़बड़ाया।

"इससे ज्यादा कमाल की बात ये है कि यह सवाल इन्वेस्टीगेशन के दरम्यान न आपने रधिया से पूछा और न ही कोर्ट में जिरह के वक्त शहजाद राय ने जबकि यह सवाल......यह एक मात्र सवाल रधिया को बौखलाकर रख देता–उसे बताना पड़ता कि एक अनपढ़ नौकरानी को अगर थाने का नम्बर मालूम था तो क्यों–यह नम्बर उसे किसने और किस मकसद से रटाया था–क्या इसलिए कि शेखर के पकड़े जाते ही वह पुलिस को सूचित कर दे?"

"म-मगर आप यह कैसे कह सकती हैं कि संगीता का हत्यारा ही रधिया का हत्यारा है?"

"शेखर के बयान के मुताबिक हत्यारे का कद इससे ज्यादा था और मजे की बात तो ये है इंस्पेक्टर साहब कि रधिया का कत्ल उसी ने किया है जिसका कद शेखर के कद से ज्यादा है।"

"शेखर के बयान की भला क्या विश्वसनीयता......

"मैं जानती हूं इंस्पेक्टर!" किरन कहती चली गई–जानती हूं कि आप यह कहेंगे कि शेखर के मुंह से निकला एक भी लफ्ज विश्वसनीय नहीं माना जा सकता–आपकी जानकारी के लिए बता दूं कि मात्र

शेखर के बयान के आधार पर न मैं किसी निष्कर्ष पर पहुंची हूं और न ही सब कुछ कह रही हूं–यह सब मैं तब कह रही हूं जब शेखर के बयान की पुष्टि कर चुकी हूं।

''कैसी पुष्टि?''

''शेखर को यह तो मालूम नहीं था कि रधिया का हत्यारा कद में इससे ज्यादा था या कम?''

''यह बात भला इसे कैसे मालूम हो सकती है?''

''अब मान लो, मैंने शेखर से संगीता के हत्यारे का कद पूछा तो इसने तिकड़म से, जो मुंह में आया बता दिया–यह बात मैं सोचकर कह रही हूं कि शेखर सरासर झूठ बोल रहा है–इसने किसी को संगीता की हत्या करते नहीं देखा, मगर क्या इतना बड़ा इत्तेफाक हो सकता है कि जो कद उसने बताया है, रधिया का कातिल उसी कद का निकल आए?''

''आप कैसे कह सकती हैं कि रधिया का कातिल उसी कद का है।''

कुछ देर पहले जिस दीवार के सहारे मैंने शेखर को खड़ा किया था उस दीवार पर फर्श के करीब पांच फुट दो इंच ऊपर हल्की-सी चिकनाई लगी हुई है–जब आप उस चिकनाई को सूंघने के बाद रधिया की लाश का सिर सूंघेंगे तो पायेंगे कि दीवार पर चिकनाई का निशान रधिया के सिर से बना है और इसका कद अगर 'एक्यूरेट' नहीं तो करीब-करीब पांच फुट दो, एक या तीन इंच होगा। उसके करीब आठ इंच ऊपर यानि पांच फुट दस इंच के आसपास चिकनाई का एक और निशान है, उसमें कोई गंध नहीं है–यह निशान हत्यारे के सिर के अलावा किसी का नहीं हो सकता क्योंकि दोनों निशान मिलकर यह कहानी कह रहे हैं कि रधिया और हत्यारे के बीच संघर्ष हुआ, एक

बार रधिया ने हत्यारे को दीवार से सटा दिया और एक बार हत्यारे ने रधिया को– यानि दूसरा निशान यह बता रहा है। हत्यारे का कद पांच फुट नौ, दस या ग्यारह इंच के आसपास होना चाहिए–दीवार पर मैंने शेखर के कद की ऊंचाई पर हेयर पिन से निशान लगा रखा है। दीवार के नजदीक जाकर आप खुद गौर फरमा सकते हैं कि निशान गन्धहीन चिकनाई से करीब दो इंच नीचे है या नहीं?''

अक्षय की अक्ल मानो चमगादड़ बनकर तहखाने का चक्कर लगा रही थी।

⅄

शेखर मल्होत्रा की समझ में यह बात आने लगी थी कि किरन उसके हक में अगर सबूत नहीं तो कुछ हद तक तर्क जुटाने में अवश्य कामयाब हो चुकी थी–शायद इसीलिए उसकी आंखें हीरों की मानिन्द चमकने लगी थीं।

खुशी की ज्यादती के कारण जिस्म में पैदा होती कंपकंपाहट को वह चाहकर भी नियन्त्रित नहीं कर पा रहा था।

पोस्टमार्टम वाले लाश ले गए।

यह रहस्य अपनी जगह कायम था कि गुलाब चन्द की लाश या रधिया का हत्यारा स्टडी का दरवाजा अन्दर से बन्द करके कहां और कैसे गायब हो गया–काफी कोशिश के बावजूद तहखाने का कोई अन्य रास्ता न अक्षय को मिल सका और न ही किरन को।

अक्षय ने शेखर, निक्कू, बुन्दू और अतर एण्ड फैमिली के एक-एक मैम्बर से घोट-घोटकर पूछा कि किसी ने आज से पहले गुलाब चन्द की लाश कोठी में नहीं देखी थी?

जिस वक्त वह सबके बयान ले रहा था उस वक्त किरन उस कमरे

की तलाशी लेने पहुंची जहां रधिया रहती थी और इस तलाशी में उसे एक ऐसी चीज बरामद हुई जिसे देखते ही किरन की आंखें विस्फारित अंदाज में फटी की फटी रह गईं, मगर शीघ्र ही उसने खुद को सम्हाल लिया और वहां से मिली चीज का जिक्र किसी से नहीं किया।

सबका जवाब इंकार में था।

अतर जैन से बात करके किरन ने उस कहानी की पुष्टि कर ली जो शेखर ने सुनाई थी–अतर का कहना भी यही था कि सुब्रत जैन की शक्ल उसने उस दिन के बाद से नहीं देखी है जिस दिन वह घर छोड़कर गया था।

अन्त में किरन ने कहा–''मुझे आप सबका एक-एक फोटो चाहिए।''

''फ-फोटो?'' अतर जैन चौंक पड़ा–''हमारे फोटुओं का क्या करेंगी आप?''

''एलबम में सजाऊंगी।'' किरन ने मजेदार स्वर में कहा–''मुझे एक शौक है, बड़ा विचित्र शौक।''

''कैसा शौक?''

''मैं जिससे मिलती हूं अपनी एलबम में लगाने के लिए उसका फोटो जरूर ले लेती हूं–मिलने वाला चाहे मोची हो या रिक्शा-पुलर–आज तक जितने लोगों से मिली हूं–मेरे पास सबके फोटो हैं।''

''नहीं...असम्भव।'' अतर जैन कह उठा–''ऐसा हो ही नहीं सकता, मान लीजिए कि आप घूमने के लिए किसी हिल स्टेशन पर जाती हैं–वहां होटल में ठहरती हैं–मैनेजर से मिलती हैं–वेटर्स के सम्पर्क में आती हैं तो क्या आपके पास उन सबके फोटो...

''मेरे पास उस खच्चर का फोटो भी है जिस पर बैठकर नैनीताल से 'टिफिन टॉप' और 'चाइनापीक' गई थी।'' किरन ने कहा–''क्या आप लोगों को फोटो देने में एतराज है।''

''ए-एतराज?'' अतर जैन सकपकाया, कमल की तरफ देखता हुआ बोला–''एतराज भला क्यों होगा?''

एकाएक किरन ने कमल की आंखों में आंखें डालकर पूछा–''आपको एतराज है?''

''न-नहीं तो।''

''तो लाइए, अपना एक-एक फोटो दे दीजिए मुझे और इंस्पेक्टर साहब, आप भी।

''म-मैं भी?'' अक्षय उछल पड़ा।

''क्यों, क्या आपसे नहीं मिली हूं मैं?''

''मिली तो हैं, खैर, कल सुबह आपके घर पहुंच जाएगा।''

''थैंक्यू! अरे आप लोग भी अभी तक यहीं खड़े हैं, अपना-अपना फोटो लेने गए नहीं?''

कमल ने कहा–''हमारे फोटो भी कल सुबह आपके पास पहुंच जायेंगे।''

''ओ.के.।'' किरन के कहा–''लेकिन अगर सुबह होते ही आपमें से किसी का फोटो नहीं पहुंचा तो मैं यह समझूंगी कि उसके दिल में चोर है और इतना तो आप जानते ही होंगे कि चोर किसके दिल में होता है?''

सभी सहम गए।

एक अजीब-सी चेतावनी दे डाली थी किरन ने।

अभी उनमें से किसी के मुंह से बोल न फूटा था कि किरन ने शेखर से कहा–''मुझे एक फोटो तुम्हारा भी चाहिए और एक संगीता का।''

''स-संगीता का क्यों, उससे आप मिली हैं?''

''वाह! जिसके मर्डर की तहकीकात कर रही हूं क्या उसका फोटो मेरे पास नहीं होना चाहिए?''

''ठीक है, मैं अपने कमरे से फोटो लाकर दे देता हूं।''

''मैं साथ चल रही हूं।''

एकाएक अक्षय ने कहा–''अच्छा तो किरन जी, मैं चलूं?''

''ओ. के. सी यू इंस्पेक्टर।'' किरन ने उसकी तरफ विदाई का हाथ हिलाया, उधर अक्षय लोहे वाले गेट के बाहर खड़ी अपनी जीप की तरफ बढ़ा। इधर किरन की नजर बुन्दू और निक्कू पर पड़ी, बोली–''आप दोनों के फोटो भी कल सुबह तक मेरे पास पहुंच जाने चाहिएं।''

''म-मगर मेमशाब, हम फोटो पहुंचायेगा कहां?''

''ओह, सॉरी।'' कहने के साथ उसने पर्स में से एक विजिटिंग कार्ड निकालकर उन्हें पकड़ा दिया और शेखर के साथ उसके कमरे की तरफ बढ़ गई–जब उसने महसूस किया आसपास कोई नहीं है तो बोली–''अब मैं शर्त लगाकर कह सकती हूं शेखर कि तुम्हें बेगुनाह साबित कर दूंगी।''

''म-मैं....मैं समझ नहीं पा रहा हूं किरन जी कि किन शब्दों में मैं आपका शुक्रिया अदा करूं, क्या कहूं?'' खुशी की पराकाष्ठा के कारण शेखर का लहजा कांप रहा था–''अ-अब तो मुझे यकीन होने लगा है कि आप यह चमत्कार कर दिखायेंगी।''

''मेरे एक सवाल का जवाब और दो।''

''पूछिए।''

''यह बात किस-किसको पता थी कि तुम संगीता का अप्रैलफूल बनाने जा रहे हो?''

''किसी को नहीं।''

उसके कमरे में पहुंचकर सोफे पर बैठती हुई किरन ने कहा–''ऐसा नहीं हो सकता।''

‘‘कैसा?’’

‘‘यह कि अप्रैल-फूल वाली बात किसी को पता नहीं थी, असली हत्यारे ने जैसी योजना और जिस चालाकी के साथ तुम्हें हत्यारे के रूप में प्लांट किया है, उतनी खूबसूरती के साथ तुम्हारी मुकम्मल योजना जाने बिना कोई नहीं कर सकता–‘‘याद करो, मुमकिन है, कि यार-दोस्ताने में तुमने अपनी योजना किसी को बता दी हो?’’

‘‘खूब सोच चुका हूं किरन जी, इस बारे में मैंने किसी से जिक्र नहीं किया है।’’

एक पल कुछ सोचने के बाद किरन ने अगला सवाल किया–‘‘अपने मैनेजर के बारे में क्या ख्याल है तुम्हारा?’’

‘‘म-मैनेजर?’’

‘‘तुमने उससे एक ही रात के ट्रेन और प्लेन के टिकट मंगाये थे–सम्भव है कि वह इस अजीब बात की तह में गया हो और फिर किसी ढंग से तुम्हारी योजना की भनक लगी हो उसे?’’

‘‘जो योजना सिर्फ और सिर्फ मेरे दिमाग में थी–जिसका एक भी लफ्ज मैंने फूटे मुंह से किसी से नहीं कहा, उसकी भनक भला किसी को लग ही कैसे सकती है?’’

‘‘भनक तो लगी है–भनक लगे बिना कोई शख्स वह सब कर ही नहीं सकता जो हत्यारे ने किया है–पता यह लगाना है कि तुम्हारे प्लान की भनक उसे कहां से लगी?’’

शेखर चुपचाप ‘चांद’ को देखता रहा।

‘‘अच्छा, ये बताओ कि अपनी मैरिज एनीवर्सरी तुमने कहां मनाई थी?’’

‘‘होटल ताज पैलेस में।’’

‘‘फर्स्ट अप्रैल पर तुम्हारे और संगीता के बीच बहस वहीं हुई थी?’’

"हां, डिनर के दरम्यान।"

"और उस वक्त तुमने यह सावधानी नहीं बरती होगी कि तुम्हारी बहस कोई न सुन पाये?"

"सावधानी बरतने का सवाल ही नहीं था, हम कोई अपराध थोड़ी कर रहे थे?"

किरन की आंखें जुगनुओं की मानिन्द चमक उठीं–"उस वक्त तुमने ये ध्यान भी नहीं दिया होगा कि दायें-बायें और आगे-पीछे वाली सीटों पर कौन बैठा है?"

"सवाल ही नहीं।"

"यानि उस वक्त तुम्हारे बीच हुई बहस किसी ने सुनी हो सकती है।"

"सुनी तो हो सकती है मगर सुनने से किसी को लाभ क्या हुआ होगा–सच्चाई ये है कि उस क्षण स्वयं मुझे मालूम नहीं था कि संगीता को अप्रैल-फूल किस तरह बनाऊंगा, योजना तो मेरे दिमाग में बाद में बनी–तब, जबकि मेरे और संगीता के बीच चैलेंजों का आदान-प्रदान हो चुका था।"

"माना कि उस वक्त किसी ऐसे शख्स ने तुम्हारी बहस सुनी जो ऐसे मौके की फिराक में था कि संगीता का मर्डर करके तुम्हें फंसा सके–इस बहस के बाद उसने तीस-इकत्तीस और पहली तारीख को साये की तरह तुम्हारा पीछा किया–तुम्हें काला कपड़ा खरीदते, उसे टेलर को देते और चाकू खरीदते देखा–फिर किसी ढंग से यह भी पता लगा लिया कि तुमने एक ही रात के ट्रेन और प्लेन के टिकट मंगाये हैं–तब, उसने तुम्हारी योजना का अनुमान लगा लिया होगा।"

"भला इस तरह अनुमान कैसे लग सकता है?"

"जो लोग जिस फिराक में होते हैं वे अपने मतलब के अनुमान

बखूबी लगा लेते हैं शेखर, लिफाफा देखकर मजमून भांप जाने वाले लोगों के बारे में तुमने जरूर सुना होगा और फिर कौन जानता है कि वह शख्स कौन था–खैर, मैं तुम्हारी फैक्ट्री के मैनेजर से मिलना चाहती हूं– इस वक्त कहां होगा वह?''

शाम के सात बजा रही रिस्टवॉच पर नजर डालते हुए शेखर ने कहा–''इस वक्त तो अपने फ्लैट पर होगा।''

''क्या तुम मुझे वहां ले चल सकते हो?''

''ऑफकोर्स?''

''तो चलो।''

''फोटो नहीं लेंगी?''

''ओह हां।''

शेखर ने मेज की दराज से एलबम निकाली और उसके पृष्ठ से किसी फोटो को छुड़ाने का प्रयत्न करता बोला–''वैसे संगीता का फोटो तो आपके घर मौजूद इस केस की फाइल में भी होगा?''

''उसमें विभिन्न कोणों से लिए गये संगीता की लाश के फोटो हैं–चूंकि हत्यारे ने चाकू का अन्तिम वार उसके चेहरे पर किया था इसलिए चेहरा इतना विकृत हो गया था कि ठीक से पहचान में नहीं आ रही।''

''ये लीजिए।'' उसने संगीता का फोटो किरन की तरफ बढ़ाया।

किरन ने फोटो लिया।

और!

फोटो पर नजर पड़ते ही कुछ ऐसा हुआ कि किरन के सम्पूर्ण शरीर में बिजली-सी कौंध गई–हक्की-बक्की अवस्था में वह कभी फोटो की तरफ देख रही थी, कभी एलबम से अन्य फोटो निकालने में व्यस्त शेखर को।

शेखर की गर्दन एलबम पर झुकी हुई थी।

इसीलिए वह किरन के जिस्म में कौंधती बिजली का अहसास नहीं कर पाया–फोटो पर नजर पड़ते ही किरन की आंखों से जैसे सैकड़ों फुट लम्बी एक फिल्म-सी गुजर गई थी।

और फिर–जैसे लकवा मार गया उसे।

⅄

जब तक शेखर मल्होत्रा ने एलबम से अपना पासपोर्ट साइज का फोटो निकालकर किरन की तरफ बढ़ाया तब तक प्रत्यक्ष में भले ही वह खुद को नियंत्रित कर चुकी हो, परन्तु अन्दर से नियंत्रित नहीं थी।

दिलो-दिमाग में बवंडर-सा उठा हुआ था।

ऐसा बवंडर जो उद्वेलित किये हुए था।

आंखों में उस वक्त भी फिल्म-सी चल रही थी जब शेखर ने पूछा–"चलें किरन जी?"

"क्या तुम यही कपड़े पहनकर अपने मैनेजर के यहां चलोगे?" किरन ने खुद को सम्भाला।

एक नजर उसने तन पर मौजूद कुर्ते-पायजामें पर डाली, बोला–"आप मुझे बे-गुनाह साबित करने जा रही हैं, इस खुशी ने मुझसे मेरा ये अहसास तक छीन लिया कि मैंने क्या पहन रखा है।"

"मेरा ख्याल है कि कपड़े चेंज कर लो।"

"ओ. के.।" कहने के साथ एलबम को वापस दराज में रखने हेतु उसने दराज खोली ही थी कि किरन ने कहा–"एलबम मुझे दे दो, तब तक मैं इसे देखती रहूंगी।"

शेखर ने एलबम उसे पकड़ा दी।

उधर वह सेफ से एक जोड़ी कपड़े निकालकर बाथरूम में बंद

हुआ इधर किरन ने एलबम खोल ली–सबसे पहले पृष्ठ पर दुल्हन बनी संगीता का फोटो था।

किरन इस फोटो को देखती रही।

देखती रही।

दिलो-दिमाग में पुनः एक जलजला-सा उठने लगा।

वह पृष्ठ किरन ने तब जाकर पलटा जब यह अहसास हुआ कि शेखर बाथरूम से लौटने वाला होगा।

गुलाब चन्द जैन और उनकी पत्नी का फोटो उसके सामने था।

किरन की गोरी, पतली, नर्म और नाजुक अंगुलियां तेजी से चलीं–फोटो एलबम के पृष्ठ से उखड़कर उसके पर्स में पहुंच गया और फिर उसने फोटुओं पर सरसरी नजर डालते हुए पृष्ठ पलटने का जो सिलसिला शुरू किया तो वह जब तक चलता रहा जब तक कि एक झटके से बाथरूम का दरवाजा न खुल गया।

किरन की नजरें स्वतः उस तरफ उठ गयीं।

और।

नजरें एक बार उठी तो जैसे चिपक कर रह गयीं।

इस क्षण से पूर्व किरन ने महसूस नहीं किया था कि शेखर मल्होत्रा कितना खूबसूरत है।

नहाया-धोया वह काली पैंट और सफेद कमीज में ठीक 'चंकी पांडे' सा लग रहा था।

वैसा ही गठा हुआ कसरती जिस्म, वैसा ही कद, वैसे ही नाक-नक्शा–फर्क था तो सिर्फ आंखों के रंग में–चंकी पांडे की आंखें गहरी काली हैं जबकि शेखर की नीली थीं।

गहरी नीली।

किरन को वे आंखें चंकी पांडे की आंखों से बेहतर लगीं।

उस क्षण जाने क्यों और कैसे किरन के जहन में वह विचार उभरा कि यह खूबसूरत और फिल्मी हीरो-सा नजर आने वाला बांका जवान संगीता जैसी लड़की के जाल में कैसे फंस गया?

शेखर के लिए उसके दिल में एक अजीब-सी सहानुभूति का भाव उभरा।

यह जानने के लिए व्यग्र हो उठी किरन कि संगीता और शेखर की पहली मुलाकात आखिर कहां हुई थी?

किरन के दिमाग में घुमड़ रहे सैकड़ों सवालों से अनभिज्ञ डबलबेड के एक कोने पर बैठा शेखर जुर्राब पहनने के बाद अब जूते पहन रहा था–'फीते' बांध कर सीधा खड़ा होता हुआ बोला–''मैं तैयार हूं।''

''चलो।'' एलबम को वहीं छोड़कर किरन उठ खड़ी हुई।

दरवाजे की तरफ बढ़ते शेखर ने कहा–''एक सवाल पूछूं किरन जी?''

''किसी भी सवाल का जवाब देने से पहले मैं तुम्हें एक चेतावनी देना चाहती हूँ।''

''च-चेतावनी।'' शेखर उछल पड़ा।

''तुम मुझे 'किरन जी' नहीं बल्कि सिर्फ 'किरन' कहोगे।''

''ज-जी?'' शेखर सकपका गया।

''उम्र में मैं तुमसे छोटी हूं।''

''कोई भी व्यक्ति किसी दूसरे के लिए दो कारणों से 'सम्मानित' होता है। पहला कारण है, उम्र–यानि जो आपसे बड़ा है वह आपके लिए 'सम्मानित' है और दूसरा कारण है, महान् कार्य और उपकार–यानि जो व्यक्ति कोई महान् कार्य करता है अथवा आप पर उपकार करता है वह आपके लिए 'सम्मानित' है–इस दूसरे कारण के सामने पहला कारण यानि 'उम्र' गौण हो जाती है।''

‘‘क्या तुम यह कहना चाहते हो कि मैं कोई महान् काम कर रही हूं?’’

‘‘जो कर रही हैं, अगर आप उसे महान् कार्य नहीं मानती तो इतना तो मानना ही पड़ेगा कि मुझ पर अहसान कर रही हैं आप।’’

‘‘भूल है तुम्हारी।’’ किरन ने पुरजोर स्वर में विरोध किया–‘‘संगीता मर्डर केस को तुम एक पेपर समझ सकते हो और मुझे वकालत की एक स्टूडेन्ट–अगर मैं इस पेपर को ‘सॉल्व’ कर लेती हूं तो शहजाद राय, अक्षय श्रीवास्तव, जज साहब और मेरे पापा जैसे धुरंधरों को मेरी क्षमताओं और काबलियत का लोहा मानना पड़ेगा और साथ ही कुबूल करनी पड़ेगी यह सच्चाई कि ‘सच्चाई तर्कों से बड़ी होती है’–सो जो कुछ कर रही हूं धुरंधुरों से अपना लोहा मनवाने के लिए कर रही हूं फिर यह सब तुम पर अहसान कैसे हुआ?’’

एकाएक शेखर ने कहा–‘‘इतना लम्बा लैक्चर आपने मुझे इसलिए दिया है ताकि मैं आपको ‘आप’ या ‘किरन जी’ न कहूं?’’

‘‘हां।’’ किरन सभ्य अन्दाज में हँसी।

‘‘कोशिश करूंगा।’’

‘‘अब तुम वह सवाल पूछ सकते हो जो पूछना चाहते थे?’’

‘‘जवाब मुझे मिल चुका है।’’

किरन ने चकित स्वर में पूछा–‘‘किसने दिया जवाब?’’

‘‘अ-आप....सॉरी....तुमने।’’

‘‘म-मैं तुम्हारे किसी सवाल का जवाब दे चुकी हूं?’’

‘‘दरअसल मैं यह जानना चाहता था कि आप....सॉरी तुम मेरी मदद क्यों कर रही हो–इस सवाल का जवाब तुम्हारे ‘लैक्चर’ से मिल चुका है।’’

किरन खिलखिलाकर हँस पड़ी।

क्यारियों में खिले फूल मानो उचक-उचककर खिलखिलाने वाले को देखने लगे।

फूलों के अलावा कुछ आंखें भी देख रही थीं उन्हें। पूरी चौदह आंखें थीं वे।

दस आंखों में ईर्ष्या के भाव थे–अगर यह कहा जाये तो गलत न होगा कि उन आंखों में हैरत, गुस्से और कुछ-कुछ प्रतिशोध के भाव थे–किरन और शेखर को साथ-साथ खिलखिलाते देखकर जिनकी आंखों में ये भाव थे, वे आंखें अतर एन्ड फैमिली के पांच सदस्यों की थीं।

बुन्दू और निक्कू की आंखों में कोई ऐसा भाव न था जिसे शब्द दिये जा सकें।

अतर एन्ड फैमिली के पांचों सदस्य पहली मंजिल पर स्थित एक बन्द खिड़की के पीछे खड़े पारदर्शी शीशे के माध्यम से उन्हें लोहे वाले गेट की तरफ बढ़ते देख रहे थे।

कुछ ऐसे जैसे न चाहते हों कि कोई उन्हें वहां खड़ा देखे।

लोहे वाले गेट के नजदीक पहुंचकर शेखर ने पूछा–"आप किस सवारी से आई थी?"

"टैक्सी से?"

"म-मुझे भी ये लोग गाड़ी को हाथ नहीं लगाने देते।"

"कोई बात नहीं, हम टैक्सी से चलेंगे।"

गेट के बाहर निकलते ही शेखर ने एक टैक्सी रोकी और दोनों उसमें सवार हो गये–शेखर ने ड्राइवर को मैनेजर के फ्लैट का पता बताया–उधर ड्राइवर ने टैक्सी आगे बढ़ाई, इधर किरन ने बहुत देर से दिमाग में घुमड़ रहा सवाल किया–"संगीता से तुम्हारी पहली मुलाकात कहां हुई थी शेखर?"

''आगरा यूनिवर्सिटी में–तब, जबकि संगीता ने वहां एम. ए. प्रीवियस में एडमीशन लिया था–मैं वहां पहले ही से पढ़ता था–बी. ए. फाइनल करके एम.ए. में आया था मैं– इसमें जरा भी अतिशियोक्ति है किरन जी....ओह.....सॉरी.....कि संगीता ने पहले ही दिन सारे कॉलिज में तहलका-सा मचा दिया था–जिसकी ज़ुबान पर देखो संगीता की चर्चा–लड़के जहां ठंडी आहें भर-भरकर उसकी चर्चा कर रहे थे वहीं लड़कियां मारे डाह के मरी जा रही थीं–दोस्तों में जब चर्चा चली तो मैं भी 'उस लड़की' को देखने के लिए उत्सुक हो उठा जिसने सारे कॉलिज में खलबली मचा रखी थी–यह सच है कि मैं सिर्फ उसे देखने कैंटीन में गया और यह भी सच है कि संगीता की स्वप्निल आंखों ने मुझ पर जादू-सा कर दिया, आज मुझे यह कुबूल करने में कोई हिचक नहीं है कि मैं उसी दिन संगीता से अपना दिल हार चुका था परन्तु वह एक तरफा प्यार था–अपनी भावनाएं उसके सम्मुख रखने का न मुझमें हौसला था, न ही परिस्थितियां उस सबकी इजाजत देती थीं।''

''परिस्थितियां?''

''अपनी बूढ़ी मां का इकलौता बेटा था–पिता की मृत्यु पर मेरी आयु केवल दस वर्ष की थी–तब से मेरी अनपढ़ मां ने मेहनत-मजदूरी करके न केवल पाला-पोसा था बल्कि जिद करके पढ़ा भी रही थीं–उन दिनों वह कहा करती थी कि बस....दो साल और हैं–तू एम. ए. कर लेगा, कहीं अच्छी सी नौकरी मिल जायेगी और फिर मैं 'राज' करूंगी–ऐसी मां के बेटे को कुदरत किसी से मुहब्बत करने की इजाजत नहीं देती और फिर....संगीता तो अपने परिधान तथा चेहरे से ही करोड़पति नजर आती थी–कहने का मतलब यह कि मैंने उससे कभी बात नहीं की–हां, मित्र-मण्डली में उसकी चर्चा चलती

रहती थी–धीरे-धीरे दिन गुजरने लगे–उन लड़कों में संगीता को फंसाने की होड़-सी लगी रहती जो कॉलिज में एडमीशन पढ़ने के लिए नहीं बल्कि मुहब्बत, दादागिरी और गुन्डागर्दी करने के लिए लेते हैं–मगर बाप की दौलत की नुमाइश करना जिनका शौक होता है, मगर....पूरा साल गुजर गया–संगीता को फंसाना दूर, कोई कलाई तक न पकड़ सका उसकी–धीरे-धीरे सारे कॉलिज में चर्चा फैल गई कि संगीता इतनी 'बोल्ड' लड़की है कि कोई उसे छू तक नहीं सकता–जाने क्यों यह अहसास मुझे सुकून पहुंचाता था किरन जी....सॉरी....कि संगीता किसी की नहीं हुई है–आज सोचता हूं तो लगता है कि शायद मुझे वह 'सुकून' मेरे अन्दर पल रही मुहब्ब्त के कारण मिलता था–उधर संगीता को लेकर लड़कों में शर्तें लगने लगीं–लड़के शर्तें हारने लगे और फिर कॉलिज के सबसे बड़े गुन्डे ने अपने चमचों से वह शर्त लगा ली....वह शर्त जो मेरे और संगीता के समीप आने का 'बायस' बनी–भरे-पूरे ग्राउन्ड में उसने संगीता का चुम्बन लेने का ऐलान किया और सिर्फ ऐलान ही नहीं किया बल्कि ऐसा करके दिखाया भी उसने।

हां–उसने किया, भरे-पूरे ग्राउन्ड में किया–हजारों छात्रों और सैकड़ों प्रोफेसर्स की मौजूदगी में किया–संगीता के पुरजोर विरोध के बाद किया–उस दिन....उस दिन मैं भूल गया कि मैं एक गरीब मां की एक इकलौती लाठी हूं, यह भी भूल गया कि, अगर मुझे कुछ हो गया तो मेरी मां अपनी छाती पीट-पीटकर खुद को मार डालेगी–जाने यह कैसा जुनून था कि अपनी हैसियत भूलकर मैं बाज की तरह नगर विधायक के बेटे पर टूट पड़ा और फिर उसे इतना मारा कि लहूलुहान हो गया वह–सारे कॉलिज में सनसनी फैल गई–दब्बू-सा नजर आने वाला 'मैं' चर्चा का केन्द्र बन गया–उस दिन भी मैंने संगीता से या संगीता ने मुझसे बात नहीं की थी और यह सच है किरन कि जोश

और जुनून के काफूर हो जाने पर मैं पश्चाताप की आग में जलने लगा–यह सोच-सोचकर खुद को गालियां बकने लगा कि मैं क्यों इतनी बड़ी हस्ती के बेटे से भिड़ा–क्या हो गया था मुझे–जब सभी चुपचाप देख रहे थे तो मैंने ही बेवकूफी क्यों की, मगर मेरे भीतर के इस पश्चाताप से विधायक के बेटे और उसके चमचों को भला क्या लेना-देना था–अगले ही दिन हॉकियों से इतना पीटा कि मेरी कई हड्डियां टूट गयीं–बिस्तर पर पड़ गया–मां दहाड़ें मार-मारकर रोया करती थी–कॉलिज छूट गया मगर संगीता रोज मेरी किराये की खोली में आने लगी–इस तरह हमारे बीच मुहब्बत के अंकुर फूटे और मेरे 'प्लस्तर' उतरने तक वे परवान चढ़ गये–मां संगीता को अपनी बहू के रूप में स्वीकार कर चुकी थी–वह कहा करती थी कि संगीता के पिता के सामने जाकर अपनी झोली फैला देगी और संगीता को मांग लेगी परन्तु वह दिन आने से पहले ही 'एग्जाम' आ गए–विधायक ने ऐसा षड्यन्त्र रचा कि 'अटैन्डेंस' कम होने के बहाने मुझे परीक्षा में नहीं बैठने दिया गया और यह मामूली सी खबर मेरी मां के दिलो-दिमाग पर ऐसी बिजली बनकर गिरी कि उसे अर्थी पर लादकर श्मशान ले जाने के अलावा मेरे पास कोई चारा नहीं रहा। परीक्षायें खत्म हो गयीं– संगीता अपने शहर यानि यहां आ गई–कुछ दिन बाद उसका पत्र मिला, उसने मुझे यहीं बुलाया था–मैं आया–उसने मुझे बाबूजी से मिलाया परन्तु बाबूजी यह सुनते ही आग बबूला हो गए कि हम शादी करना चाहते हैं–संगीता अड़ गई, विद्रोही हो उठी वह–मैंने उस दरम्यान उसे यह समझाने की कोशिश की कि किस्मत नहीं चाहती कि हम मिलें। अतः हमें किस्मत से नहीं लड़ना चाहिए मगर वह नहीं मानी और जब एक दिन उसने आत्महत्या करने की कोशिश की तो बाबूजी मजबूर हो गए–उन्होंने हमारी शादी कर दी मगर इस शर्त के

साथ कि मैं घरजंवाई बनकर रहूंगा–हालांकि आगरा में भी मेरा ऐसा कुछ नहीं बचा था जिसे 'अपना' कह सकता अथवा जिससे 'मोह' होता परन्तु घरजंवाई बनना इसलिए कुबूल नहीं था। क्योंकि बाबूजी को तो पहले से ही शक था कि मैं उनकी बेटी से नहीं बल्कि दौलत से मुहब्बत करता हूं मगर जिस तरह संगीता ने बाबूजी को शादी के लिए मजबूर किया था लगभग उसी तरह मुझे घरजंवाई बनने पर मजबूर कर दिया।''

किरन ने एक अजीब सा सवाल पूछा–''क्या तुम पर संगीता की चढ़ी-चढ़ी आंखों का भेद कभी नही खुला।''

''क-क्या मतलब?'' शेखर बुरी तरह चौंका।

''जबाब दो शेखर।'' उसे तीक्ष्ण दृष्टि से घूरती किरन ने अपना सवाल दोहराया–''सच-सच बताओ कि तुम पर कभी संगीता की चढ़ी-चढ़ी आंखों का भेद खुला अथवा नहीं?''

''क-क्या तुम?'' शेखर बुरी तरह बौखला उठा–''क्या तुम उन आंखों का भेद जानती हो?''

''सवाल मैंने तुमसे किया है शेखर।''

''हां, मुझ पर वह भेद खुल गया था।'' शेखर को मानो बताना पड़ा।

''कब?''

''शादी के बाद।''

''क्या उसने तुम्हें यह भी बताया था कि आगरा से पहले वह लन्दन 'कैम्ब्रिज' में पढ़ती थी?''

''बताया था।''

''तब यह भी बताया होगा कि वहां अपनी पढ़ाई अधूरी छोड़कर वह भारत क्यों लौट आई?''

''उसका मन नहीं लगा था, एटमोस्फेयर रास नहीं आया था उसे।''

किरन यूं मुस्करा उठी जैसे लोग इस झूठ को सुनकर मुस्करा उठें कि शाहजहां का बनवाया हुआ ताजमहल कल 'सोनम' की बांहों में बांहें डाले 'ओबराय कॉन्टिनैंटल' के डिस्को फ्लोर पर फुदक रहा था। बोली–''क्या लन्दन के बारे में उसने तुम्हें कुछ और नहीं बताया?''

''ऐसा कुछ खास तो नहीं मगर–

''मगर!''

''तुम्हारी रहस्यमय मुस्कान से लग रहा है जैसे ऐसा कुछ जानती हो जिसे मैं नहीं जानता, ऐसा आखिर क्या है?''

किरन के जवाब देने से पहले टैक्सी एक झटके के साथ रुकी–दोनों ने चौंककर बाहर की तरफ देखा तो पाया कि वे अपनी मंजिल पर पहुंच चुके थे।

⅄

किरन पर नजरें पड़ते ही मैनेजर उछल पड़ा–''अ-अरे! आप?''

''त-तुम?'' चौंक किरन भी गई।

भाड़-सा मुंह फाड़े अभी वे एक-दूसरे की तरफ देख ही रहे थे कि–शेखर ने कहा–''लगता है तुम एक-दूसरे को पहले से जानते हो?''

''तुमने ठीक कहा शेखर।'' किरन बोली।

''ह-हम आज ही तो मिले थे सर।'' हकलाते हुए मैनेजर ने शेखर से कहा–''मैं लंच में यहां आ रहा था, किन्हीं बदमाशों ने इनकी गाड़ी पर गोलियां बरसाईं–''तब मैंने लिफ्ट दी थी।''

''ग-गोलियां?'' अब उछलने की बारी शेखर की थी–''इनकी गाड़ी पर बदमाशों ने गोलियां....क-क्या बक रहे हो तुम इन पर तो गाड़ी भी नहीं है।''

‘‘म-मैं सच कह रहा हूं सर, इनसे पूछ लीजिए।’’

शेखर ने तेजी से पलटकर किरन की तरफ देखा और सवाल करने के लिए खुला मुंह इसलिए खुला-का-खुला रह गया क्योंकि सवाल किए बिना ही उसे जवाब मिल चुका था–किरन मुस्करा ही इस अन्दाज में रही थी जैसे वह कह रही हो कि मैनेजर जो कह रहा है, ठीक कह रहा है।

तब शेखर ने पूछा–‘‘तुमने तो कहा था कि तुम्हारे पास गाड़ी नहीं है?’’

‘‘मैंने सिर्फ यह कहा था कि तुम्हारी कोठी पर टैक्सी में पहुंची थी और यह सच था–रास्ते में बदमाशों ने गोलियां चलाकर गाड़ी की ऐसी हालत कर दी थी कि वह एक इंच नहीं चल सकती थी–तब पहले इन महाशय से लिफ्ट ली और फिर टैक्सी के जरिए कोठी पर पहुंची।’’

‘‘यानि हमला तब हुआ जब तुम मेरे पास आ रही थीं।’’

‘‘हां।’’

‘‘मुझे क्यों नहीं बताया?’’

‘‘डर था कि सुनते ही एक के बाद दूसरे सवाल की झड़ी लगा दोगे, वही अब कर रहे हो।’’

‘‘क्या तुम जवाब देना नहीं चाहती?’’

‘‘दूंगी।’’ किरन हौले से मुस्कराई–‘‘तब दूंगी जब फुर्सत होगी इस वक्त हम तुम्हारे मैनेजर साहब से मिलने आए हैं और एक ये महाशय हैं कि दरवाजे में अड़े-खड़े हैं। क्या हमारे अन्दर जाने में आपको ‘ऑब्जेक्शन’ है?

‘‘स-सॉरी–आइये।’’ झेंपता हुआ वह पीछे हटा।

शेखर आश्चर्यजनक रूप से चुप हो गया था।

ड्राइंगरूम में पड़े सोफे पर बैठी हुई किरन ने मैनेजर से कहा– ''हालांकि आज ही की 'डेट' में हम दूसरी बार मिल रहे हैं किन्तु अभी तक आपने अपना नाम नहीं बताया।''

''मुझे रमन आहूजा कहते हैं।''

''र-रमन–आहूजा कहते हैं?'' किरन के मस्तिष्क में मानो 'अनार' फूटा–रोशनी के फूल बिखरे और सम्पूर्ण जहन में जगमगाता प्रकाश फैल गया कि इस शख्स को उसने कहां देखा है?

रमन आहूजा ने पूछा–''और आपका नाम?''

''किरन अग्निहोत्री।''

''बड़ा सुन्दर नाम है।''

एकाएक किरन थोड़े आगे सरकी और सामने वाले सोफे पर बैठे रमन आहूजा की आंखों में आंखें डालकर रहस्यमय स्वर में बोली– ''क्या तुमने मुझे पहचाना मिस्टर रमन?''

''अजीब सवाल है! दरवाजे पर हम दोनों कुबूल कर चुके हैं कि....

''नहीं।'' उसकी बात काटकर किरन कहती चली गई, मैं आज हुई मुलाकात की बात नहीं कर रही, मैं बात कर रही हूं आज से पांच साल पहले की–तब की, जब तुम लंदन में थे।''

''ल-लंदन में?'' जाने क्यों रमन आहूजा का चेहरा पीला पड़ गया।

आंखों में आंखें डाले किरन ने कहा–''तुम लंदन में पढ़े हो न?''

''हां-हां।'' रमन को कहना पड़ा।

''और संगीता भी वहीं पढ़ती थी–वह संगीता जो सारे कॉलिज में बदनाम थी–इसलिए बदनाम थी क्योंकि वह चौबीस घण्टे स्मैक, अफीम, हेरोइन या एल. एस. डी. के नशे में चूर रहती थी।''

रमन आहूजा हक्का-बक्का रह गया।

काटो तो खून नहीं।

किरन के शब्द कानों में पड़ते-पड़ते शेखर भी चौंक पड़ा था–वह ध्यान से किरन और रमन आहूजा के चेहरों को देखने लगा। एकाएक किरन ने शेखर से कहा–"कुछ ऐसी बातें हैं शेखर जिनका जिक्र मैं तुम्हारे सामने नहीं करना चाहती थी परन्तु हालात ऐसे बन गए हैं कि करना पड़ेगा।"

"म-मैं समझा नहीं किरन।"

"सुनते रहो।" कहने के बाद किरन रमन आहूजा की तरफ मुखातिब हुई और उसे सख्त नजरों से घूरती हुई बोली–"संगीता इतनी खूबसूरत थी कि उसने सारे कॉलिज में तहलका मचा दिया, लोग उसकी स्वप्निल आंखों के दीवाने हो गए–यह भेद काफी दिन बाद खुला कि वे 'स्वप्निल' आंखें इसलिए स्वप्निल थीं क्योंकि संगीता हर वक्त नशे में रहती थी, इतना ही नहीं बल्कि 'फ्री-सेक्स' वाले मूड की लड़की थी वह।"

"क-किरन....ये क्या कह रही हो तुम?" शेखर मल्होत्रा दहाड़ उठा।

"प्लीज शेखर, टोको मत–मुझे कहने दो, जानती हूं कि तुम्हें दुःख हो रहा है–दुःख से ज्यादा आश्चर्य हो रहा होगा, मगर जो सच है, खुद पर संयम रखकर सुनते रहो।"

शेखर मूर्खों की मानिन्द उसे निहारता रह गया।

पलटकर किरन ने पुनः रमन आहूजा से कहा–"संगीता को किसी लड़के के साथ रात गुजारने और उससे शारीरिक सम्बन्ध स्थापित करने में कोई आपत्ति नहीं होती थी–कोई भी विदेशी लड़का एक चुटकी स्मैक, हेरोइन या अफीम के बदले उसे हासिल कर सकता था, धीरे-धीरे यह बात सारे कॉलिज में फैल गई–कॉलिज के प्रबन्धक

बौखला उठे– लड़कों पर छाया संगीता का जादू कम होने लगा–उन दिनों संगीता 'कॉलिज की वेश्या' के नाम से पूरी तरह बदनाम हो चुकी थी जब एक ऐसी घटना घटी जिसने सारे कॉलिज को हिलाकर रख दिया।''

''ज-जो तुम कह रही हो किरन, क-क्या वह सच है?'' रोने को तैयार शेखर ने पूछा।

किरन ने रमन आहूजा के पीले जर्द चेहरे की तरफ इशारा करके कहा–''क्या मिस्टर रमन के चेहरे पर उड़ती हवाइयां तुम्हें साफ-साफ नहीं बता रहीं कि मेरे मुंह से निकला एक-एक वाक्य 'ब्रह्म-वाक्य' है?''

शेखर ने रमन की तरफ देखा।

उसके चेहरे पर ऐसे भाव थे जैसे रंगे हाथों पकड़े जाने वाले चोर के चेहरे पर होते हैं, बोला–''तुम्हें तो मैंने अपनी फैक्ट्री का मैनेजर बनाया भी संगीता के ही कहने पर था मगर–

''मगर?'' किरन ने पूछा।

''संगीता ने कहा था कि यह मेरे दूर के रिश्ते का 'कजिन' है।''

''खैर–।'' किरन बोली–अभी यह कहानी पूरी नहीं हुई है–तो मैं कह रही थी कि एक दिन अचानक एक टीचर की 'डायमंड रिंग' गायब हो गई–सबका शक संगीता पर गया–लोग यह समझते थे कि उसने स्मैक आदि खरीदने के लिए डायमंड रिंग चुरा ली है, अतः उसे पकड़कर पुलिस के हवाले कर दिया गया–पुलिस ने न सिर्फ यह साबित कर दिया कि चोर संगीता ही है बल्कि एक डायमंड-विक्रेता से रिंग बरामद भी हो गई–डायमंड विक्रेता ने कुबूल किया कि रिंग उसे संगीता ने बेची थी।''

''अ-आपको।'' रमन बड़ी मुश्किल से कह सका–''आपको यह सब कैसे मालूम है?''

"क्या तुमने मुझे अभी भी नहीं पहचाना?"

"मैं वही लड़की हूं जो तुम्हारी और संगीता की क्लास में नहीं पढ़ती थी, तुमसे सीनियर क्लास में थी और सारे कॉलिज की सबसे ज्यादा 'ब्रिलिएन्ट' छात्रा मानी जाती थी।"

"ओ....त-तुम....तुम वह किरन हो?"

"तब तक रिंग बरामद हो चुकी थी और डायमंड-विक्रेता का बयान भी हो चुका था जब मेरी तारीफ सुनकर संगीता मेरे पास आई, मेरे कदमों में गिड़गिड़ा-गिड़गिड़ाकर कहने लगी कि मैं चरित्रहीन हूं, किसी भी विदेशी लड़के के साथ सोने में मुझे हिचक नहीं होती–नशेबाज हूं मगर चोर नहीं हूं–रिंग मैंने नहीं चुराई थी–जाने किसके इशारे पर मुझे चोरी के झूठे जुर्म में फंसाया गया है–उस दिन, बल्कि कहना चाहिए कि उस क्षण से पहले मैं भी यह समझती थी कि चोर संगीता ही है, परन्तु अपनी बात संगीता ने कुछ ऐसे ढंग और इतने आत्मविश्वास के साथ कही कि मुझे उसकी 'सच्ची' होने का यकीन हो गया–तब मैंने सारे मामले की इन्वेस्टीगेशन दुबारा से की और सारे कॉलिज के सामने साबित कर दिया कि रिंग संगीता ने नहीं चुराई थी–चोर कोई और था तथा संगीता के खिलाफ बयान देने वाला डायमंड विक्रेता असली चोर से मिला हुआ था।"

शेखर ने धड़कते दिल से पूछा–"असली चोर कौन था?"

"य-ये महाशय।"

"इसने रिंग क्यों चुराई थी?" शेखर ने पूछा।

"अन्य विदेशी लड़कों की तरह यह भी संगीता को हासिल करना चाहता था।" किरन कहती चली गई– "मगर एक तो संगीता सिर्फ विदेशी लड़कों में दिलचस्पी लेती थी–दूसरे, इसके पास एक चुटकी स्मैक तक नहीं थी जो कि संगीता की रात की कीमत हुआ करती

थी–कहने का मतलब ये कि यह 'फ्री' में संगीता को हासिल करना चाहता था जिसका उसने विरोध किया–रमन जोर जबरदस्ती पर उतर आया और परिणाम यह हुआ कि संगीता ने इसकी अच्छी-खासी धुनाई कर दी– 'कॉलिज की वेश्या' के नाम से बदनाम लड़की ने इसे हाथ न रखने दिया बल्कि पीटा भी–इस अपमान की आग में सुलगकर इसने रिंग चुराकर डायमंड विक्रेता को केवल इस कीमत के बदले दे दी कि अपने बयान में संगीता का नाम लेगा और संगीता स्वप्न में भी नहीं सोच सकती थी कि कोई इतनी छोटी-सी घटना का बदला उससे इतने खतरनाक अन्दाज में ले सकता है।''

''इसके बाद क्या हुआ?''

''चोरी के इल्जाम से तो मैंने संगीता को बरी करा दिया परन्तु इसके बाद स्वयं मैंने ही उससे ज्यादा सम्पर्क न रखा क्योंकि मैं एक बदनाम लड़की को अपने दोस्तों की लिस्ट में शामिल नहीं कर सकती थी–बाद में संगीता की बदनामी इतनी बढ़ी कि प्रबन्धक कमेटी ने उसे कॉलिज से निकाल दिया। मैं संगीता के बारे में केवल इतना जानती थी कि वह इंडियन है–ऐसी तो कल्पना भी न कर पाई थी कि वह मेरे ही शहर की बल्कि मेरे पापा के दोस्त की बेटी है और यह बात तो मेरे ख्वाबों से भी बाहर थी कि एक दिन उसी संगीता के मर्डर केस की रि-इन्वेस्टीगेशन करूंगी।''

''म-मगर।'' शेखर ने कहा–''आगरा में तो संगीता का वह रूप हरगिज नहीं था जो तुम लंदन में बता रही हो–यह सच है कि संगीता नशा करती थी किन्तु कॉलिज का एक भी लड़का ऐसा नहीं था जिसने उसे हासिल करने के चेष्टा न की हो और न ऐसा एक भी लड़का था जो उसे हासिल करने में कामयाब हुआ हो–फिर रमन को यानि उस शख्स को अपना 'कजिन' बनाकर संगीता ने मुलाजिम क्यों

रखवाया जिसने उसे एक दिन चोरी के इल्जाम में फंसवाया था?''

''इसका जवाब मिस्टर रमन देंगे।''

''म-मैं?'' रमन हकला गया।

''हा, तुम!'' किरन उस पर घुड़क-सी पड़ी–''ऐसी संगीता के सामने क्या मजबूरी थी कि उसने तुम्हें यानि उस शख्स को अपनी फैक्ट्री में मैनेजर रखवा दिया जिसने उसे चोरी के इल्जाम में फंसवाया था?''

''इ-इससे ज्यादा मैंने उससे कुछ नहीं कहा था कि उसके भेद मिस्टर शेखर पर खोल दूंगा।''

''क्या मतलब?''

''मैं बेरोजगार था–नौकरी के लिए भटक रहा था कि एक दिन सड़क पर संगीता टकरा गई–उसे देखकर मैं चौंका, जबकि मुझे देखते ही उसका चेहरा पीला पड़ गया–एक हफ्ते की मेहनत के बाद मैंने पता लगा लिया कि लंदन के कॉलिज से 'फ्लर्ट गर्ल' के आरोप में जिस संगीता को निकाल दिया गया था वह यहां सती-सावित्री बनी घूमती है–मैंने उसकी आगरा के कॉलिज की लाईफ भी मालूम कर ली थी और यह पता लगने पर हैरान रह गया कि लंदन में 'कॉलिज की वेश्या' के नाम से कुख्यात लड़की यहां बिल्कुल बदली हुई थी।''

''तुमने कारण जानने की कोशिश की होगी?''

''यह पता लगने पर मैं उससे अकेले में मिला कि मिस्टर मल्होत्रा अपनी बीवी को 'गंगाजल' समझते हैं–उसे धमकी दी या दूसरे शब्दों में यह भी कहा जा सकता है कि ब्लैकमेल किया–यह सुनकर उसके छक्के छूट गये कि मैं उसके लंदन वाले करेक्टर की पोल मिस्टर मल्होत्रा पर खोल सकता हूं–वह गिड़गिड़ाने लगी–तब मैंने पूछा कि उसमें इतना चेंज कैसे आ गया है–उसने बताया कि एक गुप्त बीमारी

लग गयी थी, डॉक्टर ने साफ-साफ कहा कि अगर वह खुद को नहीं बदलेगी तो बीमारी बढ़ती जायेगी और एक दिन उसकी जान ले लेगी, जबकि पुरुषों से दूर रहने पर धीरे-धीरे स्वतः ठीक हो जायेगी–यही कारण था कि मिस्टर मल्होत्रा से शादी करने से पहले वह भारत में किसी पुरुष के संसर्ग में नहीं आई–मेरी धमकी के जवाब में जब उसने यह पूछा कि मैं क्या चाहता हूं तब मैंने अपनी जरूरत पेश की जो मेरी फौरी समस्या थी।''

''यानि नौकरी?''

''हां।'' रमन ने बताया– ''हालांकि शुरू में उसने बहुत हील-हुज्जत की, परन्तु मेरी धमकी में दम था और हमारे बीच फैसला हुआ कि वह मुझे अपना कजिन बनाकर फैक्ट्री में मैनेजर की नौकरी दिलवा देगी और उस दिन के बाद मैं भूल जाऊंगा कि किसी संगीता नाम की लड़की को जानता हूं–उसने अपना वादा निभाया और मैंने भी, यह सच है किरन जी कि उस दिन के बाद न मैं कभी संगीता से मिला, न ही कोई डिमांड रखी।''

''जिस दिन शेखर ने प्लेन और ट्रेन के टिकट मंगाए थे उस दिन तुमने क्या सोचा था?''

''मैं चौंका था–इतना ज्यादा कि इनसे कह बैठा कि 'एक ही रात ट्रेन और प्लेन के टिकट' सर?–ये हँसकर टाल गए और फिर मुझे भी यह बात दिमाग से निकालनी पड़ी।''

''इतनी चुभने वाली बात तुम दिमाग से कैसे निकाल सके?''

''निकालनी पड़ती है किरन जी–नौकर को अपने एम्पलायर, की जाने कितनी चुभने वाली बातें दिमाग से निकालनी पड़ती हैं।''

किरन के होंठों पर नाचने वाली मुस्कुराहट गहरी हो गई, बोली–''मुझे तुम्हारा एक फोटो चाहिए।''

"फ-फोटो?" रमन आहूजा का दिल धक्-धक् करके बजने लगा।

⅄

"कहां से बोल रही हो तुम?" दूसरी तरफ से बैरिस्टर विश्वनाथ की उद्विग्न आवाज सुनाई दी–"हम तुम्हारे लिए परेशान हैं–सुबह की निकली अब तक घर में नहीं घुसी हो, लंच पर भी नहीं आयी–ये तुमने अपने दिमाग पर क्या सनक सवार कर ली किरन–सब कुछ छोड़ो और जहां कहीं हो वहां से सीधी घर आओ।"

"आपकी घड़ी में क्या बजा है?" पब्लिक टेलीफोन बूथ में खड़ी किरन ने पूछा।

"साढ़े आठ।"

"मैं ठीक दस बजे तक घर पहुंच रही हूं।" किरन ने कहा– "और अब वह सुनिये जो सुनाने के लिए आपको फोन किया है–मैं आपको यह बताना चाहती हूं पापा कि अगर दस बजे तक घर न पहुंचू तो मेरी खोज शुरू करा दीजिएगा, उस अवस्था में या तो मैं आपको किसी अस्पताल के एमरजेन्सी वार्ड में जख्मी पड़ी मिलूंगी या 'किडनैप' कर ली जाऊंगी और यह भी हो सकता है कि आपको कहीं से मेरी लाश भी मिले।"

"कि-किरन...किरन!" बैरिस्टर विश्वनाथ पागलों की मानिन्द चीख पड़े–ये-ये तुम क्या बक रही हो बेटी, ऐसा क्या हो गया कि......!"

"हुआ नहीं पापा, होने जा रहा है।"

"क्-क्या?"

"अगर मेरे साथ कोई दुर्घटना घटे तो आप समझ जाना पापा कि उसके जिम्मेदार राय अंकल हैं।"

''श-शहजाद राय?'' बैरिस्टर विश्वनाथ उछल पड़े।

''हां।''

''क-क्यों....मिस्टर राय ऐसा क्यों करेंगे?''

''जवाब देगी वह चीज जो मैंने टैक्सी नम्बर यू वी एक्स 4889 की पिछली सीट के नीचे छुपा दी है।''

''क-क्या छुपा दिया है तुमने वहां?'' बैरिस्टर विश्वनाथ ने लगभग चीखते हुए पूछा परन्तु किरन ने जवाब मुंह से देने के स्थान पर रिसीवर आहिस्ता से क्रेडिल पर लटका दिया।

बूथ से बाहर निकली वह और वहीं खड़ी उस टैक्सी की पिछली सीट पर सवार हो गई जिसमें शेखर मल्होत्रा पहले से ही सवार था।

''चलो।'' किरन के आदेश के साथ टैक्सी आगे बढ़ गई।

शेखर ने पूछा–''टैक्सी रुकवाकर तुमने किसे फोन किया था?''

''पापा को।''

''क्यों?''

''यह जानने के लिए कि इस वक्त वे घर पर हैं या नहीं?''

''क्यों जानना चाहती थीं तुम?''

जवाब में किरन के होंठों पर वह मुस्कान उभरी जिसका अर्थ आसानी से किसी की समझ में नहीं आया करता–टैक्सी फर्राटे भरती हुई अपने गंतव्य की तरफ दौड़ रही थी–वह टैक्सी जिसका रजिस्टे्शन नम्बर यू वी एक्स 4889 था।

⅄

किरन अपने ऊपर हुए हमले का विवरण बता चुकी थी और उस वक्त शेखर बार-बार कह रहा था कि या तो वह इस केस की रि-इन्वेस्टीगेशन को 'ताक' पर छोड़ दे अथवा अपनी सुरक्षा का कोई

इंतजाम करे क्योंकि इस मामले से कदम पीछे न हटाने का साफ मतलब है कि पुनः हमला होगा।

किरन हौले-से मुस्कुराई थी कि टैक्सी गंतव्य पर पहुंच गई।

उतरते हुए शेखर ने कहा–''तुमने बताया नहीं कि यहां शहजाद राय के बंगले पर क्यों आयी हो?''

''तुम्हें एक चमत्कार दिखाने।''

''च-चमत्कार।'' टैक्सी का पेमेन्ट करता हुआ शेखर चौंका।

''हां, वह चमत्कार ही होगा–तुम्हारे लिए और 'राय अंकल' के लिए भी।'' किरन कहती चली गई– ''मेरे पास एक ऐसी धमाकेदार चीज है जिसे राय अंकल ने अपने पिछले जीवन में देखा तो जरूर होगा परन्तु मेरे पास देखकर उनके छक्के छूट जायेंगे?''

''छ-छक्के छूट जायेंगे?''

''निश्चित रूप से।''

''ऐसी क्या चीज है तुम्हारे पास?''

''जो भी चीज है उसे तुम्हारे सामने राय अंकल को दिखाऊंगी–तभी तुम भी देखना–उस चीज को भी और राय अंकल के चेहरे को भी–मेरा दावा है कि वैसा चेहरा तुमने अपने पिछले जीवन में कभी न देखा होगा।''

''तुम तो मारे सस्पेंस के मेरे होश फाख्ता किए दे रही हो।''

''आओ।'' कहने के बाद किरन तेजी से बंगले के मुख्य द्वार पर पहुंच गई।

⅄

दरवाजा खोलकर किरन ने 'एयरकंडीशन्ड' ऑफिस में कदम रखा ही था कि शहजाद राय की आवाज गूंजी–''आओ बेटी–आओ, तुम इस वक्त यहां.....!''

शब्द मुंह में ही रह गये।

उसके पीछे दाखिल होते शेखर मल्होत्रा को देखकर उन्होंने स्वयं अपना वाक्य अधूरा छोड़ दिया था।

किरन ने पूछा–''क्या हुआ, कुछ कह रहे थे आप?''

''त-तुम......इसके साथ?'' शहजाद राय बोले–''य-यानि तुम मानी नहीं?''

''मानने से मतलब?''

''संगीता मर्डर केस की रि-इन्वेस्टीगेशन की 'सनक' तुम्हारे दिमाग में अभी तक सवार है?''

किरन मुस्कुराई, बोली–''आपके ख्याल भी पापा से मिलते हैं–खैर में कुछ जरूरी बातें करने आई थी।''

''बैठो।'' शहजाद राय ने खाली कुर्सी की तरफ इशारा किया।

किरन उस तरफ बढ़ गई।

मेज के उस पार सिंहासननुमा कुर्सी पर शहर का सबसे धुरंधर माना जाने वाला प्रसिद्ध 'क्रिमिनल-लॉयर' विराजमान था–वह, जो अंग्रेज की तरह सुर्ख और सफेद था–वह जिसके चेहरे से रौब, तेज और रईसी टपकती थी और, वह, जिसकी अपनी 'शान' इतनी जबरदस्त थी, लोग इस ऑफिस में दाखिल होते ही उसके प्रभाव में गिरफ्त हो जाते थे।

मेज के इस तरफ चार कुर्सियां थीं।

''बैठो शेखर।'' किरन ने कहा।

और!

स्वयं बैठी जब शेखर बैठ चुका, बैठते ही बोली–''शेखर ने हवालात में आपको 'फर्स्ट अप्रैल' वाली कहानी सुनाई थी मगर आपने उस कहानी को वहीं के वहीं दबा दिया और अपने दिमाग से

एक नई कहानी को जन्म दिया–उस कहानी को जिसे आपके निर्देश पर इसने अपने बयान का जामा पहनाया और फिर आपने उस कहानी को कोर्ट में 'सच्ची' साबित करने की असफल चेष्टा की।''

किरन के शब्द सुनते ही शहजाद राय की भृकुटी तन गईं, मस्तक पर बल पड़ गये और 'घूरने' वाले 'अन्दाज' में वे शेखर मल्होत्रा की तरफ देखने लगे–मुद्रा साफ-साफ कह रही थी कि वे शेखर मल्होत्रा से खफा हैं और नागवारी वाले अन्दाज में अभी शेखर पर 'घुड़कने' ही वाले थे कि किरन ने कहा–''प्लीज अंकल मेरे सवाल का जवाब केवल मेरी तरफ देखते हुए दीजिए–मैं जानना चाहती हूं कि क्या यह सच है?''

''सच है।'' उसकी तरफ देखते हुए शहजाद राय ने संक्षिप्त उत्तर दिया।

''आपने उसी कहानी के आधार पर केस क्यों नहीं लड़ा जो सच थी?''

''जितने दिन हमने इस केस को अदालत में घसीटा है उतने दिन सिर्फ और सिर्फ अपनी कहानी के बूते पर घसीटा है–अगर इसकी कहानी के आधार पर चले होते तो दो-तीन तारीखों के बाद ही इसे सजा हो जाती।''

''मैं ऐसा नहीं समझती।''

''इसलिए नहीं समझती क्योंकि अभी तुम 'कच्ची हो'–तजुर्बे का जबरदस्त अभाव है तुममें–इस बारे में अपने पापा से बात करना, दोनों कहानियां उन्हें सुनाना और तब पूछना कि हमने ठीक किया या नहीं?''

''तो आपने इसकी स्टोरी पर इसलिए केस नहीं लड़ा क्योंकि वह आपको जमी नहीं थी?''

''क्या यह बात हमें स्टाम्प पेपर पर लिखकर देनी पड़ेगी?''

शहजाद राय की आंखों-में आंखें डालकर पूछा किरन ने–''कोई और वजह तो नहीं थी अंकल?''

''अ-और वजह?'' शहजाद राय उछल पड़े–''और क्या वजह हो सकती है?''

''मुमकिन है कि आपका उद्देश्य शेखर मल्होत्रा को बचाना नहीं बल्कि फंसाना हो?''

''फ-फंसाना?'' शहजाद राय चिहुंक उठे–''क्या बक रही हो तुम–क्या हम यहां अपने क्लाइन्ट्स को फंसाने के लिए बैठे हैं?''

किरन अपने मुंह से निकलने वाले एक-एक लफ्ज को चबाती हुई बोली–''माफ कीजिएगा अंकल, शेखर मल्होत्रा सिर्फ और सिर्फ आपका 'क्लाइन्ट' ही नहीं बल्कि आपकी बेटी का हत्यारा भी था।''

''ह-हमारी बेटी का?'' शहजाद राय के हलक से ऐसी आवाज निकली जैसे कोई उनकी गर्दन दबा रहा हो।

बुरी तरह चौंकते हुए शेखर ने पलटकर किरन की तरफ देखा।

परन्तु!

किरन का ध्यान उनकी तरफ कतई नहीं था।

उसका चांद-सा खूबसूरत मुखड़ा इस वक्त दोपहर के सूर्य की मानिन्द चमक रहा था, सुलगती आंखें शहजाद राय पर केन्द्रित किये किरन अपने मुंह से शब्द नहीं बल्कि आग बरसाती चली गई–''हां, आपकी बेटी अंकल–क्या आप मेरी आंखों में आंखें डालकर कह सकते हैं कि संगीता आपकी बेटी नहीं थी?''

''क-क्या बक रही हो तुम?'' शहजाद राय दहाड़ उठे–''ये शर्मनाक 'गप्प' तुम्हें किसने सुनाई?''

''इसने।'' कहने के साथ किरन ने अपने पर्स से एक पुराना फोटो

निकालकर मेज पर फेंक दिया।

और!

वह फोटो......वह फोटो ही वह चमत्कार था जिसका जिक्र किरन ने शेखर मल्होत्रा से किया था।

फोटो पर नजर पड़ते ही जहां शेखर मल्होत्रा के हलक से आश्चर्य मिश्रित सिसकारी निकल पड़ी, वहीं शहजाद राय का चेहरा ऐसा हो गया जैसे भरे बाजार में नंगे कर दिए गये हों।

सारा तेज, सारी सौम्यता और सारी रईसी टूट-टूटकर बिखर गयी।

चेहरा विकृत नजर आने लगा था।

पीला जर्द।

मुर्दे के चेहरे से भी ज्यादा निस्तेज।

निश्चित रूप से शेखर मल्होत्रा ने अपने पिछले जीवन में ऐसा चेहरा नहीं देखा था।

आंखों में खौफनाक भाव लिए शहजाद राय मेज के बीचों-बीच पड़े उस फोटो को देख रहे थे, जिसमें युवावस्था में वे स्वयं गुलाब चंद की पत्नी के साथ आपत्तिजनक मुद्रा में नजर आ रहे थे।

उन्होंने झपटकर फोटो उठा लिया और शेखर मल्होत्रा अभी कुछ समझ भी नहीं पाया था कि किसी जुनूनी की मानिन्द फोटो के टुकड़े-टुकड़े कर दिए उन्होंने—शेखर ने चौंककर किरन की तरफ देखा और उसकी तरफ देखते ही मानो दंग रह गया।

किरन मुस्कुरा रही थी।

बेहद जहरीली, व्यंग्यात्मक और प्यारी-प्यारी मुस्कान थी उसके होंठों पर।

उधर!

शहजाद राय यूं हांफ रहे थे मानो सैकड़ों मील दौड़ने के बाद

अभी-अभी यहां पहुंचे हों–आंखों में अजीब-सी दहशत लिए उन्होंने किरन की तरफ देखा ही था कि चमचमाती मुस्कुराहट के साथ किरन ने कहा–''मुझे मालूम था अंकल कि आप उस फोटो का यही हस्र करेंगे, इसलिए मालूम था क्योंकि मैं भी एक वकील हूं और आप भी–वकील अच्छी तरह जानता है कि सबूत को अगर कोर्ट में पहुंचने से पहले खत्म कर दिया जाए तो कुछ साबित नहीं किया जा सकता।''

शहजाद राय की जुबान को मानो लकवा मार गया था।

'शब्दकोष' उसके लिए फैक्ट्री में अभी-अभी तैयार हुआ कोरा कागज बन चुका था।

और किरन।

किरन के लिए 'शब्दकोष' की मोटाई मानो चौगुनी हो गई थी, विजेता वाली मुस्कान होंठों पर लिए वह कहती चली गई–''मगर आपको यह जानकर निराशा होगी अंकल कि मेरे पास ऐसे ही सात फोटो और हैं–मैंने माना उनमें आपकी और संगीता की मां की मुद्राएं अलग हों मगर कहानी सारे फोटो वही कहते हैं जो वह फोटो कह रहा था जिसके आपने टुकड़े कर दिए।''

शहजाद राय की सिट्टी-पिट्टी गुम!

काटो तो खून नहीं।

किरन ने अपने पर्स से पुराना लिफाफा निकालकर उन्हें दिखाते हुए कहा–''वे सारे फोटो इस लिफाफे में हैं और लिफाफे में वे चिट्ठियां भी हैं जिनसे स्पष्ट होता है कि आप भी कभी मूल रूप से हस्तिनापुर के रहने वाले हैं और गुलाब चन्द में संतान पैदा करने की क्षमता नहीं थी तथा संगीता आपके और उसकी पत्नी के सम्बन्धों की उत्पत्ति थी।''

''य-यह लिफाफा दे दो।''

किरन ने जहरीले स्वर में कहा–"ताकि आप सारे फोटो और अपने कर-कमलों से लिखी चिट्ठियां फाड़कर फेंक दें?"

"उन सम्बन्धों का–इन चिट्ठियों या फोटुओं का अथवा संगीता के मेरी बेटी होने का उसके मर्डर केस से कोई सम्बन्ध नहीं है–यह एक अलग कहानी है और हम नहीं चाहते कि यह कहानी किसी को पता लगे।"

"क्यों, क्या इस प्रेम-प्रकरण का संगीता मर्डर-केस में इतना दखल भी नहीं है कि आपने अपने क्लाइन्ट शेखर मल्होत्रा को कोर्ट से बचाने की नहीं बल्कि कानून के चगुंल में फंसाने की कोशिश की?"

शहजाद राय के मुंह पर पुनः अलीगढ़ी ताला लटक गया।

किरन कहती चली गई–"ऐसी कोशिश आपने इसलिए की क्योंकि आपकी अपनी सोचों के मुताबिक संगीता का हत्यारा शेखर मल्होत्रा ही था और कौन बाप नहीं चाहेगा कि अपनी आंखों से बेटी के हत्यारे को फांसी पर झूलता देखे–अपने इसी मंसूबे को परवान चढ़ाने के लिए आपने शेखर मल्होत्रा को अपने विश्वास में लेकर इसकी वह स्टोरी निरस्त कर दी जो इसे बचा सकती थी और ऐसी कहानी के साथ केस लड़ा जिसके बारे में आपको मालूम था कि कोर्ट में पिटनी ही पिटनी है, वाह! शेखर मल्होत्रा के चारों तरफ क्या जबरदस्त चक्रव्यूह रचा गया–वही फंसा रहा था जिसे इसने खुद को बचाने की जिम्मेदारी सौंपी थी–इससे ज्यादा चक्करदार चक्रव्यूह और क्या हो सकता है कि कोर्ट में खड़े दोनों वकीलों का मकसद एक ही था, शेखर मल्होत्रा को फंसाना, बचाव के लिए कोई भी तो न था–फिर....फिर शेखर मल्होत्रा बेगुनाह साबित होता भी तो कैसे–खुद को अपने चारों तरफ फैले चक्रव्यूह से बचाता भी तो कैसे?"

"संगीता का हत्यारा यही है किरन।"

''अभी मैंने आपको सिर्फ एक स्टोरी सुनाई है अंकल, दूसरी नहीं सुनेंगे?''

''दूसरी स्टोरी?''

''अगर मैं इस स्टोरी पर गौर करूं तो कैसा रहे कि गुलाब चन्द की कार सैकड़ों फिट गहरी खाई में इसलिए आ गिरी क्योंकि उसे पता लग गया था कि संगीता आपकी बेटी है और फिर जब एक दिन यही रहस्य संगीता को पता लग गया तथा वह यह कहने लगी कि आपको उसे सारी दुनिया के सामने अपनी बेटी कबूल करना पड़ेगा तो अपनी इज्जत की खातिर आपने अपनी अवैध संतान को खत्म करके चक्रव्यूह में शेखर मल्होत्रा को फंसा दिया।''

''क-क्या बेसिर-पैर की स्टोरियां सोच रही हो तुम?''

''कौन-सी स्टोरी के सिर-पैर हैं और कौन-सी के नहीं हैं, इस बात का फैसला कोर्ट में होगा अंकल।'' गुर्राहटदार स्वर में कहने के साथ किरन एक झटके से खड़ी हो गई, बोली–''चलो शेखर।''

''ठ-ठहरो।'' शहजाद राय इस तरह चीख पड़े जैसे उनके जिस्म से रूह निकलकर चलने की तैयारी कर बैठी हो।

''कहिये?''

''लिफाफा हमें दे दो।''

''लिफाफा नहीं मिलेगा अंकल और कान खोलकर सुन लीजिए कि मैं यहां से सीधी अपने घर जा रही हूं–अगर दोपहर की तरह मुझ पर हमला हुआ, किसी ने मुझे या शेखर को रोकने अथवा मारने की कोशिश की तो पापा को यह बात पता लग जाएगी कि हमारे साथ जो कुछ हुआ है, वह आपने कराया है।''

शहजाद राय यूं खड़े रह गए जैसे उनका सब कुछ लुट गया हो।

सड़क के पार खड़ी टैक्सी की तरफ बढ़ते हुए शेखर ने कहा–''आओ किरन।''

''नहीं शेखर, हम टैक्सी से नहीं, बस से चलेंगे।''

''वजह?''

''बस में भीड़ होगी और क्राइम करने वाले भीड़ से कतराते हैं।''

''मैं सहमत हूं और तुम्हारे दिमाग की दाद भी देता हूं।'' मुस्कुराता हुआ शेखर तुरन्त कह उठा।

मुस्कान का जवाब मुस्कान से देती किरन ने कहा–''तो आओ, बस-स्टॉप की तरफ चलें।''

कुछ देर बाद वे भीड़ से ठसाठस भरी बस में यात्रा कर रहे थे।

दो स्टॉप बाद दो व्यक्तियों के लिए बनाई गई एक सीट मिल गई थी उन्हें तब शेखर ने कहा–''मैं यह नहीं समझ पाया किरन कि तुम हत्यारा किसे मानकर चल रही हो–रमन को या शहजाद राय को?''

किरन के होंठों पर मोहक मुस्कान उभर आई, बोली।

''इन्वेस्टीगेटर किसी के सामने बातें कुछ और कर रहा होता है और दिमाग में कुछ और सोच रहा होता है–वैसे मेरे ख्याल से कल मुझे यह बात पता लग जानी चाहिए कि हत्यारा कौन है?''

''क-कल......कल तुम्हें यह बात पता लग जाएगी?'' शेखर उछल पड़ा।

किरन की मुस्कुराहट रहस्यमय हो उठी, बोली–''सम्भावना तो है।''

''क-कैसे।'' प्रसन्नता की ज्यादती के कारण शेखर का लहजा कांप रहा था।

''मैंने सबके फोटो मांगे हैं, वे बता देंगे कि हत्यारा कौन है?''

''फ-फोटो तुम्हें संगीता का हत्यारा बता देंगे। मैं कुछ समझा नहीं।''

रहस्य से लबालब भरी मुस्कान के साथ किरन ने कहा–''हर चीज बोलती है शेखर, सुनने वाले के पास दिमाग होना चाहिए और मजे की बात ये कि कुदरत ने मुझे दिमाग देते वक्त किसी किस्म की कंजूसी नहीं बरती।''

▲

''कहां चली गई थी तू?'' सुलोचना देवी किरन को देखते ही चढ़ दौड़ीं–''और अपने पापा से फोन पर ऐसा क्या कहा था जिसे सुनते ही वे पागल हो गए, इतने उत्तेजित, उद्धेलित, घबराये हुए और बौखलाये हुए मैंने उन्हें कभी नहीं देखा।''

मुस्कुरा उठी किरन, बोली– ''पापा हैं कहां?''

''शहजाद राय के यहां गए हैं।''

''श-शहजाद राय के यहां–क्यों?''

''तुझे देखने......और क्यों?'' सुलोचना देवी गुर्रा उठी– ''तेरे फोन के तुरन्त बाद से वे शहजाद राय को फोन मिलाने की कोशिश करते रहे परन्तु नहीं मिला–बेल जा रही थी लेकिन रिसीवर नहीं उठाया जा रहा था–वे इस नतीजे पर पहुंचे कि शहजाद राय का फोन खराब है और फिर फियेट लेकर आंधी- तूफान की तरह निकल गए।''

''ओह!'' किरन को अफसोस हुआ–''मेरे फोन की वजह से पापा को इतनी परेशानी हुई?''

''फोन पर तूने कहा क्या था और–तेरी गाड़ी कहां गई?''

''वर्कशॉप में है।''

''क्यों?''

''एक्सीडेन्ट हो गया था।'' कहने के बाद किरन ने रिसीवर उठाकर टैक्सी यूनियन के ऑफिस का नम्बर डायल किया सम्बन्ध स्थापित होने पर बोली–''मैं बैरिस्टर विश्वनाथ की बेटी बोल रही हूं, पता नोट कीजिए।''

''क्यों?'' दूसरी तरफ से पूछा था।

''नोट कीजिए, काम भी बताऊंगी।''

''बोलिए।''

पता लिखवाने के बाद किरन ने कहा–''टैक्सी नम्बर यू वी एक्स 4889 जब भी ऑफिस पहुंचे, आप उसे लिखवाये गये पते पर भेज दें और ड्राइवर से कहें कि इनाम के पांच सौ रुपये मिलेंगे।''

''ऐसा क्या काम किया है ड्राइवर ने?'' चकित स्वर।

''इस सवाल का जवाब तो अभी उस बेचारे को भी मालूम नहीं है–यहां आने पर ही पता लगेगा कि उसने अनजाने में कितना महान् काम कर दिया।'' कहने के साथ किरन ने रिसीवर क्रेडिल पर रख दिया।

इस वक्त वह अपनी कोठी के ड्राइंग-कम-डायनिंग हॉल में थी–उसमें, जिसकी दो, दीवारें चौखटों में लगे पारदर्शी शीशों की थीं–पर्स को लापरवाही के साथ सोफे पर डालने के बाद वह डायनिंग टेबल की तरफ बढ़ी और एक कुर्सी खींचकर उस पर बैठ गई।

सुलोचना देवी को अभी अपने दिमाग में घुमड़ रहे सवालों में से किसी एक का भी जवाब नहीं मिला था इसलिए उसके नजदीक पहुंची और सवाल करने के लिए मुंह खोला ही था कि–

''छनाक......छनाक......छनाक!''

''धम्म......धम्म......धम्म!''

कांच टूटने और कुछ व्यक्तियों के फर्श पर आ गिरने की आवाजें गूंजी।

दोनों महिलाओं की हलक से चीखें निकलीं, और अभी कुछ समझ भी नहीं पाई थीं कि एक साथ चार नकाबपोश फर्श पर कलाबाजियां खाते और फिर नटों की मानिन्द उछल-उछलकर खड़े होते नजर आये।

सारे हॉल में कांच बिखरा हुआ था।

दो एक दीवार का कांच तोड़ते हुए हॉल में पहुंचे थे, दो दूसरी तरफ से!

पहले तो किरन कुछ समझ ही न पाई–जब तक समझी तब तक चारों के हाथ में चमक रहे रिवॉल्वरों पर नजर पड़ चुकी थी–सुलोचना देवी चीखनें वाली मशीन की तरह चीखें जा रही थी।

''खामोश!'' उनमें से एक दहाड़ा।

सुलोचना देवी की सिट्टी-पिट्टी तुरन्त गुम हो गई।

मानो बिजली से चल रही मशीन बिजली गुल हो जाने की वजह से चुप हो गई हो।

किरन अपनी मम्मी की तरह चीख तो नहीं रही थी परन्तु मारे खौफ के बुरा हाल था उसका।

''तू-तू मानेगी नहीं लड़की?'' एक नकाबपोश नकाब से झांकती सुर्ख आंखें किरन पर जमाकर गुर्राया–''गाड़ी की धज्जियां उड़ाकर हमने जो इशारा किया था, उसे शायद तू समझी नहीं?''

''क-कौन-सा इशारा?'' किरन ने हकलाकर पूछा।

तभी!

कोठी में ऐसी आवाज गूंजी जैसे कुछ लोग दौड़कर आ रहे हों।

एक नकाबपोश ने कहा–''नौकर आ रहे हैं सरदार, जल्दी करो।''

तब!

सुर्ख आंखों वाले नकाबपोश ने रिवॉल्वर ताना और जल्दी से

गुर्राया–"तेरा पर्स कहां है–फौरन बता वर्ना गोली मार दूंगा।"

आतंकित किरन ने सोफे पर पड़े पर्स की तरफ इशारा कर दिया।

भागते कदमों की आवाज नजदीक आ गई।

एक नकाबपोश ने झपटकर पर्स उठा लिया।

सुर्ख आंखों वाला गुर्राया–"अगर इशारा नहीं समझती तो सीधे-सीधे सुन–।"

परन्तु।

वाक्य पूरा न हो सका।

भागते हुए नौकर दरवाजा पार करके हॉल में पहुंचे ही थे कि एक नकाबपोश दहाड़ा–"रुक जाओ, वरना एक-एक की खोपड़ी में सुराख बना दिए जायेंगे।"

हाय-तौबा में आए नौकर बौखलाकर ठिठक गए।

वे तीन थे, तीनों की सांसें धौंकनी की मानिन्द चल रही थीं।

और चेहरे?

चेहरों पर हो रहा था–मौत का कत्थक।

अपनी तरफ तने रिवॉल्वरों को देखकर उनके प्राण खुश्क हो गए थे।

आंखों में खौफ-ही-खौफ!

"चलो सरदार।" एक अन्य नकाबपोश ने कहा।

सुर्ख आंखों वाला किरन पर नजर टिकाये, अपने साथियों के साथ पीछे हटता हुआ बोला–"अगर तूने इस मामले में दिलचस्पी लेनी बन्द नहीं की तो तुझ अकेली को नहीं बल्कि तेरे मां-बाप को भी मौत के घाट उतार दिया जायेगा।"

किरन सिहर गई, मुंह से बोल न फूटा।

और फिर!

चारों एक साथ–ठीक इस तरह कलाबाजियां खाकर टूटे कांच से गुजरते हुए हॉल से गायब हो गए जैसे एक ही स्विच से हरकत में आने वाली चार मशीनें हों।

नौकर कांच की दीवारों की तरफ दौड़े।

''रुक जाओ!'' किरन चीखी–''कोई फायदा नहीं है। उन सबके पास रिवॉल्वर हैं।''

नकाबपोश हातिमताई के जिन्न की तरह हॉल में आये थे और उसी तरह गायब हो गए।

⅄

टाक्......चटाक....चटाक्।

सुर्ख आंखों वाले के गाल पर एक ऐसा शख्स चांटे पर चांटे बरसाता चला गया जिसका चेहरा सफेद नकाब के पीछे छुपा था और जब मारता-मारता थक गया तो चीखा–''मैंने तुमसे फोटो और चिट्ठियां लाने के लिए कहा था हरामजादे या पर्स?''

''म-मगर बॉस।'' सुर्ख आंखों वाला बोला–''आप ही ने तो कहा था कि चिट्ठियां उसके पर्स में हैं।''

''चुप रह उल्लू के पट्ठे!'' सफेद नकाबपोश दहाड़ा–''कहां हैं बता....कहां है चिट्ठियां और फोटो?''

सुर्ख आंखों वाले ने जमीन पर खुले पड़े पर्स की तरफ देखा। उसके तीनों साथियों की नजर पहले ही जमीन पर 'मुंह बायें' पड़े पर्स पर स्थिर थी–पर्स के अन्दर से निकला सामान भी उसी के इर्द-गिर्द बिखरा पड़ा था परन्तु उसमें काम की कोई वस्तु न थी।

सुर्ख आंखों वाले उनके उन साथियों के चेहरों पर इस वक्त नकाबें नहीं थीं जो उनके साथ बैरिस्टर विश्वनाथ के ड्रांइग-रूम डायनिंग हॉल

में हंगामा मचाकर आये थे–नकाब थी तो सिर्फ उसके चेहरे पर जिससे मार खाने के बावजूद सुर्ख आंखों वाला गिड़गिड़ा रहा था।

वह और उसके साथी शक्ल से ही शहर के छटे हुए गुन्डे नजर आ रहे थे।

गर्दन झुकाये सुर्ख आंखों वाला बोला–''गलती हो गई बॉस।''

''गलती हो गई!'' नकाबपोश भड़का–''बस......कहकर छूट गये कमीने कि गलती हो गई–इतना तक नहीं सोचेंगे कि गलती हो क्यों गई, चिट्ठियां और फोटो गये तो कहां गये। जग्गा उस्ताद!''

''एक राय पेश करूं बॉस?'' डरते हुए जग्गा उस्ताद ने पूछा।

''बक।''

''कहीं ऐसा तो नहीं हुआ कि फोटो और चिट्ठियां उसने शेखर मल्होत्रा को दे दी हों?''

सफेद नकाब के अन्दर झांकती आंखे सोचने वाले अन्दाज में सिकुड़ गयीं और फिर लगातार एक मिनट तक सोचते रहने के बाद बोला वह–''हो सकता है, बिल्कुल हो सकता है और फिर मान लिया कि फोटो और चिट्ठियां उस हरामी के पास न भी हुई तो उसे मालूम जरूर होगा कि कहां हैं?''

''म-मगर आप तो 'चुन्नू पहलवान' को हुक्म दे चुके हैं बॉस कि अपने साथियों के साथ शेखर मल्होत्रा का सफाया कर दे?''

''ओह!'' उसके मुंह से ऐसी आवाज निकली जैसे गलती का अहसास हुआ हो तथा फौरन पैंट की जेब से पांच किलोमीटर की रेंज वाला 'वाकी-टाकी' निकालकर किसी से सम्बन्ध स्थापित करने का प्रयत्न करने लगा।

थोड़ी देर बाद दूसरी तरफ से आवाज उभरी–''पहलवान बोल रहा हूं।''

''हम एक्स वाई जैड बोल रहे हैं पहलवान।'' सफेद नकाबपोश ने कहा।

''क्या हुक्म है बॉस?''

''शेखर मल्होत्रा अभी तक तुम्हारे चंगुल में नहीं फंसा?''

''अभी वह यहां पहुंचा ही नहीं बॉस।''

''कहां से बोल रहे हो?''

''हम उसकी कोठी के बाहर सड़क के दोनों तरफ छुपे हुए हैं–आप फिक्र न करें, अपने पैरों से चलकर वह कोठी के अन्दर दाखिल नहीं हो सकेगा–हां, नौकरों को उसकी लाश उठाकर ले जाने से मैं रोक नहीं सकता।''

''तुम उसे एकदम से शूट नहीं करोगे चुन्नू पहलवान।''

''पहले तो आपने वही हुक्म दनदनाया था बॉस!''

''हुक्म अब भी उसका काम तमाम करने का ही है, मगर एकदम से नहीं बल्कि आराम से, थोड़ा ठहरकर।''

''वजह?''

''उसके पास या उसकी जानकारी में कुछ फोटो और चिट्ठियां हैं–तुम उसे तब तक खत्म नहीं करोगे जब तक कि फोटो और चिट्ठियां बरामद न कर लो अथवा यह न उगलवा लो कि वे कहां हैं–बस, फोटो और चिट्ठियों का पता लगने के बाद उसे एक पल के लिए भी जीवित नहीं छोड़ना है ओ. के.?''

''ओ. के. बॉस!''

⅄

किरन की सलाह के मुताबिक शेखर मल्होत्रा उसके घर से अपनी कोठी के लिए टैक्सी के स्थान पर बस में रवाना हुआ। इस रूट की

यह अन्तिम बस थी इसलिए भीड़ जरूरत से ज्यादा थी। सीट न मिल सकी, खड़े-खड़े सफर करना पड़ा उसे। बसों के सफर का अभ्यस्त वैसे ही न था।

सो!

लोगों की धक्का-मुक्की में फंसे-फंसे 'चूं' बोल गया।

किसी तरह बस उसके 'स्टॉप' पर पहुंची, वह यूं उतरा जैसे बहुत बड़ी मुसीबत से पीछा छूटा हो–स्टॉप से उसकी कोठी करीब डेढ़ फर्लांग दूर थी– सो, बस अपने रूट पर भागे चली गयी और वह पैदल ही कोठी की तरफ बढ़ गया।

कोठी के ठीक नजदीक पहुंचा ही था कि–

दायें-बायें हल्की-सी हलचल महसूस हुई।

तेजी से पलटकर दोनों तरफ देखा और फिर दोनों ही तरफ से खुद पर लपकते दो काले नकाबपोशों को देखकर रिवॉल्वर से छूटी गोली की मानिन्द कोठी के लोहे वाले गेट की तरफ दौड़ा।

दोनों नकाबपोश उससे ज्यादा रफ्तार के साथ भाग रहे थे, मगर फिर भी वह उनके खुद तक पहुंचने से पहले ही कोठी के लोहे वाले द्वार पर पहुंच जाता परन्तु–

दो नकाबपोश ठीक सामने नजर आये।

उनके हाथों में दबे रिवॉल्वर भी शेखर मल्होत्रा ने साफ-साफ देख लिए थे।

आतंकित अन्दाज में वह हलक फाड़कर चिल्लाया– "हैल्प...... हैल्प......हैल्प।"

सन्नाटे में आवाज दूर-दूर तक गूंज गयी।

किन्तु!

मदद के लिए किसी भी तरफ कोई हलचल नजर नहीं आयी।

लगातार चिल्लाते हुए शेखर ने दौड़ लगानी शुरू की थी लेकिन अभी सड़क पर ही था यानि फुटपाथ पर भी नहीं पहुंच सका था कि चारों नकाबपोश अत्यन्त निकट आ गए।

एक गुर्राया–''अगर हलक फाड़ने की कोशिश की तो गोली मार दी जायेगी।''

चीखने के लिए मुंह खुला ही रह गया।

बुरी तरह आतंकित था वह, भयभीत स्वर में बोला–''कौन हो तुम लोग?''

''फोटो और चिट्ठियां कहां हैं?'' पीछे से गुर्राकर किसी ने पूछा।

शेखर तेजी से पलटा।

हाथ में रिवॉल्वर लिए कुम्भकरण सरीखा नकाबपोश खतरनाक अन्दाज में उसकी तरफ बढ़ रहा था।

पीछे हटते हुए शेखर मल्होत्रा ने पूछा–''कौन से फोटो और चिट्ठियां?''

''जिनकी हमें तलाश है।''

''म-मुझे क्या मालूम कि आपको–।''

वाक्य अधूरा रह गया।

बल्कि अगर यह कहा जाये कि आगे के शब्द हलक से उबल पड़ने वाली लम्बी चीख में तबदील हो गए तो गलत न होगा।

पीछे वाले नकाबपोश ने अपने बूट की ठोकर उसकी पीठ में इतनी जोर से मारी थी कि 'पट्ठा' सड़क पर सीधा उस नकाबपोश के कदमों में जाकर गिरा जिसने फोटो और चिट्ठियों के बारे में पूछा था।

शेखर अभी सड़क से उठने की कोशिश शुरू भी नहीं कर पाया था कि जिसके कदमों में गिरा था उसने झुककर बाल पकड़े तथा पूरी बेरहमी के साथ ऊपर उठाता हुआ गुर्राया–''ज्यादा चालाक बनने की

कोशिश करोगे तो जिस्म गोलियों से छलनी कर दिया जाएगा और लाश यहीं इसी सड़क पर आवारा कुत्ते की लाश की तरह डाल दी जाएगी।''

शेखर के हलक से चीखें उबल रही थीं।

कुम्भकरण सरीखा नकाबपोश गुर्राया–''तुम अच्छी तरह जानते हो कि हम कौन से फोटो और चिट्ठियों की बात कर रहे हैं?''

''म-मैं-मैं......।'' शेखर मिमियाकर रह गया।

तभी एक नकाबपोश ने कहा–''इसकी तलाशी लेनी चाहिए पहलवान!''

''लो।'' कुम्भकरण सरीखा नकाबपोश चुन्नू पहलवान था।

तब!

दो नकाबपोशों ने आगे बढ़कर तलाशी ली किन्तु जिन फोटो और चिट्ठियों की तलाश थी वे न मिले–इस निराशा ने चुन्नू पहलवान को कुछ ज्यादा ही उग्र कर दिया–वह अभी तक शेखर मल्होत्रा के बाल कब्जाये हुए था। दांतों पर दांत जमाकर गुर्राया–''बता दे बेटे, बता दे कि फोटो और चिट्ठियां कहां हैं?''

''म-मुझे नहीं......।''

रिवॉल्वर का दस्ता 'फटाक्' से शेखर के पेट में पड़ा, अभी इसी चोट की पीड़ा से बिलबिला रहा था कि चुन्नू पहलवान के कसरती घुटने की चोट सीने पर पड़ी।

इस बार चीख के साथ शेखर मल्होत्रा सड़क पर चारों खाने चित्त ज़ा गिरा।

उठने की चेष्टा कर ही रहा था कि चारों का एक-एक बूट उसके जिस्म पर आकर टिक गया।

बिलबिलाकर रह गया वह।

चुन्नू पहलवान झुका, अपने रिवॉल्वर की नाल शेखर की कनपटी पर रख दी उसने और बर्फ की मानिन्द ठंडे स्वर में गुर्राया–"आखिरी बार पूछ रहा हूं–बता दे, नहीं बतायेगा तो गोली भेजे के आर-पार हो जाएगी।"

"ब-बताता हूं......बताता हूं।" शेखर मल्होत्रा चीखा तभी!

दाईं तरफ हैडलाईट नजर आई।

"कोई आ रहा है पहलवान।" एक नकाबपोश चिल्लाया।

"प-पुलिस!" दूसरा चीखा–"व-वह पुलिस की जीप है।"

चुन्नू पहलवान दहाड़ा–"तुझे कैसे पता?"

"व-वह अभी-अभी एक 'पोल' के नीचे से गुजरी थी, मैंने उस पर लिखा 'पुलिस' पढ़ा है।"

"भागो पहलवान।" दूसरा चिल्लाया–"जीप नजदीक आ रही है।"

"और!"

एक झटके से चारों के पैर शेखर मल्होत्रा के जिस्म से हट गए।

अब उसे भी सड़क पर फैला जीप की हैडलाईट का प्रकाश दिखाई देने लगा था और उसी प्रकाश में दिखाई दिए सिर पर पैर रखकर भागते चारों नकाबपोश।

जीप की तरफ से अक्षय की दहाड़ सुनाई दी–"कौन है, रुक जाओ।"

परन्तु!

रुकना किसे था?

भागते हुए वे सड़क के पास हैडलाइट्स की रेंज से बाहर चले गए।

जिस्म का जोड़-जोड़ दुख रहा होने के बावजूद शेखर मल्होत्रा उछलकर इस तरह खड़ा हो गया जैसे कुछ हुआ ही न हो–सम्पूर्ण

जिस्म पुलिस जीप की हैडलाइट्स में नहाया हुआ–सड़क के बीचों-बीच खड़ा वह दोनों हाथ हवा में नचाता हुआ 'मदद' के लिए रुकने की दुहाई करने लगा।

अचानक एक गाड़ी का इंजन जाग उठा।

''धांय......धांय।''

दो गोलियां चली।

'झनाक्-झनाक्' की जोरदार आवाजों के साथ जीप की हैडलाईट बिखर गई।

शेखर मल्होत्रा ने खुद को न सिर्फ सड़क पर गिरा लिया बल्कि किसी तरह फुटपाथ की तरफ लुढ़कता चला गया–अंधकार से एक काली एम्बेसेडर प्रकट होकर सड़क पर आई और कमान से छूटे तीर की तरह विपरीत दिशा में दौड़ ली।

'धांय......धांय......धांय!'

जीप से एम्बेसेडर के पिछले हिस्से पर गोलियां बरसाईं गयी।

शक्तिशाली टॉर्चों के प्रकाश फेंके गए।

परन्तु व्यर्थ!

न कोई गोली उसके किसी टायर को 'शहीद' कर सकी, न ही नम्बर पढ़ा जा सका, प्लेट गायब थी–पीछा करने में जीप इसलिए असमर्थ थी क्योंकि हैडलाईट के अभाव से किसी भी तरह बिना नम्बर वाली काली एम्बेसेडर की रफ्तार के साथ नहीं दौड़ सकती थी–हां, वायरलेस पर अक्षय दहाड़ निःसन्देह रहा था।

आसपास की कोठियों में जाग हो गई थी।

▲

विश्वनाथ ने गाड़ी गैरेज में खड़ी करके कदम बाहर निकाला ही था कि

सुलोचना देवी ने उन्हें लपक लिया और भयभीत स्वर में लगी उस घटना को बयान करने जो कुछ देर पहले घटी थी।

वे चौंक पड़े।

ड्राइंग-कम-डाइनिंग हॉल में पहुंचे।

वहां की हालत देखी।

टूटी हुई कांच की दीवारें और फर्श पर किरचें-किरचें बिखरा कांच।

बैरिस्टर विश्वनाथ ने धीर-गंभीर स्वर में पूछा–''किरन कहां कहां है?''

''बिटिया तो तभी से अपने बेडरूम में है मालिक।'' सबसे पुराने नौकर ने बताया।

विश्वनाथ ने किरन के बेडरूम की तरफ बढ़ने के लिए कदम बढ़ाया ही था कि ड्राइंग-कम-डाइनिंग हॉल में किरन की आवाज गूंजी–''मैं आ गई हूं पापा।''

विश्वनाथ सहित सबकी दृष्टि आवाज की दिशा में घूम गई।

दरवाजे में प्रविष्ट होती किरन के अधरों पर 'चित्ताकर्षक' मुस्कान थी।

विश्वनाथ ने मुकम्मल गम्भीरता के साथ फर्श पर बिखरे कांच की तरफ इशारा करते हुए पूछा–''ये सब क्या है?''

''संगीता के हत्यारे का पेट दर्द।'' किरन ने जवाब दिया।

''क्या मतलब?''

''मैंने रि-इंवेस्टीगेशन शुरू की थी–शेखर मल्होत्रा की कोठी की तरफ जा ही रही थी कि 'अम्बेडकर मार्ग' पर मेरी गाड़ी पर हमला हुआ, अंधाधुंध गोलियां चलाकर पहले उसके टायर 'शहीद' कर दिए गए और गोलियों की दूसरी 'खेप' में शीशे–अब यह हमला हुआ है, मुजरिम समझा कि मैं उसका इशारा नहीं समझती हूं, अतः इस बार

उसके चमचे साफ-साफ कह गए कि अगर मैंने संगीता मर्डर केस में दिलचस्पी लेनी बंद नहीं की तो अकेली को नहीं, बल्कि मेरे मां-बाप को भी मार डालेंगे। आप तो बैरिस्टर हैं अनुभवी हैं–समझ सकते हैं कि इन शब्दों में मुजरिम की बौखलाहट छुपी है–क्या मैं आपसे सवाल कर सकती हूं कि अगर संगीता का हत्यारा शेखर मल्होत्रा है तो किसी के पेट में इसलिए दर्द क्यों हो रहा है कि मैं इस केस में दिलचस्पी ले रही हूं?''

''तो तुम यह सोच रही हो कि हत्यारा शेखर नहीं है और तुम्हारे 'एक्टिव' होते ही असल हत्यारे के पेट में दर्द शुरू हो गया है तथा वह तुम्हें डरा-धमकाकर इस केस में दिलचस्पी न लेने से रोकना चाहता है?''

''जाहिर है।'' किरन कहती चली गई–''और केवल सोलह घंटे की मेहनत के बाद मैं ऐसी स्थिति में पहुंच गई पापा कि फैसले वाली डेट पर संगीता का मर्डर केस का फैसला नहीं होने दूंगी, बल्कि इस केस के सम्बन्ध में हुई अब तक की सम्पूर्ण अदालती कार्यवाही को निरस्त करा दूंगी, मुक्म्मल मुकदमे को ही गैरकानूनी साबित कर दूंगी मैं।

''वह कैसे?''

''ये फोटो और चिट्ठियां देखिए।'' कहने के साथ ही किरन ने अपना दायां पांव डायनिंग टेबल के साथ ही एक कुर्सी पर रखा, सलवार का पायंचा थोड़ा ऊपर सरकाया और 'हेयर-बैण्ड' की मदद से अपनी पिंडली के साथ चिपकाया लिफाफा निकालकर उन्हें पकड़ाती हुई बोली–''यह वह लिफाफा है जिसमें वे फोटो और चिट्ठियां हैं जिनके चक्कर में हमलावर मेरा पर्स ले गए–ऐसी घटना का मुझे अंदेशा था, लिफाफा पर्स से निकालकर तभी यहां रख लिया था जब राय अंकल के घर से बस द्वारा यहां आ रही थी।''

''इस लिफाफे में वे फोटों और चिट्ठियां हैं न जिनसे यह स्पष्ट होता है कि संगीता की मां के मिस्टर राय से अवैध सम्बन्ध थे और संगीता मिस्टर राय की बेटी थी?''

''आप राय अंकल के यहां से आ रहे हैं।'' किरन ने कहा–''और आपकी इस बात का अर्थ ये हुआ कि राय अंकल ने आपको फोटो और चिट्ठियों के बारे में बता दिया है?''

''हां।'' बैरिस्टर साहब ने गम्भीर स्वर में कहा–''उन्होंने हमें सब कुछ बता दिया है– फोटो और चिट्ठियों के बारे में भी, तुमसे हुई बातों के बारे में भी और यह भी कि तुम क्या सोच रही हो–उनका कहना है कि इसमें कोई शक नहीं कि संगीता उनकी बेटी है, मगर यह गलत है कि उन्होंने संगीता का मर्डर इसलिए कर दिया क्योंकि वह इस रिश्ते को सार्वजनिक बना देना चाहती थी–संगीता को तो हकीकत मालूम भी न थी और शेखर के केस के बारे में वे कहते हैं कि जानबूझकर कुछ नहीं किया बल्कि जब शेखर ने अपनी कहानी सुनाई थी तो उन्हें वाकई ऐसा लगा कि कहानी में दम नहीं है, कोर्ट में नहीं चलेगी और इसीलिए उन्होंने अपनी बनाई हुई कहानी पर केस लड़ा।''

''अगर कल कोर्ट में खड़ी होकर मैं अपनी बात कहूं और वे अपनी, तो जज को कौन-सी ज्यादा सटीक लगेगी?''

''तुम्हारी।''

''बस।'' किरन मुस्कुरा उठी–''ये है मेरी आपको पहली पटकी।''

''क्या मतलब?''

''फैसले की तारीख वाले दिन मैं इन चिट्ठियों और फोटो के बूते पर कोर्ट से विशेष अनुमति लेकर यह साबित कर दूंगी कि मुकम्मल केस के दरम्यान शेखर मल्होत्रा का बचाव किसी वकील ने नहीं किया– दोनों वकीलों का मकसद शेखर को मुजरिम साबित करना था–क्या

ऐसे केस की अब तक की सम्पूर्ण अदालती कार्यवाही निरस्त नहीं हो जाएगी पापा और क्या वह केस पुनः ए बी सी डी से शुरू नहीं होगा। जिसमें यह साबित हो जाये कि बचाव पक्ष का वकील बचाव नहीं बल्कि बचाव का नाटक कर रहा था, उसका असली मकसद भी वही था जो सरकारी वकील का था।''

''निःसन्देह तुम इस केस की अब तक की सम्पूर्ण अदालती कार्यवाही को निरस्त करा सकती हो।''

''आदाब अर्ज है पापा।'' बेहद प्यारी मुस्कुराहट के साथ किरन 'आदाब' के अन्दाज में झुकी और इसी अन्दाज में झुके-झुके बोली– ''साथ ही इस बात के लिए भी बधाई देती हूं कि आपने इस पहले प्वॉइन्ट पर खुले दिल से शिकस्त कुबूल की।''

''यह सब तो ठीक है, मगर क्या तुम यह सोच रही हो कि हमले मिस्टर राय ने कराये हैं?''

किरन ने कहा–''पहले वह सुन लीजिए जो मैंने सुबह से अब तक किया है अथवा मेरे साथ घटा है क्योंकि उस सबको जाने बिना आपके पल्ले यह नहीं पड़ेगा कि मैं क्या कर रही हूं–।''

''बोलो।''

एक बार शुरू होने के बाद किरन ने सांस तक न ली–सब कुछ धाराप्रवाह बताती चली गई वह और जैसे-जैसे बताती गई वैसे-वैसे बैरिस्टर विश्वनाथ के चेहरे पर हैरत के भाव स्थायी होते चले गए।

लम्बी सांस लेने के बाद वह बोली–''अब बस पहले यह बताइये कि सारे दिन की वारदातें सुनने के बाद भी क्या आप शेखर मल्होत्रा को उतनी ही दृढ़ता के साथ हत्यारा मानते हैं जितनी दृढ़ता के साथ सुबह तक मान रहे थे?''

''यह सवाल हमसे क्यों पूछ रही हो?''

"अगर आप इस वक्त भी शेखर मल्होत्रा को उतनी ही दृढ़ता के साथ हत्यारा मानते हैं तो बाकी किरदारों के बारे में सोचना या विचार करना बेकार है और यदि आपकी दृढ़ता में कहीं कमी आई हो तो बात पर गौर किया जाये कि अन्य किरदारों में से कोई हत्यारा हो सकता है या नहीं और अगर हो सकता है तो कौन?"

"तो सबसे पहले किस किरदार को ले रही हो?"

"आपको–।"

"ह-हमें?" बैरिस्टर साहब उछल पड़े।

किरन उनकी आंखों में झांकती हुई बोली–"क्यों, क्या आप इस केस के एक अहम किरदार नहीं हैं?"

"संगीता हमारे दोस्त की बेटी थी– अगर हम दोस्त के लिए कुछ करना चाहते थे तो संगीता का नहीं बल्कि शेखर मल्होत्रा का मर्डर करते यानि उद्देश्य नदारद है और कोई भी हत्या निरुद्देश्य नहीं हो सकती अर्थात् नहीं लगता कि हम कातिल हैं।"

किरन मुस्कुराकर बोली–"अपने-आपको बड़ी जल्दी बरी कर लिया आपने?"

"क्या दलील स्वीकार नहीं की गई?"

"सम्भावित हत्यारों की लिस्ट में से किसी का भी नाम तब तक नहीं कट सकता जब तक असली हत्यारा पकड़ा न जाये।"

"अगला प्रत्याशी कौन है?"

"राय अंकल।"

"उनके बारे में अपने पवित्र विचार प्रस्तुत कर ही चुकी हो।"

"अभी उनसे इस सवाल का जवाब हासिल करना है कि–फोटो और चिट्ठियां रधिया के कमरे में क्या कर रहे थे?"

"जवाब वे हमें दे चुके हैं।"

‘‘क्या?’’

‘‘कोई रहस्यमय शख्स इन फोटुओं और चिट्ठियों के बूते पर उन्हें ब्लैकमेल कर रहा था–कई बार मोटी रकम ‘ऐंठ’ भी चुका था वह–काफी कोशिश के बावजूद मिस्टर राय न जान सके कि ब्लैकमेलर कौन है, इस सवाल का उनके पास कोई जवाब नहीं है कि सारा माल रधिया के कमरे में कैसे था?’’

खैर! इस वक्त हमारा विषय यह जानना नहीं है कि ब्लैकमेलर कौन था, अतः इस मुद्दे पर कभी फिर विचार करेंगे–‘‘फिलहाल हमारा अगला प्रत्याशी है इंस्पेक्टर अक्षय।’’

‘‘क्या वह तुम्हारे सन्देह के दायरे में है?’’

‘‘है।’’

‘‘कैसे?’’

‘‘अपनी इन्वेस्टीगेशन के दरम्यान उसने रधिया से वह सवाल क्यों नहीं किया जो कि सबसे पहले किया जाना चाहिए था–यह कि रधिया को थाने का नम्बर कैसे मालूम था?’’

‘‘उसके द्वारा संगीता की हत्या का उद्देश्य?’’

‘‘अभी तक अज्ञात है।’’

‘‘अगला प्रत्याशी?’’

‘‘गुलाब चन्द जैन।’’

‘‘ग-गुलाब चन्द जैन?’’ बैरिस्टर साहब उछल पड़े–‘‘य-यानि तुम्हें मरे हुओं पर भी शक हो रहा है?’’

‘‘मत भूलिए कि गुलाब चन्द की लाश ठीक से पहचानी नहीं गई थी–क्या ऐसा नहीं हो सकता कि संगीता का मर्डर करने से पहले उन्होंने खुद अपनी मौत का नाटक रचा हो?’’

‘‘संगीता की हत्या वह क्यों करेगा?’’

''शायद पता लग गया हो कि संगीता वास्तव में राय अंकल की बेटी है।''

''कारण मजबूत है मगर है जरा दूर की कौड़ी–खैर, अगला प्रत्याशी?''

''स्वयं संगीता।''

''क-क्या बात है?'' बैरिस्टर साहब उछल पड़े–''तुम तो मुर्दों को जिन्दा करने पर आमादा हो गई हो।''

''लाश अगर पहचानी न जा सके तो इन्वेस्टीगेटर को लगातार इस बात पर गौर करते रहना चाहिए कि लाश उसकी थी या नहीं जिसको दर्शाने की कोशिश की जा रही है।''

''यानि संगीता ने खुद अपने मर्डर का नाटक स्टेज किया हो सकता है?''

''जरा सोचिये पापा कि यह बात कितनी रोमांचकारी होगी कि 'संगीता मर्डर केस' की मुजरिम खुद संगीता निकले–क्या आपके जीवन में कभी ऐसा हुआ है कि जिसके हत्यारे की आप खोज कर रहे हों, हत्यारा वहीं निकले?''

''मगर संगीता को यह सब करने की क्या जरूरत थी?''

''भारत में आकर वह सती सावित्राी भले ही बन गई हो, परन्तु लंदन में उसका जो कैरेक्टर मैंने अपनी आंखों से देखा है, अगर उस पर गौर फरमाया जाये तो दावे के साथ कह सकती हूं कि संगीता कुछ भी कर सकती है, कहने का मतलब यह कि फिलहाल मैं उसे अपने सन्देह के दायरे से बाहर नहीं रख सकती।''

''यह 'कौड़ी गुलाब चन्द के कातिल होने से भी ज्यादा ऊंची है'–खैर, अगला प्रत्याशी?''

''अतर एन्ड फैमिली का कोई मेम्बर, विशेष रूप से मेरा शक कमल पर है।''

''इसीलिए न कि वे वारिस नम्बर दो हैं?''

''यह एक सशक्त वजह है।''

''बुन्दू-निक्कू तुम्हारे सन्देह से बाहर हैं?''

''सन्देह से बाहर मैं तब तक किसी को नहीं निकाल सकती जब तक कि मुजरिम पकड़ न लिया जाये–हां, इतना अवश्य कह सकती हूं कि बुन्दू-निक्कू के हत्यारा होने की सम्भावना सबसे कम है।''

''अगला प्रत्याशी?''

''रमन आहूजा।'' किरन कहती चली गई–''इस शख्स के हत्यारे होने की सम्भावनाएं काफी ज्यादा हैं–पहली बात ये कि हमले के तुरन्त बाद उससे हुई मुलाकात को मैं इत्तेफाक मानने के लिए तैयार नहीं हूं–दूसरी ये कि शेखर मल्होत्रा के 'फस्ट अप्रैल' प्लान की जानकारी उसे होने की सम्भावनाएं सबसे ज्यादा हैं।''

''अगला प्रत्याशी?''

''सुब्रत जैन या उसका बेटा जिसकी आयु इस वक्त पच्चीस साल होगी।''

''ये कहां से पैदा हो गए।''

''हमें नहीं भूलना याहिए कि सुब्रत जैन ने गुलाब चन्द और उनके सम्पूर्ण परिवार को खत्म करने की कसम खाई थी–यह जहर उसने अपने बेटे में भी भर दिया हो सकता है।''

''अगला प्रत्याशी?''

''मेरे ख्याल से......बस......लगभग सभी प्रमुख किरदारों पर हम गौर कर चुके हैं।''

बैरिस्टर साहब के होंठों पर व्यंग्यात्मक मुस्कान उभरी बोले–''तुम सबसे मुख्य किरदार को भूल गई।''

''किसे?''

''शेखर मल्होत्रा को।''

''और आप शेखर मल्होत्रा को भूल नहीं सकते।'' किरन के होंठों पर उनसे ज्यादा व्यंग्यात्मक मुस्कुराहट उभरी–इतने झमेले के बावजूद नहीं भूले।''

''इसलिए नहीं भूले क्योंकि अभी भी उसके हत्यारा होने की सम्भावनायें सबसे ज्यादा हैं।''

''वह कैसे?''

''हम तुम्हें एक कहानी सुनाते हैं।'' लम्बी सांस लेने ने बाद बैरिस्टर साहब ने कहना शुरू किया–''यूं मानकर चलो कि हत्यारा शेखर मल्होत्रा ही है–संगीता की ज़ुबानी उसे यह घटना मालूम थी कि एक बार जब वह चोर साबित हो चुकी थी तो तुम्हारे पास आई–पैरों में पड़कर रोई-गिड़गिड़ाई, कहा कि वह चोर नहीं है और तब तुम भावुक होकर उसे बेगुनाह साबित करने निकल पड़ीं–कहने का मतलब ये कि शेखर मल्होत्रा को तुम्हारा 'कैरेक्टर' मालूम था–वह जानता था कि तुम भावुक हो और अगर कोई तुमसे प्रभावशाली ढंग से कहे कि वह बेगुनाह है तो तुम उसे बेगुनाह मान लेती हो–तो वह ठीक संगीता की-सी तर्ज पर तुम्हें फंसाने ऑफिस में आया।''

''आप तो बड़ी ऊंची उड़ान भर रहे हैं पापा!''

''टोको मत, सुनती रहो किरन–तुम उसके जाल में फंस गई यानि रि-इन्वेस्टीशन करने निकल पड़ी। तुम्हारे दिमाग में बस बैठाने के लिए कि तुम्हारे रि-इन्वेस्टीगेशन पर निकल पड़ने से 'असली हत्यारे' के पेट में दर्द शुरू हो गया है, उसने किराये के आदमियों द्वारा अम्बेडकर मार्ग पर हमला करवाया–तुम्हारे शेखर की कोठी पर पहुंचने और अतर एन्ड फैमिली के सामने यह कहने से उनमें खलबली मचनी ही

थी कि तुम शेखर को बेगुनाह साबित करने के अभियान पर निकली हो–इसलिए नहीं कि संगीता की हत्या से उसका कोई सम्बन्ध है बल्कि इसलिए कि अगर शेखर बेगुनाह साबित हो गया तो जो दौलत भगवान ने उन्हें छप्पर फाड़कर दी है वह हाथ से निकल जाएगी–इत्तेफाक से उनकी बातें बुन्दू ने सुन ली और तुम्हें आकर बता दीं–तुम उनसे बात करने कोठी के ड्राइंग हॉल में गई–वहां शेखर ने अपने किसी राजदार अथवा मददगार द्वारा पहले ही गुलाब चन्द की लाश वाला ड्रामा 'स्टेज' कर रखा था जो बुन्दू की गर्दन दबाने की नाकाम कोशिश के साथ तुम तक लाया गया–पुलिस की मदद से तुम स्टडी का दरवाजा तोड़कर तहखाने तक पहुंची जहां तुम्हें दिखाने के लिए शेखर ने पहले ही रधिया का कत्ल करके लाश डाल रखी थी और ऐसे सबूत छोड़े हुए थे कि जिन्हें तुम आसानी से पकड़ लो–शेखर ने तुम्हें संगीता के काल्पनिक हत्यारे का वही 'कद' बताया जो कि उसने रधिया के हत्यारे का तहखाने में 'प्लांट' किया था–यहां तुम्हें पूरा यकीन हो गया कि हत्यारा शेखर मल्होत्रा नहीं है–यही वह चाहता था–इतना समझदार वह है कि यह समझ सके कि तुम कब क्या सोचोगी और क्या 'स्टेप लोगी' यानि वह जानता था कि रधिया की मौत के बाद तुम उसके कमरे की तलाशी ले सकती हो–सो, वहां मिस्टर राय के फोटो और चिट्ठियों का लिफाफा प्लांट कर दिया यानि जिन फोटो और चिट्ठियों के बूते पर वह मिस्टर राय को ब्लैकमेल किया करता था उनका इस्तेमाल अब उसने तुम्हारा ध्यान मिस्टर राय पर केन्द्रित करने में किया–जिस सवाल की तुमने इतनी हाय-तौबा मचा रखी है उसका जवाब बड़ा सीधा-सा है, यह कि रधिया को थाने का नम्बर इसलिए मालूम था क्योंकि गहने चोरी होने के बाद संगीता अक्सर अक्षय से फोन पर बात करती थी और उसके

लिए नम्बर मिलाती थी रधिया—यहीं हम यह भी कहेंगे कि गहनों का चोर भी कोई नहीं बल्कि खुद शेखर मल्होत्रा ही था, इसलिए अक्षय आज तक चोर को पकड़ नहीं पाया—सुब्रत जैन से जुड़ी कहानी भी उसने तुम्हें बुरी तरह उलझाने के लिए सुनाई—वह यह भी जानता था कि लंदन में संगीता को चोरी के इल्जाम में पकड़वाने वाला रमन आहूजा ही है और अच्छी तरह जानता था कि उसे पहचानते ही तुम्हारे दिमाग पर क्या प्रतिक्रिया होगी—उस प्रतिक्रिया को होने देने के लिए वह तुम्हें वहां ले गया—अम्बेडकर मार्ग पर रमन आहूजा का तुम्हें मिलना इसलिए इत्तेफाक नहीं था क्योंकि शेखर मल्होत्रा जानता था कि उसकी फैक्ट्री का लंच टाइम क्या है और रमन आहूजा वहां से लगभग कितने बजे गुजरेगा—अपने किराये के गुन्डों से शेखर ने हमला ठीक उसी समय कराया जबकि वहां से रमन आहूजा को गुजरना था—सोचा तो शेखर ने यही होगा कि तुम रमन को वहीं पहचान जाओगी मगर इत्तेफाक से वैसा न होकर रमन आहूजा के फ्लैट पर हुआ—मिस्टर राय की कोठी से बस द्वारा यहां आते वक्त तुमने शेखर के सामने ही लिफाफा पिंडली पर लगाया होगा—सो, उसे मालूम था कि पर्स में कुछ नहीं है मगर अपने आदमी भेजकर उसने तुम पर यह जता दिया कि अपराधी फोटो और चिट्ठियां हासिल करने के लिए मरा जा रहा है—अपनी इस हरकत से उसने अपने दो उल्लू सीधे किये—पहला यह कि तुम यह सोचने लगी कि अगर हत्यारा शेखर होता तो उन फोटो और चिट्ठयों को तुम्हारे चंगुल से निकालने की कोशिश क्यों करता जिनसे तुम अब तक के मुकदमे की कार्यवाही निरस्त करा दोगी—दूसरा ये कि तुम्हारे दिमाग में यह सब ठूंसने के बावजूद मुकदमे को निरस्त कराने का मसला तुम्हारे पास पहुंचा ही दिया—तात्पर्य ये कि तुम्हारे दिमाग को विभिन्न किरदारों में उलझाकर वह खुद को

तुम्हारे जरिए एक ऐसे केस से निकाल लेना चाहता है जिसमें गर्दन तक फंस चुका था।''

''वैरी गुड पापा, वैरी गुड!'' किरन इस बार व्यंग्य से केवल मुस्कुराई ही नहीं बल्कि ताली बजा उठी–''अपनी बेटी को तो आपने दिमाग से बिल्कुल ही पैदल साबित कर दिया–आपको तो हर तरफ शेखर मल्होत्रा ही शेखर मल्होत्रा नजर आ रहा है, मैं जो कर रही हूं वह शेखर मल्होत्रा ही करा रहा है–जो सोच रही हूं वह भी शेखर मल्होत्रा सुचवा रहा है–आपकी इस कहानी का तो सीधा-साधा मतलब यह निकला कि किरन अग्निहोत्री न अपने दिमाग से कुछ कर रही है, न सोच रही है–अगर किसी को अपने विचारों पर दृढ़ रहना सीखना हो तो वह आपसे मिले–आपने एक बार जिसे मुजरिम मान लिया, सो मान लिया, आप उसके फेवर में कोई दलील सुनने तक की गुंजाइश अपने दिमाग में नहीं रखते मगर।''

''मगर?''

''संगीता मर्डर केस की रि-इन्वेस्टीगेशन के पीछे मेरा मकसद केवल शेखर मल्होत्रा को बेगुनाह साबित करना नहीं बल्कि चक्रव्यूह के पीछे छुपे असली हत्यारे को बेनकाब करके सामने लाना है और जो बात मैं आज नहीं समझा पा रही हूं वह बात आपको उस दिन समझा दूंगी जिस दिन असली मुजरिम को कानून के हवाले करूंगी।''

बैरिस्टर साहब कुछ कहना ही चाहते थे कि फोन की घन्टी घनघना उठी।

विश्वनाथ ने रिसीवर उठाया और कहा–''बैरिस्टर विश्वनाथ हियर।''

''इंस्पेक्टर अक्षय बोल रहा हूं।'' दूसरी तरफ से कहा गया–''क्या किरन जी घर पर हैं?''

‘‘हां, बोलो क्या बात है?’’

और फिर!

जो दूसरी तरफ से कहा गया उसे सुनकर बैरिस्टर साहब उछल पड़े बोले–‘‘क-क्या....कब हुआ ये, कहां और कैसे हुआ, क्या हमलावर पकड़े गये?’’

‘‘दूसरी तरफ से उसके सभी सवालों का जवाब मिला।

किरन ने तब पूछा जबकि रिसीवर क्रेडिल पर रख चुके–‘‘क्या हुआ पापा?’’

‘‘इंस्पेक्टर अक्षय का फोन था–शेखर मल्होत्रा पर उसकी कोठी के ठीक बाहर उस वक्त हमला हुआ जब वह बस स्टॉप से कोठी की तरफ जा रहा था–बकौल अक्षय के हमलावर बिना नम्बर प्लेट वाली काली एम्बेसेडर में सवार थे और मल्होत्रा का बयान ये है कि वे उससे किन्हीं फोटो और चिट्ठियों का पता पूछ रहे थे।’’

चिंतित किरन ने सवाल किया–‘‘इस वक्त शेखर कहां है?’’

‘‘अस्पताल में।’’

किरन के होंठों पर जहर बुझी व्यंग्यात्मक मुस्कुराहट नाच उठी–‘‘आप थोड़ा गलत बोल गए पापा।’’

‘‘क-क्या?’’

‘‘आपको यह कहना चाहिए था कि शेखर मल्होत्रा ने अपने किराये के गुन्डों से खुद को इसलिए जख्मी करा लिया ताकि किरन अग्निहोत्री यह सोचे कि वे गुन्डे भला उसके कैसे हो सकते हैं।’’

बैरिस्टर साहब सकपकाकर रह गए।

किरन तेज कदमों के साथ ड्राइंगरूम-कम-डायनिंग हॉल से बाहर निकल गई।

“अरे!” बैरिस्टर साहब चौंके–“रात के इस वक्त तुम कहां चल दीं?”

“अस्पताल।” किरन ने संक्षिप्त जवाब दिया।

“दिमाग खराब हो गया है क्या?” बैरिस्टर साहब बिगड़ गए–“ये कोई टाइम है कहीं जाने का और उस पर भी तब जबकि आज ही आज में तुम पर दो हमले हो चुके हैं!”

एकाएक किरन उनके नजदीक आई, बोली–“आपको यकीन है न कि वे हमले मल्होत्रा ने कराए थे?”

“फिर?”

“तब तो आपको मेरे बाहर जाने से डरना ही नहीं चाहिए।”

“क्यों?”

“क्योंकि शेखर मल्होत्रा हमले चाहे जितने करवाए मरवा नहीं सकता मुझे, अगर मैं मर गई तो कोर्ट में अब तक हुई संगीता मर्डर केस की कार्यवाही को निरस्त कौन करायेगा, बेगुनाह कौन साबित करेगा उसे?”

बैरिस्टर साहब सकपका गए।

“मगर मैं आपसे इत्तेफाक नहीं रखती पापा, मैं ये समझती हूं कि हमलावर जो भी है वह ज्यादा परेशान होकर मुझे खत्म भी कर सकता है इसलिए आपकी सेफ से ये रिवॉल्वर निकाल कर अपने साथ ले जा रही हूं।” कहने के साथ उसने अपने दायें हाथ में मौजूद रिवॉल्वर उन्हें दिखाया।

किरन के भभकते चेहरे पर नजर पड़ते ही जाने क्यों बैरिस्टर साहब के सम्पूर्ण जिस्म में सनसनी-सी दौड़ गई, गुस्से को काबू करके बोले–“समझने की कोशिश करो बेटी तुम एक ऐसे चक्कर में उलझ गयी

हो जिसमें उलझने की तुम्हारी उम्र नहीं है–भूल जाओ इस चक्कर को, अपने दिमाग को इस सनक से आजाद कर लो।''

इस बार किरन के होंठों पर ही नहीं बल्कि सम्पूर्ण चेहरे पर व्यंग्यात्मक भाव फैल गए–आंखें जुगनुओं की मानिन्द चमक रही थीं, बैरिस्टर साहब के बेहद नजदीक पहुंचकर बोली वह–''मैं एक किरदार के बारे में नए सिरे से अपनी राय व्यक्त करना चाहती हूं पापा!''

''किसके बारे में?''

''किरदार नम्बर एक के बारे में, आपके बारे में।''

''प-पागल हो गयी हो क्या?''

''आप भी शुरू से वही चाहते हैं जो मुजरिम चाहता है–यह कि मैं इस मामले में दिलचस्पी न लूं, यह कि रि-इन्वेस्टीगेशन बंद कर दूं और यह कि मैं अपने कदम वापिस खींच लूं।''

''हम नहीं, एक बाप का दिल ऐसा चाहता है किरन।''

''बाप का दिल एक आड़ भी हो सकती है।'' किरन कहती चली गई–''मुझे इंक्वायरी करनी होगी कि कहीं मुजरिम बाप के दिल की आड़ तो नहीं ले रहा है–कम-से-कम आपसे मैंने ऐसी अपेक्षा नहीं की थी कि आप मुझे सच्चाई की खोज करने से रोकेंगे–आपसे तो सहयोग मिलने की उम्मीद थी मुझे और यह कहते हुए अफसोस हो रहा है कि इस मामले में आपकी हर गतिविधि मेरी उम्मीदों के एकदम विपरीत है।'' कहते ही वह एक झटके के साथ पलटी और ऊंची ऐड़ी वाली सैंडिल से 'खट......खट' करती दरवाजे की तरफ बढ़ गई।

अभी वह आधा ही रास्ता तय कर पाई थी कि बैरिस्टर विश्वनाथ ने कहा–''ठहरो किरन।''

किरन ठिठकी।

पलटी और बोली–''प्लीज पापा, अब मुझे रोकने की कोशिश न कीजिएगा क्योंकि चक्रव्यूह के मध्य में पहुंचकर अगर कोई शख्स हथियार डाल दे तो उसकी मौत निश्चित है।''

''हथियार हम डाल रहे हैं बेवकूफ लड़की।''

''क्या मतलब?''

''हमसे क्या सहयोग चाहती थीं तुम?'' बैरिस्टर साहब का रुख और लहजा बदला हुआ था।

किरन ने उन्हें ध्यान से देखा, कुछ देर अपने पापा के बदले रूख का सबब जानने की असफल चेष्टा करती रही और बोली–''मैं आपसे वैचारिक सहयोग चाहती थी, कि आप मुझे रोकें नहीं, बल्कि सच्चाई की खोज में आगे बढ़ने के लिए प्रेरित करें, मेरी पीठ ठोकें और जहां कहीं भटक रही होऊं वहां मुझे रास्ता दिखाएं, मार्ग दर्शन करें मेरा।''

''ठीक है, अब से हम वही करेंगे जो तुम चाहोगी?''

''यानि?''

''हम तुम्हारे साथ अस्पताल चल रहे हैं।'' कहने के साथ वे आगे बढ़े।'' किरन अपने पापा के इस निर्णय पर दंग रह गई और अभी वह इस बदले हुए निर्णय का कारण जानने की चेष्टा कर ही रही थी कि बैरिस्टर विश्वनाथ नजदीक पहुंचे, उसके कंधे पर स्नेह-भरा हाथ रखकर बोले–''चलो।''

वे चल दिए।

तीनों नौकर और सुलोचना देवी असमंजस में पड़े उन्हें जाता देखने के अलावा कुछ न कर सके और उस वक्त बैरिस्टर साहब गैरेज से गाड़ी निकाल रहे थे जब टैक्सी नम्बर यू वी एक्स 4889 कोठी के ठीक सामने रुकी।

किरन ने उसके ड्राइवर से बात की।

पिछली सीट के नीचे से अपनी चीज निकाली और बैरिस्टर साहब से ड्राइवर को पांच सौ रुपये दिलवाकर उसे विदा किया–कुछ देर बाद उनकी फियेट सूनी पड़ी सड़कों को रौंदती अस्पताल की तरफ भागी जा रही थी–कार ड्राइव करते बैरिस्टर साहब ने बगल में बैठी किरन से सवाल किया–''टैक्सी की पिछली सीट के पृष्ठ भाग में तुमने क्या छुपा रखा था?''

''संगीता की मां और राय अंकल के फोटुओं के निगेटिव्स।'' किरन ने बताया।

''ओह!''

''शायद ये फोटो कल मुझे साफ-साफ बता देंगे कि हत्यारा कौन है?''

''कैसे?''

''संगीता का कत्ल वैसे ही चाकू से हुआ है जैसा शेखर ने खरीदा था, अतः इस बात की बहुत ज्यादा सम्भावना है कि पहली अप्रैल वाले दिन शेखर के बाद इन्हीं किरदारों में से किसी ने शेखर जैसा चाकू खरीदा हो–अगर ऐसा हुआ होगा तो चाकू विक्रेता बता सकता है कि चाकू किसने खरीदा था।''

''वैरी गुड!'' बैरिस्टर साहब कह उठे–''काफी तेज चल रहा है तुम्हारा दिमाग।''

किरन ने पुनः व्यंग्य किया–''क्या हमारा समझौता नहीं हो गया है?''

बैरिस्टर साहब चुप रह गये।

गाड़ी में खामोशी छा गई थी।

लम्बी छाती जा रही खामोशी को पुनः बैरिस्टर साहब ने ही तोड़ा, बोले–''अन्यथा न लो तो एक बात कहें?''

“बोलिए।”

“रिवॉल्वर हमें दे दो।”

“क्यों?”

“चलाना तो दूर, रिवॉल्वर अपने हाथ में तुमने लिया ही पहली बार है और ऐसे शख्स के हाथ में रिवॉल्वर हो जो उसे चलाना न जानता हो तो रिवॉल्वर किसी और को नहीं बल्कि उसी को चोट पहुंचा सकता है जिसके हाथ में हो–किसी भी किस्म के खतरे का मुकाबला करने के लिए हम तुम्हारे साथ हैं, रिवॉल्वर चलाने की बाकायदा टे्निंग ली है हमने, अतः अगर हमारी जेब में रहे तो किसी भी किस्म के हमले के वक्त कारगर सिद्ध हो सकता है।”

किरन ने बिना किसी किस्म का विरोध किये रिवॉल्वर उनकी तरफ बढ़ा दिया।

⅄

“अभी तक चाकू वाले की दुकान क्यों नहीं खुली?” किरन ने चाकू विक्रेता के पड़ोसी से पूछा–“और–और तुम भी अपनी दुकान खोलते ही क्यों बन्द कर रहे हो?”

कपड़ा विक्रेता ने कहा–“आप देख नहीं रहे हैं कि सारा बाजार बन्द होता जा रहा है?”

“मगर क्यों?”

“अभी-अभी खबर आई है कि पिछली रात किसी ने चाकू विक्रेता की हत्या कर दी।”

“क्या?” किरन उछल पड़ी–“हत्या कर दी?”

“जी हां, बाजार इसीलिए बंद हो रहा है–सब लोग उसके घर जायेंगे।”

परन्तु!

कपड़ा विक्रेता के मुंह से निकलने वाला एक भी लफ्ज किरन के कानों तक नहीं पहुंच रहा था—कानों ही में नहीं बल्कि सम्पूर्ण दिमाग में सांय-सांय की एक ऐसी आवाज गूंज रही थी जैसे रेगिस्तानी तूफान से पैदा होती है।

क्या पिछली रात हुआ चाकू-विक्रेता का कत्ल महज एक इत्तेफाक है? क्या चाकू-विक्रेता का कत्ल करने की जरूरत संगीता के हत्यारे के अलावा किसी को थी?

क्या हत्यारा समझ गया था कि मैंने सबके फोटो क्यों मांगे हैं?

मेरी एक-एक एक्टिविटी पर नजर है उसकी—हजार आंखों से देख रहा है मुझे।

सभी के फोटो मिलने के साथ घर से निकलते वक्त आज किरन को जाने कैसे लगा था कि वह हत्यारे के चेहरे से वाकिफ हो जायेगी—खुद को विशेष रूप से संवारा और निखारा था, उसने—पीले घाघरे के ऊपरी भाग पर एक ऐसा लम्बा ब्लाउज पहना था जिसके ऊपरी भाग में चुनरी का डिजाइन बना हुआ था, पीले परिधान से मैच मिलाकर उसके सोने के दस्तबंद, सोने के बूंदे और सोने का लॉकिट कंठ में डाला था, एक-एक नाखून पॉलिस से निखारकर घर से निकली थी वह।

मगर इस वक्त!

बाजार में खड़ी किरन ऐसा महसूस कर रही थी कि हत्यारा जो भी है उसके सम्पूर्ण शरीर पर आंखें ही आंखें हैं और हर आंख उसे और सिर्फ उसी को घूर रही है—इस क्षण जाने क्यों उसे ऐसा भी महसूस हुआ कि चारों तरफ तने रिवॉल्वर भाड़ से मुंह फाड़े उसके जिस्म को घूर रहे हैं।

किरन ने घबराकर इधर-उधर देखा।

कहीं कोई आंख, कोई रिवॉल्वर नजर नहीं आया उसे।

मस्तक पर पसीना उभर आया था।

दिमाग में विचार कौंधा कि वह बेवजह नर्वस क्यों हो रही है?

आगे बढ़ गई।

एक टैक्सी ली और ड्राइवर को चाकू-विक्रेता के रेजिडैंस का वह एड्रेस बताया जो ऑफिस में पड़ी इस केस की फाइल में दर्ज था–टैक्सी ने गंतव्य की ओर यात्रा शुरू कर दी–किरन ने अपने दिमाग और आंखों को आराम देने के लिए पुश्त से टिकाकर नेत्र मूंद लिए।

पिछले दिन की सम्पूर्ण घटनायें फिल्म की मानिन्द जहन के पर्दे से गुजरने लगीं।

रात के करीब डेढ़ बजे वह और बैरिस्टर साहब शेखर मल्होत्रा के पास से लौटे थे–उसे काफी चोटें आई थीं मगर ऐसी कोई न थी जिसकी वजह से अस्पताल में एडमिट होता, अतः डॉक्टर ने पट्टियां आदि करने के बाद इस 'इंस्ट्रक्शन' के साथ विदाई दे दी थी कि एक-दो दिन आराम करे।

एकाएक किरन के दिमाग में विस्फोट की तरह यह विचार कौंधा कि यह बात केवल और केवल बैरिस्टर साहब को मालूम थी कि सभी किरदारों के फोटुओं के साथ वह चाकू-विक्रेता से मिलेगी।

किरन अचानक सीधी और सतर्क होकर सीट पर बैठ गई।

⅄

"अ-आप......आप यहां कैसे पहुंच गई?" इंस्पेक्टर अक्षय श्रीवास्तव ने चौंकते हुए पूछा।

किरन ने कहा–"इसका मतलब 'यह' इलाका भी आप ही के

थाने के क्षेत्र में आता है?''

''हां, मगर–।''

''मगर?''

''मैं आपकी यहां मौजूदगी का सबब नहीं समझ पा रहा हूं।''

''यह हत्या भी संगीता हत्याकांड के सिलसिले में हो रही हत्याओं का एक हिस्सा है।''

''क्या यह बात आप सिर्फ इसलिए कह रही हैं क्योंकि मरने वाला संगीता हत्याकांड के मुकदमे से कनैक्टिड था?

''नहीं–।'' किरन ने दृढ़तापूर्वक कहा–''चाकू-विक्रेता की हत्या का कारण भी लगभग वही है जो रधिया की हत्या का था यानि इस बेचारे को इसलिए मारना पड़ा क्योंकि यह मुझे हत्यारे के बारे में बता सकता था, बल्कि अगर यह कहा जाए तो गलत न होगा कि अपने बयान से यह हत्यारे के चेहरे पर चढ़ा नकाब नोंच सकता था।''

''मैं समझा नहीं कि आप कहना क्या चाहती हैं?''

''आपको याद होगा कि कल मैंने सभी लोगों के फोटो मांगे थे?''

''हां।'' अक्षय श्रीवास्तव ने कहा–''अपना फोटो आज सुबह मैंने एक सिपाही के हाथ भेजा था, आपको मिल गया होगा?''

एकाएक किरन ने उसे गहरी नजरों से घूरते हुए प्रश्न किया–''क्या आपको मालूम था कि मैंने सबके फोटो क्यों मांगे थे?''

''म-मुझे क्या मालूम?'' अक्षय श्रीवास्तव सकपका उठा–''म-मैंने तो इस बारे में सोचा तक नहीं।''

''नहीं सोचा तो अब सोचिये।'' उसके चेहरे पर आंखें टिकाये किरन अपने एक-एक शब्द पर जोर देती कहती चली गई–''सबके फोटो मैंने क्यों मांगे होंगे, मेरे लिए क्या 'यूज' रहा होगा उनका?''

इंस्पेक्टर अक्षय श्रीवास्तव ने ऐसी मुद्रा बनाई जैसे कुछ सोचने का

प्रयत्न कर रहा हो, कुछ देर बाद बोला–''मैं कुछ समझ नहीं पा रहा हूं, जाने आपने फोटो क्यों मांगे थे?''

किरन की आंखें 'शून्य' में तब्दील होकर उसके चेहरे पर गड़ीं और बोली–''आप वाकई नहीं समझ पा रहे हैं या समझने के बावजूद नासमझी का नाटक कर रहे हैं?''

''क-क्या मतलब?'' अक्षय श्रीवास्तव हड़बड़ा गया– ''मैं नासमझी का नाटक क्यों करूंगा!''

''अगर आप वाकई नहीं समझे तो मैं ये कहूंगी कि आप इंस्पेक्टर नहीं, घसियारे हैं।''

अक्षय श्रीवास्तव और ज्यादा सकपका गया।

किरन कहती चली गई–''सबके फोटो मैंने इसलिए लिए थे ताकि चाकू विक्रेता से पूछ सकूं कि शेखर मल्होत्रा के बाद उससे उसी दिन, वैसा ही दूसरा चाकू 'इनमें' से और किसने खरीदा था–यह मेरी तिकड़म थी यानि हत्यारे ने चाकू उससे खरीदा भी हो सकता था और नहीं भी–मगर मेरे पहुंचने से पहले ही इसे खत्म कर दिया गया–हत्यारे की इस हरकत से अगर ज्यादा नहीं तो तीन बातें सपष्ट हो जाती हैं।''

''क्या-क्या?''

''पहली यह है कि उसने चाकू इसी चाकू विक्रेता से खरीदा था–दूसरी यह है कि मेरे फोटो मांगते ही हत्यारा समझ गया कि मैं चाकू-विक्रेता से मिलूंगी और तीसरी तथा सबसे महत्वपूर्ण बात ये है कि हत्यारा उन्हीं में से कोई है जिसके मेरे पास फोटो हैं।''

''किस-किसके फोटो हैं आपके पास।''

किरन ने अपने लम्बे ब्लाउज की सामने वाली जेब से बैरिस्टर साहब, शहजाद राय, अक्षय श्रीवास्तव, गुलाब चन्द, संगीता, रमन, आहूजा, अतर, सुमित्रा, संगम, राकेश, कमल, बुन्दू और निक्कू के

फोटो निकाले तथा उन्हें 'प्लेइंग-कार्ड' की तरह फैलाकर उन्हें दिखाती हुई बोली–''चाकू-विक्रेता की मौत ने मुझे इस नतीजे पर पहुंचा दिया है कि मुझे केवल उन व्यक्तियों के बारे में सोचना है जिनके ये फोटो हैं, इनसे बाहर मुल्क में जो पचहत्तर करोड़ लोग हैं उनके बारे में सोचकर मुझे अपना दिमाग खराब करने की कोई जरूरत नहीं है।''

''म-मगर इसमें तो खुद तुम्हारे पापा शहजाद राय, गुलाब चन्द और संगीता के फोटो भी हैं।''

''तो क्या हुआ?'' किरन ने कहा–''इनमें से कोई भी हत्यारा क्यों नहीं हो सकता?''

इस बार इंस्पेक्टर कुछ बोला नहीं–हां, किरन की तरफ ऐसी नजरों से देखता अवश्य रहा जैसे उसे पूरा-पूरा विश्वास हो गया हो कि किरन 'क्रेक' हो चुकी है–फोटुओं को समेटकर वापस जेब में रखती हुई किरन ने पूछा–''चाकू-विक्रेता की हत्या किस हथियार से की गई है?''

''रिवॉल्वर से।''

''किस वक्त?''

''रात के ठीक दो बजकर पचपन मिनट पर मक्तूल की पत्नी, चार बच्चों और पड़ोसियों ने गोली चलने की आवाज सुनी–जिसने सुनी वह जाग गया–मक्तूल की पत्नी को लगा कि गोली उसके मकान की छत पर चली है–सो, वह भागकर छत पर पहुंची और चारपाई पर पड़ी अपने पति की लाश को देखकर दहाड़ें मार-मारकर रो पड़ी।''

''यानि चाकू-विक्रेता छत पर सोया हुआ था।''

''हां।''

''बीवी-बच्चे?''

''नीचे चौक में। अक्षय ने बताया–''मक्तूल की बीवी का कहना

है कि वह छत पर इसलिए नहीं सोती थी क्योंकि बच्चे वहीं सोते थे जहां वह सोती थी और छत पर बच्चों को सर्दी लगने का डर रहता था।''

''किसी ने किसी को भागते देखा?''

''नहीं।''

''क्या मैं लाश को देख सकती हूं?''

''देख तो सकती हैं मगर प्लीज, फिंगर प्रिन्ट्स विभाग वालों के आने से पूर्व लाश या उसके आस-पास की किसी वस्तु के साथ छेड़खानी न करें–मैंने पोस्टमार्टम और फिंगर प्रिन्ट्स वालों को फोन कर दिया है।''

''चलिए।'' किरन ने कहा।

और नब्बे गज में बने दो कमरों के छोटे से एक मंजिल मकान की 'दुबारी' से वे चौक में पहुंचे–मकान के बाहर काफी भीड़ जमा थी परन्तु दरवाजे पर तैनात पुलिस वाले किसी को अंदर नहीं घुसने दे रहे थे।

अंदर वाले कमरे में रोवा-राट मचा हुआ था।

चौक के एक कोने से शुरू होकर छत तक चले गए इतने कम चौड़े जीने पर अक्षय के पीछे चढ़ती किरन छत पर पहुंची जिसमें से एक समय में एक ही व्यक्ति गुजर सकता था।

छत पर तेज धूप खिली हुई थी।

टूटे बानों वाली ढीली चारपाई पर चाकू-विक्रेता की लाश पड़ी थी।

आंखे बंद किये।

मानो सो रहा हो।

गोली उसके मस्तक के दाईं तरफ, कनपटी के नजदीक यानि

करीब-करीब वहां मारी गई थी जहां के लोग अक्सर आत्महत्या के इरादे से मारते हैं–काफी बड़ा 'सुराख' नजर आ रहा था वहां और सुराख के चारों तरफ जम चुका था मकतूल का गाढ़ा लहू।

खून का रंग काला पड़ चुका था।

बहता रक्त उसके गाल से होकर दाढ़ी के बालों और चारपाई के 'बानों' को भिगोता छत पर गिरा था–इस वक्त सारा का सारा खून सूख चुका था और उस पर मक्खियां भिन्न-भिना रही थीं। भिनभिनाती मक्खियां मक्तूल की कनपटी पर बने गोली के सुराख के अन्दर तक घुसी हुई थीं।

लाश पर नजरें टिकाये किरन ने कहा–"हत्यारे को मालूम था कि गोली की आवाज लोगों को जगा देगी और उसे दूसरी गोली चलाने का अवसर नहीं मिलेगा इसलिए उसने पहले ही गोली ऐसे स्थान पर मारी कि मकतूल के मर जाने में किसी किस्म का सन्देह न रहे।"

"गोली मक्तूल की कनपटी से रिवॉल्वर की नाल को बिल्कुल सटाकर चलाई गई है क्योंकि गोली के सुराख के चारों तरफ बारूद के कण 'जमे हुए' साफ नजर आ रहे हैं।"

"ये 'फुट स्टेप्स' किसके हैं?" किरन ने कीचड़ द्वारा बिल्कुल साफ बने जूतों के निशानों की तरफ संकेत करके पूछा।

"सम्भावना तो यही है कि निशान हत्यारों के जूतों के होने चाहिए।"

"कमाल है?" किरन चारपाई से लेकर छत की छोटी-सी पिछली 'मुंडेर' तक स्पष्ट बने जूतों के निशानों को देखती हुई बोली–"हत्यारा अपने जूतों के इतने स्पष्ट निशान छोड़ गया।"

"मजबूरी थी उसकी।" अक्षय ने कहा–"यहां यानि मकान की छत पर पहुंचने का उसके पास सबसे आसान रास्ता मकान के पीछे

मौजूद वह अत्यंत संकरी गली थी जिसमें आसपास के सभी मकानों का पानी और मैल गिरता था तथा गली में इतनी कीचड़ है कि उससे बचकर कोई यहां पहुंच ही नहीं सकता।''

अक्षय की बात खत्म होते-होते किरन सूखी कीचड़ से बने फुट-स्टैप्स से खुद को बचाती छत की पिछली मुंडेर के नजदीक पहुंची, नीचे झांका–मुश्किल से एक मीटर चौड़ी और छत से केवल पन्द्रह फुट गहरी कीचड़ भरी गली थी वह–एक तरफ से दूसरी तरफ एक सड़क पर खुलती–दोनों तरफ बने मकानों के बंद, गन्दे पानी के पाइपों के मुंह गली में खुलते थे–चाकू विक्रेता के मकान के पाइप के साथ-साथ दीवार पर उन्हीं जूतों के निशान थे।

अच्छी तरह निरीक्षण करने के बाद पलटती हुई किरन ने कहा–''हत्यारा आया भी इधर ही से था और गोली मारने के बाद भाग भी इधर से ही गया।''

''जी हां।''

अपने हाथ की 'बिलांद' से फुट-स्टेप्स को नापने का प्रयत्न करती किरन ने अक्षय से सवाल किया–''क्या रधिया की गर्दन या तहखाने से मिले बल्ब पर से उठाये गये अंगुलियों के निशानों की रिपोर्ट आ गई है?''

''हां, मगर रिपोर्ट निराशाजनक है।''

''क्यों?''

''हत्यारे ने ग्लब्स पहन रखे थे।''

''ओह।'' किरन ने निराशाजनक अन्दाज में उसकी तरफ देखा।

⅄

पंचनामा होने के बाद लाश के पोस्टमार्टम के लिए रवाना होने तक

लंच टाइम हो गया और 'इंस्पेक्टर' अक्षय को विदा करके किरन लंच हेतु उसी इलाके के एक होटल में दाखिल हुई।

डायनिंग हॉल में ज्यादा भीड़ थी।

एक कोने की मेज पर जाकर तन्हा-सी बैठ गई वह तथा लंच के दरम्यान प्रत्येक पल संगीता मर्डर केस के बारे में सोचती रही—एक-एक किरदार जहन के पर्दे से गुजरता रहा, परन्तु किसी ठोस नतीजे पर न पहुंच सकी।

लंच के बाद 'कसाटा' का इन्तजार कर रही थी कि अचानक चौंक पड़ी।

बल्कि अगर यह कहा जाये तो गलत न होगा कि इस तरह उछल पड़ी जैसे सैकड़ों बिच्छुओं ने यूनियन बनाकर डंक मारा हो और उसके उछल पड़ने का कारण था शेखर मल्होत्रा।

हालांकि शेखर मल्होत्रा की हालत ऐसी कतई न थी कि वह चल-फिर न सकता हो, मगर डॉक्टर ने आराम की सलाह दी थी वह स्वयं भी सख्ती से, बिस्तर से न उठने के लिए कह कर आई थी।

मगर वह उसकी आंखों के सामने मौजूद था।

वहां मौजूद था जहां उसके होने की किरन कल्पना तक नहीं कर सकती थी।

उसके जिस्म पर इस वक्त एक ढीली-ढाली, आंखों को चुभने वाले चटक लाल रंग की शर्ट थी—अत्यन्त घिसी हुई 'जीन',गले में हरे रंग का ऐसा मफलर जिस पर काले रंग के सर्प बने हुए थे।

पैरों में मौजूद जूतों पर जैसे महीनों से पॉलिश नहीं हुई थी।

हॉल के दरवाजे पर खड़ा वह चारों तरफ खोजी दृष्टि से देख रहा था, किरन पर नजर पड़ते ही उसकी तरफ बढ़ गया—नजदीक पहुंचते-पहुंचते शेखर मल्होत्रा के होंठ मुस्कुराने के अन्दाज में फैल चुके थे।

किरन न मुस्कुरा पाई।

लगभग घुड़क पड़ी वह–''तुम इस वक्त यहां क्या कर रहे हो?''

''आप ही को ढूंढ रहा था।''

''क्यों?''

''लगता है कि आम लोगों की तरह आप भी धोखा खा रही है।''

''धोखा–कैसा?''

''आप मुझे शेखर मल्होत्रा समझ रही हैं न?''

''समझ रही हूं...मतलब?'' किरन उछल पड़ी–''त-तुम शेखर मल्होत्रा हो नहीं क्या?''

''मैं तो शेखर मल्होत्रा ही हूं मगर वह शेखर मल्होत्रा नहीं है जिसे आप शेखर मल्होत्रा समझती हैं।''

''क-क्या–क्या बक रहे हो तुम?'' आश्चर्य की पराकाष्ठा के कारण किरन के हलक से किल्ली सी निकल गई।

''वह मेरा जुड़वां भाई है, विनोद मल्होत्रा।''

''व-विनोद मल्होत्रा'' किरन की हैरानगी का कोई ठिकाना न था–''ज-जुड़वां भाई?''

''जी हां।''

''म-मगर ऐसा कैसे हो सकता है?'' किरन चीख-सी पड़ी–''असम्भव–नामुमकिन–हालांकि तो उसका कोई भाई ही नहीं है और अगर होता, तब भी दोनों की शक्ल इस हद तक नहीं मिल सकती–जुड़वां भाइयों में भी कोई-न-कोई फर्क जरूर होता है–कद, काठी, चेहरा-मोहरा......सब कुछ सेम-टु-सेम नहीं हो सकता।''

''यही तो आश्चर्य की बात है किरन जी, हम दोनों 'सेम' हैं–यहां तक कि आवाज भी मिलती है।''

बुरी तरह हैरान किरन ने कहा–''ल-लेकिन उसने तो नहीं बताया कि उसका कोई जुड़वां भाई है।''

''वह भला क्यों बताने लगा?'' कथित शेखर मल्होत्रा रहस्यमय ढंग से मुस्कुराया।

''क-क्यों......नहीं बतायेगा?''

''मेरे अस्तित्व तक को नकारता है वह।''

''मगर क्यों?'' सस्पैंस की ज्यादती के कारण किरन चीख पड़ी।

''आपकी इस छोटी क्यों के पीछे एक लम्बी कहानी छुपी है किरन जी–इतनी लम्बी कि मेरे पास उसे सुनाने का वक्त नहीं है।''

उसे घूरती हुई किरन गुर्राई–''अगर तुम यह सोच रहे हो कि मैं इस बकवास पर यकीन कर रही हूं तो तुम बड़े भुलावे में हो मिस्टर।''

''क्या मतलब?''

''जुड़वां की बात ही दूर तुम शेखर मल्होत्रा के भाई हो नहीं सकते।''

''पहली बात तो ये कि आप विनोद मल्होत्रा को बार-बार शेखर मल्होत्रा कह रही हैं और दूसरी ये कि अगर मैं उसका भाई नहीं हूं, तो क्या आप बता सकती हैं कि मेरी शक्ल उससे इतनी ज्यादा क्यों मिलती है कि आप अभी तक मेरी शक्ल और उसके बीच फर्क नहीं ढूंढ पाई हैं?''

''तुम्हारे कहने का मतलब यह है कि असली शेखर मल्होत्रा तुम हो और उसका नाम विनोद मल्होत्रा है जिसे सब लोग और मैं भी आज तक शेखर मल्होत्रा समझती रही हूं?''

''जी हां असलियत यही है।''

''और तुम उसके जुड़वा भाई हो?''

''निःसन्देह।''

''बैठो।'' किरन उसे बहुत ध्यान से देख रही थी।

वह मेज के पार, उसके सामने वाली कुर्सी पर बैठ गया।

तभी वेटर 'कटासा' ले आया।

किरन ने पूछा–''कसाटा लोगे?''

''नो थैंक्स।'' उसने सभ्य स्वर में कहा।

किरन अपने अंतरिक्ष में मंडराते दिमाग को काबू में करने की भरपूर चेष्टा कर रही थी–निश्चय नहीं कर पा रही थी कि यह मुजरिम की कोई नई चाल है अथवा यह शख्स शेखर मल्होत्रा का भाई है, हकीकत पता लगाने के मकसद से उसने सवाल किया–''कहां रहते हो तुम?''

''इस शहर में नहीं रहता।'' कथित शेखर मल्होत्रा ने जवाब दिया–''बल्कि अगर कहा जाये तो गलत न होगा कि चाहकर भी उस शहर में नहीं रह सकता जिसमें विनोद रहता है।''

''क्यों?''

''कभी विनोद ऐसा चाहता था और आज मैं नहीं चाहता।''

''पता नहीं तुम क्या कह रहे हो, मेरी समझ में कुछ नहीं आ रहा है।''

''अगर मेरी और विनोद की कहानी की 'डैफ्थ' में जायेंगी तो निश्चित रूप से दिमाग चकराकर रह जाएगा, अतः बेहतर यही होगा कि उसकी 'डैफ्थ' में घुसने की चेष्टा न करें और वह सुनें जो कहने आया हूं।''

''क्या कहना चाहते हो?''

''आप विनोद को बेगुनाह साबित करने के अपने मिशन से हाथ वापस खींच लें।''

''वाक्य सुनते ही किरन सम्भलकर बैठ गई, बोली–''क्यों?''

''क्योंकि वह आपको बेवकूफ बनाकर अपना उल्लू सीधा कर रहा है–क्योंकि वह एक नम्बर का धूर्त, हरामी, चालाक, खतरनाक,

लालची और क्रिमिनल है–क्योंकि वह आपकी दया और सहानुभूति का पात्र नहीं है, इसलिए नहीं क्योंकि उसने सचमुच संगीता की हत्या की है–गुलाब चन्द का हत्यारा भी वही है।''

''तुम अपने भाई के बारे में यह सब कह रहे हो?''

''हुंह, किसका भाई...कैसा भाई?'' नफरत से मुंह सिकोड़कर–''सच्चाई को मुझे इसलिए कुबूल करनी पड़ती है क्योंकि दुर्भाग्य से हमने एक ही कोख से जन्म लिया था–इसके अलावा हम दोनों के बीच भाई तो भाई, ऐसे सम्बन्ध भी नहीं हैं ज़ैसे दो अजनबियों के बीच होते हैं–मैं उसके लिए कलंक हूं और वह मेरे लिए–कभी वह मेरी शक्ल नहीं देखना चाहता था, आज मैं उसकी शक्ल नहीं देखना चाहता, उसकी हरचंद कोशिश यह है कि मुझे दुनिया से गारद कर दे और मेरा प्रयास भी यह है कि वह इस दुनिया से उठ जाये।''

''और इसलिए मुझसे यह कहने आये हो कि मैं उसकी मदद न करूं?'' किरन ने व्यंग्यात्मक स्वर में कहा।

उसने निःसंकोच स्वीकारा–''हां।''

चकित किरन ने कहा–''यानि मैं जानते-बूझते तुम्हारे कहने से उसकी मदद बंद कर दूं कि तुम उसे इस दुनिया से उठा देखना चाहते हो?''

कथित शेखर मल्होत्रा ने एक लम्बी और गहरी सांस ली बोला–''इसका मतलब है कि अपनी लम्बी कहानी के कुछ महत्वपूर्ण अंश मुझे सुनाने ही पड़ेंगे।''

''अगर जरूरी समझते हो तो सुनाओ।''

''सबसे पहली बात तो आप अपने दिमाग में यह बैठा लें कि मेरी जान विनोद मल्होत्रा की मुटठी में बंद है।''

''कैसे?''

‘‘वह मेरे जीवन का ऐसा रहस्य जानता है जिसे मरने के बाद भी ‘आम’ नहीं होने देना चाहूंगा क्योंकि अगर वह रहस्य लोगों को पता लग गया तो लोग मेरी लाश तक पर थूकेंगे, दुनिया का कोई भी शख्स मुझे कंधा देने के लिए तैयार नहीं होगा......और शायद गिद्ध भी मेरा मांस खाने से इंकार कर दें।’’

‘‘ऐसा क्या रहस्य है?’’

‘‘आप समझ सकती हैं कि उस रहस्य के बारे में मैं कुछ नहीं बता सकूंगा।’’

‘‘क्यों?’’

‘‘अगर बता सकता–अगर मुझे गंवारा होता कि वह रहस्य किसी को पता लगे तो विनोद से इतना डरने की जरूरत ही क्या थी–उसके जुल्म क्यों सहता मैं?’’

‘‘कैसे जुल्मों की बात कर रहे हो तुम?’’

‘‘अपनी बूढ़ी मां के हम दो बेटे थे–विनोद और मैं–विनोद शुरू से गुन्डागर्दी और आवारागर्दी किया करता था–चोरी, गिरहकटी और राहजनी उसके पेशे थे–शराब, जुआ और ऐय्याशी उसके शौक–मां उससे परेशान थी–मैं आगरा के कॉलिज में पढ़ा करता था।’’

‘‘त-तुम आगरा के कॉलिज में ‘तुम’ पढ़ते थे?’’

‘‘इसका मतलब विनोद ने आपसे यह कहा होगा कि पढ़ता ‘वह’ था?’’

‘‘हां।’’

‘‘तब तो उसने यह भी बताया होगा कि उसके दिल में संगीता के लिए उसी दिन से ‘मौन प्यार’ पल रहा था जिस दिन संगीता ने कॉलिज में एडमिशन लिया?’’

‘‘हां, यह सब उसने बताया है।’’

''इसका मतलब उसने कहानी तो सच्ची सुनाई है थोड़ी उलट-पलट करके।''

फीकी मुस्कान के साथ कथित शेखर मल्होत्रा ने कहा–''अब आप इस कहानी को संक्षेप में यूं समझ सकती हैं कि संगीता के साथ कॉलिज में 'मैं' पढ़ता था–उत्तेजित होकर नगर विधायक के बेटे से 'मैं' भिड़ा था–संगीता से मुहब्बत मुझे थी और जब ये सब बातें विनोद को पता लगी तो उसकी लार टपक पड़ी।''

''लार टपकने से क्या मतलब?''

''मेरी ज़ुबानी उसे पहले ही से पता था कि संगीता कितनी खूबसूरत है और यह भी कि वह एक करोड़पति सेठ की इकलौती बेटी है–जब मैंने बताया कि आज मैं संगीता के लिए नगर विधायक के बेटे से भिड़ गया तो उसके दिमाग में तुरन्त यह स्कीम कौंध गई कि वह शेखर मल्होत्रा बनकर न केवल खूबसूरत संगीता को हासिल कर सकता है बल्कि करोड़ों की सम्पत्ति का मालिक भी बन सकता है–अतः उसने तुरन्त घोषणा कर दी कि कल से मेरी जगह कॉलिज वह जायेगा–मैं सकपका गया–मगर उसकी मुट्ठी में मेरा रहस्य था उसने धमकी दी कि अगर मैंने वह नहीं किया जो वह चाहता है तो मेरे रहस्य को 'आम' कर देगा–मेरे छक्के छूट गए–तब, उसने बताया कि चार दिन पहले उसने एक पेट्रोल पम्प लूटा है–हालांकि किसी को भनक तक नहीं है कि लुटेरा वह है मगर 'मुझे' खुद को विनोद मल्होत्रा के रूप में पुलिस के समक्ष प्रस्तुत कर देना है, पुलिस मुझे साल दो-साल के लिए जेल भेज देगी–विनोद का यह प्रस्ताव सुनकर मैं दहल उठा–उसके पैरों में पड़कर गिड़गिड़ाने लगा–बार-बार रिक्वेस्ट की कि मुझे जेल मत भेजो–तब, उसने मुझसे कहा–ऐसे बीज तू बो चुका है कि उसे फंसाने में मुझे दिक्कत पेश नहीं आयेगी, लेकिन अगर तू इस शहर में रहा तो

संगीता को भी हकीकत पता लग सकती है और ऐसा न हो, इसके लिए जरूरी है कि तू इस शहर से हमेशा के लिए दफा हो जा।''

''म-मगर।'' मैंने कहा–''मेरे गायब होने पर मां क्या कहेगी?''

''उसे यह पता नहीं लगेगा कि शेखर गायब हुआ है बल्कि यह पता लगेगा कि विनोद गायब है और तू जानता है कि उसे शेखर मल्होत्रा की परवाह है, विनोद की नहीं–विनोद के लिए तो वह चाहती ही यह है कि वह कहीं दफा हो जाए।''

''ल-लेकिन......!'' मैंने प्रतिरोध करना चाहा, कठोर स्वर में उसने मेरी बात काट दी–''मां की आंखों में मोतियाबिंद उतर आया है–जब तक हम अपने नाम न बतायें तब तक वह स्वयं नहीं जान पाती कि सामने शेखर खड़ा है या विनोद–अतः फिक्र मत कर–मां को यकीन दिला दूंगा कि शेखर ही हूं और जो गायब हुआ है वह विनोद था जिसके दिमाग पर हीरो बनने का भूत सवार था अतः मुम्बई भाग गया होगा।''

मेरे मुंह से बोल न फूटा।

उसकी मुट्ठी में कैद रहस्य के कारण मैं उसकी हर बात मानने के लिए मजबूर था।

''उसने धमकी दी कि मैं उस शहर में कभी कदम न रखूं जिसमें वह हो–ऐसा वह इसलिए चाहता था कि संगीता पर यह 'राज' कभी न खुल सके कि जिसे शेखर समझ रही थी वह विनोद है, उसका हुक्म मानने के अलावा मेरे पास कोई चारा न था–सो मैं हमेशा के लिए अपनी मां को छोड़कर चला गया।''

''कहां चले गए?''

''बहुत लम्बी कहानी है किरन जी, जाने कहां-कहां धक्के खाएं हैं मैंने, मगर उन धक्कों के बारे में जानने से–आपको कोई लाभ नहीं

होगा–आपको लाभ होगा शेखर मल्होत्रा बने विनोद मल्होत्रा की कहानी जानने से–और वह कहानी ये है कि अगले दिन विनोद 'मैं' अर्थात् शेखर बनकर कॉलिज गया–वहां नगर विधायक के बेटे और उसके चमचों ने जमकर उसकी ठुकाई की–यह ठुकाई ही थी जिसकी वजह से संगीता मेरे भुलावे में उसकी गोद में जा गिरी–विनोद ने उस दिन जो खुद को 'शेखर' के रूप में स्थापित किया तो आज तक किये हुए है और असली शेखर मल्होत्रा यानि मैं दर-दर की ठोकरें खा रहा हूं।''

किरन का दिमाग चकरघिन्नी की तरह घूमकर रह गया था।

''उसके 'हुक्म' के एक हफ्ते बाद तक मैं आगरे में ही रहा था–यह अलग बात है कि खुद तो प्रकट नहीं किया, कर भी नहीं सकता था–विनोद के जरिए अपना रहस्य खुल जाने का खौफ जो था। मगर मैंने अपने प्यार को, अपनी संगीता को, उसकी झोली में गिरते उसके षड्यंत्र में फंसते अपनी आंखों से देखा था और फिर......उस मंजर को मैं एक हफ्ते से ज्यादा न देख सका तथा खून के आंसू रोता चुपचाप आगरे से विदा हो गया–शहर दर शहर भटकता रहा और उन दिनों सहारनपुर में था जब अखबार में संगीता के मर्डर और विनोद की गिरफ्तारी के बारे में पढ़ा–मुझे बेहद खुशी हुई, यह सोचकर झूम उठा कि विनोद की शैतानियत का प्याला भर चुका है और अब उसे सजा हो जायेगी–सजा के साथ ही दफन हो जाएगा वह रहस्य जिसकी वजह से मुझे वनवास भोगना पड़ रहा है, सारा मामला क्या है और शेखर बने विनोद को संगीता की हत्या के जुर्म में क्या सजा होगी–यह सब जानने की उत्सुकता मुझे इस शहर में तो नहीं परन्तु इस शहर से केवल बीस किलोमीटर दूर एक छोटे कस्बे तक जरूर ले आई–गुप्त रूप से और किराये के आदमियों द्वारा मैंने उस पर चल रहे मुकदमे की पूर्ण जानकारी रखी है।''

''क्या किराये के आदमी तुम्हें और उसे देखकर चकराते नहीं हैं जिसको माना तुम्हारे मुताबिक विनोद मल्होत्रा है?''

''किराये के आदमियों ने कभी मेरी शक्ल नहीं देखी, मैं उनके सामने चेहरे पर नकाब डालकर आता हूं।''

''ओह!''

''कल सुबह तक मैं बेहद खुश था–जिस तरह सबको यकीन था कि विनोद 'शेखर' को फांसी से कम सजा न होगी, उसी तरह मुझे भी यकीन था और मैं खुशी-खुशी उस शुभ दिन की प्रतीक्षा कर रहा था जिस दिन विनोद के साथ मेरा रहस्य हमेशा के लिए दफन हो जाएगा परन्तु आज सुबह–उस वक्त इस शहर में स्थित मेरे आदमी ने फोन पर सूचना दी कि आप उसे बेगुनाह साबित करने निकल पड़ी हैं और इतना सुनते ही मेरे हाथों के तोते उड़ गये–आपसे रिक्वेस्ट करने दौड़ा चला आया कि प्लीज, आप उसे बेगुनाह साबित करने के फेर में न पड़ें।''

''अगर वह बेगुनाह है तो मुझे उसे बेगुनाह साबित क्यों नहीं करना चाहिए?''

''वह बेगुनाह नहीं है किरन जी, संगीता का हत्यारा वही है।''

''तुम कैसे कह सकते हो?''

''म-मेरे पास सबूत है।''

''कैसा सबूत?''

''एक 'वीडियो फिल्म'–ऐसी 'वीडियो फिल्म' जिसे देखने के बाद आपको इस बात में कोई संदेह नहीं रह जाएगा कि हत्यारा वही है–फिल्म में वह स्पष्ट रूप से हत्या करता हुआ नौकरों द्वारा पकड़ा जाता दिखता है।''

चकित किरन ने पूछा–''अगर कोई ऐसी फिल्म है तो तुमने उसे कोर्ट में पेश क्यों नहीं किया?''

''जरूरत भी नहीं पड़ी और......और...।''

''और?''

''उसे कोर्ट में पेश करने वाले के सामने बहुत-सी अड़चनें आयेंगी।''

''जैसे?''

''यह पूछा जाएगा कि फिल्म कैसे तैयार हुई और पेश करने वाले के पास कहां से आई?''

''क्या तुम इन सवालों का जवाब नहीं दे सकते?''

''नहीं।''

''क्यों?''

''पहली बात ये है कि इन सवालों के मेरे पास जवाब हैं ही नहीं जिनसे कोर्ट सन्तुष्ट हो सके–दूसरे ये कि कम-से-कम मैं तो तब तक खुलकर सामने आ ही नहीं सकता जब तक कि विनोद इस दुनिया में है।''

''ऐसा क्यों?''

''जब तक संगीता जीवित थी तब तक विनोद ने कभी नहीं चाहा कि मैं उसकी परछाई के आस-पास नजर आऊं–मेरी याद तक नहीं आई उसे और फिर तब......जबकि संगीता की हत्या के जुर्म में एक बार पकड़ा जाने के बाद जमानत पर छूटा–उसने जोर-शोर से मेरी खोज शुरू कराई–उसकी 'मंशा' संगीता की हत्या के जुर्म में अपनी जगह मुझे फांसी पर चढ़वा देने की थी–मैं घबरा गया। घबराकर खुद को और ज्यादा छिपा लिया मैंने–आज तक छुपाये हुए हूं, अगर आज भी वह मेरे सामने आ जाए और मेरे रहस्य को खोलने की धमकी देकर कहे कि मुझे उसके स्थान पर फांसी के फंदे पर झूलना है तो यह सच है किरन जी कि मेरे सामने उसका हुक्म मान लेने के अलावा

कोई रास्ता न बचेगा इसलिए उसके जीते-जी मैं खुद को प्रकट नहीं कर सकता।''

''मगर मेरे सामने तो तुमने खुद को प्रकट कर दिया है।''

''मजबूर होकर, इस उम्मीद के साथ कि हकीकत जान लेने के बाद आप उसकी कोई मदद नहीं करेंगी और न ही मुझसे हुई मुलाकात का जिक्र करेंगी, मजबूरी यह थी कि मेरे आदमियों ने सूचना दी कि अगर मैंने आपको विश्वास न दिला दिया कि हत्यारा विनोद ही है तो आप उसे बेगुनाह साबित कर देंगी–इस शहर में घुसने की हिम्मत इसलिए पड़ गई क्योंकि मेरे आदमियों की सूचना के मुताबिक विनोद जख्मी हालत में अपनी कोठी पर पड़ा है।''

''तुम्हें कैसे पता लगा कि मैं इस वक्त यहां हूं?''

''मेरे आदमियों ने बताया।''

''इसका मतलब वे मुझ पर नजर रखे हुए थे?''

''जी हां।''

किरन को इल्म हुआ कि उसका यह अहसास कितना सही था कि कुछ रहस्यमय आंखें हर पल उसे घूर रही हैं–कुछ देर तक कथित शेखर मल्होत्रा को घूरती रहने के बाद वह बोली–''वीडियो फिल्म का क्या चक्कर है?''

''मैं नहीं जानता कि वह किसने, कब, कैसे और क्यों तैयार की–बस, इतना जानता हूं कि कैसिट मैंने सैकड़ों बार देखी है और उसे देखने क बाद इस बारे में आपको कोई शक नहीं रह जायेगा कि हत्यारा विनोद ही है।''

''तुम पर कहां से आई?''

''जिन दिनों विनोद जमानत पर था उन दिनों मैं इस मकसद के साथ उस पर बराबर नजर रखे हुए था कि अगर वह अपने बचाव का

कोई प्रपंच रचे तो मैं उसे नाकाम कर दूं–ऐसी ही एक रात में मैं उस कोठी के पिछवाड़े टहल रहा था कि एक रहस्यमय नकाबपोश ने झाड़ियों में खींच लिया–अभी कुछ समझ भी नहीं पाया था कि सिर के पिछले हिस्से पर उसने रिवॉल्वर के दस्ते का वार किया–मैं बेहोश हो गया। होश आया तो खुद को एक ऐसे कमरे में पाया जहां वी. सी. आर. की मदद से टी. वी. पर एक फिल्म चल रही थी–यह फिल्म संगीता के मर्डर की थी–फिल्म के खत्म होते ही टी. वी. और वी. सी. आर. ऑफ हो गए तथा कमरे की लाईट ऑन होते ही मैंने सामने खड़े नकाबपोश को देखा–जो बातें उसने कीं उनका लब्बो-लुबाब यह निकला कि वह मुझे विनोद शेखर समझ रहा था तथा ब्लैकमेल करता हुआ फिल्म के पचास हजार रुपये मांग रहा था–मेरे पास पचास हजार नहीं थे, किन्तु दिमाग में यह बात समा चुकी थी कि अगर इस फिल्म को कब्जा लूं तो विनोद चाहे जैसा प्रपंच रच ले मगर मैं उसे फांसी से कम सजा नहीं होने दूंगा और तब, मैंने ब्लैक-मेलर को इसी भुलावे में रखा कि मैं वही हूं जो वह सोच रहा है तथा मौका लगते ही उससे भिड़ गया–मेरी उसकी उठा-पटक के परिणामस्वरूप वह बेहोश हो गया और कैसेट कब्जाये मैं सिर पर पैर रखकर भागा।''

''इस वक्त कैसेट कहां है?'' किरन ने सीधा सवाल किया।

''मेरी जेब में मौजूद है।''

''लाओ।''

''स-सॉरी किरन जी।'' वह मानो गिड़गिड़ाया–''कैसेट मैं आपको दे नहीं सकता–हां, दिखा सकता हूं।''

''यहां कैसे दिखाओगे?''

''आप यहां करीब डेढ़ घन्टे से बैठी हैं–लंच लिया है आपने जबकि फोन द्वारा मुझे आपके इस होटल में दाखिल होते ही सूचना

मिल गई थी–मैंने तुरन्त अपने आदमी को एक कमरा लेने का आदेश भी दे दिया था–शायद आप जानती होंगी कि इस होटल के प्रत्येक कमरे में कलर टी. वी. मौजूद है तथा पोर्टेबल वी. सी. पी. कमरा लेने के बाद मेरे आदमी ने वहां पहुंचा दिया है।''

किरन ने गहरी नजरों से घूरते हुए कहा–''पूरी तैयारियां हैं?''

''मालूम था कि मेरी बातों पर आप तब तक यकीन नहीं करेंगी, जब तक कैसेट नहीं देख लेंगी और मैं आपको कैसिट दे नहीं सकता तथा न ही आपको वहां ले जा सकता हूं जहां रहता हूं, तब, मैंने सोचा कि सबसे 'ईजी' यही रहेगा कि एक दिन का किराया देकर इसी होटल का कोई कमरा इस्तेमाल कर लिया जाये।''

''किस नम्बर का कमरा मिला है तुम्हें?''

कथित शेखर मल्होत्रा ने जेब से चाबी निकाली और होटल के 'की-रिंग' पर लिखा नम्बर पढ़ा–''चार सौ बासठ।''

''यह कमरा मेरे यहां बैठे-बैठे किराये पर लिया गया है?''

''जी हां।''

किरन असमंजस में पड़ गई।

निश्चय न कर पा रही थी कि कथित शेखर मल्होत्रा जो कह रहा है वह सच है अथवा मुजरिम ने यह खूबसूरत चाल उसे भ्रमित करने या भुलावे में डालने के लिए चली है?

क्या उसे इस व्यक्ति के साथ कमरा नम्बर चार सौ बासठ में जाना चाहिए?

कहीं यह षड्यंत्र तो नहीं है?

अगर षड्यंत्र है तो सामने बैठा शख्स कहां से आ गया–इसकी शक्ल शेखर मल्होत्रा से हू-ब-हू क्यों और कैसे मिलती है? एकाएक किरन के जहन में विचार उठा कि अगर इस तरह डरेगी तो क्या

रि-इन्वेस्टीगेशन करेगी और क्या रहस्य तथा अपराधी का पर्दाफाश करेगी?

हौंसला रखकर उसे दिलेरी से काम लेना चाहिए।

एक झटके से कहा उसने–''चलो।''

⅄

किरन ने महसूस किया कि उसके मुंह से हल्की-हल्की कराह निकल रही थीं।

सिर के पिछले हिस्से में अभी तक तीव्र पीड़ा थी।

समझ गई कि चेतना लौट रही है– कोशिश के बावजूद नेत्र न खोल सकी, दिमाग की नसों ने ठीक से काम करना शुरू किया ही था कि कानों में आवाज पड़ी–''और अब आप मुझे मेरा बेटा लौटा दीजिए न...।''

''खामोश!'' किसी गुर्राहटदार आवाज के मालिक ने जोर से चीखकर पहले बोलने वाले का वाक्य काटा और फिर गुर्राता हुआ बोला–''यहां तुम मेरा नाम नहीं लोगे सिर्फ 'बॉस' कहोगे मुझे।''

''स-सॉरी।'' यह आवाज शेखर मल्होत्रा की थी, डरा हुआ और गिड़गिड़ाता-सा–''म-मैं यह कह रहा था कि मैंने आपका काम कर दिया, ठीक उसी तरह जैसे आपने मुझे बताया था–मैंने 'इसे' वही कहानी सुनाई जो आपने कही थी और उसके परिणामस्वरूप यह आपके कब्जे में है अब मुझे मेरा बेटा लौटा दीजिये ताकि उसे लेकर बड़ौदा लौट जाऊं।''

''अभी नहीं गिरधारी लाल!'' गुर्राहटदार आवाज गूंजी–''अभी तो तुमसे बहुत काम लेने हैं–तुम्हारी शक्ल और आवाज बड़ी जालिम है, हमारे बहुत काम की है ये–तुम्हारी मदद से शेखर मल्होत्रा और

उसके शुभचिन्तकों को ऐसे खेल दिखा सकते हैं कि वे बेचारे समझ तक नहीं पायेंगे कि कहां क्या और क्यों हो रहा है?''

किरन ने जबड़े भींच लिए, मुंह से निकलने वाली कराहों पर अंकुश पाया।

उधर, शेखर मल्होत्रा की आवाज कानों में पड़ी–''म-मगर आपने तो कहा था कि अगर मैं यह काम कर दूंगा तो मेरा बेटा लौटा देंगे और बड़ौदा जाने देंगे।''

रोकते-रोकते किरन के मुंह से कराह निकल गयी।

''चुप रहो!'' गुर्राहटदार आवाज गूंजी–''इसे होश आ रहा है शायद–ध्यान रहे अगर इसके सामने तुमने अपने बेटे या शहर बड़ौदा की बात की तो देखने के लिए तुम्हें अपने बेटे की लाश मिलेगी।''

बस!

सन्नाटा छा गया।

नेत्र अभी तक मुंदे हुए भी वह–महसूस कर रही थी कि किसी कुर्सी के साथ रस्सियों की मदद से बंधी हुई है–जहन में बेहोश होने से पूर्व के क्षण गुजरे–कमरा नम्बर चार सौ बासठ में कदम रखते ही कथित शेखर मल्होत्रा ने रिवॉल्वर निकाल लिया था और अभी 'धोखा' शब्द दिमाग में कौंधा ही था कि कथित शेखर मल्होत्रा ने सिर के पिछले हिस्से पर रिवॉल्वर के दस्ते का भरपूर वार किया।

चीखने के लिए मुंह खुला।

किन्तु!

मजबूत हाथ कुकर के ढक्कन की मानिन्द होंठों पर चिपक गया।

मुंह से निकलने वाली चीख कुकर की सीटों में तब्दील हो गयी–आंखों के सामने आतिशबाजी वाले मानो सैकड़ों अनार एक साथ फूट पड़े और फिर जैसे काजल की कोठरी में कैद होती चली गई वह।

“अब चेतना लौटी थी, अनुमान न लगा पाई कि कितना समय गुजर चुका है?”

आंखें खुलते ही उसने खुद को एक ऐसे वहशी के चंगुल में पाया जिसके सम्पूर्ण जिस्म पर काला लबादा था और चेहरे पर सफेद नकाब।

किरन ने दाईं तरफ, करीब दो मीटर दूर खड़े शख्स को देखा–यह वही शख्स था जिसने खुद को असली शेखर मल्होत्रा और शेखर को विनोद मल्होत्रा बताया था।

निश्चित रूप से शेखर मल्होत्रा की इलैक्ट्रोस्टेट कॉपी था वह।

नाम गिरधारी लाल, रहने वाला बड़ौदा का और उसका बेटा शायद नकाबपोश के चंगुल में है।

ये तीनों बातें किरन समझ चुकी थी।

हैरानी थी तो इस बात पर कि ऐसे दो व्यक्तियों की शक्ल ही नहीं बल्कि आवाज तक कैसे मिलती है जिनका आपस में कोई सम्बन्ध नहीं है–अपने चारों तरफ की भौगोलिक स्थिति देखते ही किरन समझ गई कि इस वक्त वह किसी पहाड़ी इलाके में, पहाड़ पर बने 'कॉटेज' में है।

चारों तरफ लकड़ी की दीवारें थीं।

बन्द दरवाजों और खिड़कियों में पारदर्शी शीशे लगे थे।

शीशों के बाहर नजर आ रहे थे–सन्नाटे में डूबे ऊंचे-ऊंचे पर्वत।

विभिन्न दीवारों के सहारे आठ नकाबपोश खड़े थे–उनके चेहरों पर चढ़े नकाबों का रंग काला था।

स्वयं वह एक कुर्सी के साथ मजबूती से बंधी हुई थी।

सफेद नकाबपोश उसकी आंखों में झांकता हुआ मजेदार स्वर में बोला–“क्यों यह जानने की कोशिश कर रही हो न कि इस वक्त तुम कहां हो?”

उसकी आंखों में झांकती किरन ने पूछा–''कौन हो तुम?''

''वाह!'' उसने खिल्ली उड़ाने वाले अन्दाज में कहा–''यानि कि मैं खुद बता दूं–अरे, अगर बताना ही होता बेवकूफ लड़की तो चेहरे पर भला नकाब क्यों पहनता और हां, तुम मुझे मरी आंखों से पहचानने की कोशिश कर रही हो–लो, देखो......जितने ध्यान से देखना चाहो और पहचान कर सकती हो तो पहचानो।''

किरन सकपका गई।

इस व्यक्ति के कॉन्फिडेन्स पर आश्चर्य हुआ उसे।

जो कह रहा था उसका सीधा-सादा मतलब ये था कि वह जानता था कि किरन आंखें देखकर उसे पहचान नहीं सकती, भरे-पूरे रंग की आंखों को घूरती हुई वह बोली–''अपनी आंखों में शायद तुमने 'कॉन्टैक्ट लैंस' लगा रखे हैं?''

''समझदार हो।'' वह कह उठा–''तुम वाकई समझदार हो छोकरी और बात सही भी है–अगर समझदार न होती तो तुम्हें पकड़कर यहां लाने की जरूरत क्यों पड़ती?''

''म-मुझे यहां क्यों लाया गया है?''

''हां, ये हुई बात–ये हुआ वह सवाल जिसका जवाब देने में हमें खुद दिलचस्पी......।''

वाक्य अधूरा रह गया।

कॉटेज के बाहर कहीं ऐसी आवाज गूंजी जैसे कोई बच्चा चीखा हो।

और चीख की आवाज क्रमशः दूर होती हुई वातावरण में लुप्त हो गई।

सभी चौंके थे।

गिरधारी लाल चीखा–''य-ये तो मेरे 'अंकुर' की आवाज थी।''

‘‘खामोश!’’ नकाबपोश दहाड़ा।

गिरधारी लाल सहम गया।

तभी सफेद नकाबपोश तेजी से पलटकर एक काले नकाबपोश से बोला–‘‘अबे तू किस तरह बांधकर आया था उसे, जल्दी देख क्या हुआ है?’’

हुक्म मिलते ही काले नकाबपोश ने कॉटेज से बाहर जम्प लगा दी।

ममता का मारा गिरधारी भी उसके पीछे झपटा था कि–

‘‘पकड़ो इस हरामजादे को।’’ सफेद नकाबपोश दहाड़ा।

दो काले नकाबपोशों ने गोरिल्लों की तरह झपटकर उसे दबोच लिया।

सफेद नकाबपोश गुर्राया–उत्तेजित अन्दाज में गिरधारी लाल गिड़गिड़ा उठा–‘‘म-मुझे देखने दो बॉस कि मेरे अंकुर को क्या हुआ–म-मैं भागूंगा नहीं–व-वादा करता हूं कि वही करूंगा जो तुम......।’’

‘‘बको मत।’’ सफेद नकाबपोश ने पुनः दहाड़कर उसे चुप कर दिया और फिर गुर्राया–‘‘जुबान बहुत चलती है तेरी, इस जुबान का इलाज लिए बिना काम नहीं चलेगा।’’

इस बार गिरधारी कुछ बोला नहीं।

दोनों नकाबपोशों की गिरफ्त में कैद कसमसाकर रह गया।

कुर्सी के साथ बंधी किरन सारे ड्रामे को हैरत के साथ देख रही थी–इतना तो समझ चुकी थी कि चीख उसी बच्चे की थी जिसे अपने चंगुल में करके ये लोग गिरधारी लाल को इस्तेमाल कर रहे थे।

कॉटेज के हॉलनुमा कमरे में सन्नाटा छा गया।

धड़कते दिल से सभी उस नकाबपोश के लौटने का इंतजार कर रहे थे जो बच्चे की खैर-खबर और उसके चीखने का सबब जानने

बाहर गया था–धीरे-धीरे तनावपूर्ण क्षण गुजर गए–उस वक्त सफेद नकाबपोश किसी अन्य को बाहर जाने का हुक्म देने ही वाला था कि नकाबपोश बुरी तरह हड़बड़ाया हुआ कॉटेज में दाखिल होता हुआ चीखा–''गजब हो गया बॉस–व-वो लड़का......।''

''क-क्या हुआ अंकुर को?'' सफेद नकाबपोश से पहले गिरधारी लाल चीख पड़ा।

काला नकाबपोश सकपकाकर चुप रह गया।

''अबे बोलता क्यों नहीं मुर्गी के?'' सफेद नकाबपोश दहाड़ा–''कहां गया लड़का......?''

''व-वह नहीं है बॉस।''

''तो कहां गया?''

''म-मुझे तो लगता है कि ढलान पर से लुढ़ककर नदी में जा गिरा है।''

गिरधारी लाल को मानो लकवा मार गया।

''क-क्या बक रहा है उल्लू के पट्ठे?'' सफेद नकाबपोश दहाड़ा–''तुझे कैसे मालूम कि वह नदी में गिर गया?''

''ढलान पर उसका एक जूता पड़ा है बॉस।''

सफेद नकाबपोश की मानो सिट्टी-पिट्टी गुम हो गई–उस एक पल के लिए कॉटेज में मौत का सन्नाटा व्याप्त हो गया था और फिर वह चीखा–''तूने उसे बांधा किस तरह था जो खुलकर ढलान पर पहुंच–।''

''हरामजादे......कुत्ते!'' सिंह की तरह दहाड़ने के साथ गिरधारी ने इतनी जोर से झटका दिया कि उसे अपनी गिरफ्त में लिए नकाबपोश दायें-बायें जा गिरे–गिरधारी लाल का चेहरा लौहार की भट्टी की मानिन्द दहक रहा था और अभी कोई कुछ समझ भी नहीं पाया था कि चीते की तरह झपटा।

पलक झपकते ही दोनों हाथों से सफेद नकाबपोश का गिरेबान पकड़ लिया उसने और बुरी तरह झंझोड़ता हुआ गरजा–"तूने मेरे बेटे को मार डाला–म-मैं तुझे जिन्दा नहीं छोड़ूंगा–कच्चा चबा जाऊंगा तुझे।"

बौखलाये हुए नकाबपोश ने पैंट की जेब से रिवॉल्वर निकाला।

मगर।

गिरधारी लाल को यह सब देखने का होश कहां था–उसे तो इस खबर ने मानो पूर्ण पागल कर दिया कि उसका बेटा नदी में गिर गया है, दोनों हाथों से सफेद नकाबपोश को झंझोड़ता हुआ वह चीखा–"म-मैं तुझे जानता हूं–सारी दुनिया को बता दूंगा कि तू कौन है?"

सफेद नकाबपोश ने 'फड़ाक' से अपने सिर की टक्कर उसके सिर पर मारी।

गिरधारीलाल के हलक से चीख निकल गई।

अभी संभल भी नहीं पाया था कि नकाबपोश ने हवा में उछलकर उसकी छाती पर 'फ्लाइंग किक' रसीद की, इस बार की चीख के साथ गिरधारी लाल किरन की कुर्सी के पीछे जा गिरा, अब किरन उसे देख नहीं सकती थी क्योंकि गर्दन घुमाने की पोजीशन में नहीं थी वह परन्तु सफेद नकाबपोश अभी भी उसकी आंखों की रेंज में था।

हाथ में दबे रिवॉल्वर को किरन की कुर्सी के पीछे ताने दहाड़ रहा था–"अगर तूने अपने नापाक मुंह से मेरा नाम निकालने की कोशिश की तो उसी वक्त ढेर कर दूंगा।"

कुर्सी के पीछे से वह चीखा–"म-मुझे मरने की चिन्ता नहीं है कमीने–त-त-तू......।"

"खामोश......खामोश......खामोश।" गगनभेदी गर्जना के साथ नकाबपोश ने तीन बार टेªगर दबाया।

प्रत्येक 'खामोश' के साथ एक धमाका गूंजा।

साथ ही गूंजी गिरधारीलाल की चीखें।

तीनों गोलियां मानो उसके शरीर पर लगी थीं–सम्पूर्ण चेहरा लहूलुहान हो गया और हलाल होते बकरे की तरह डकराता हुआ लहराकर कॉटेज के फर्श पर गिरा।

गिरने से पहले ही उसकी चीखों ने दम तोड़ दिया था।

हालांकि किरन उसके चेहरे को लहू से रंगते, मछली की मानिन्द तड़पकर गिरते न देख पाई थी परन्तु अच्छी तरह जानती थी कि चेयर के पीछे क्या हुआ है और वह अहसास इतना खौफनाक था कि जिस्म का रोयां-रोयां खड़ा हो गया।

सफेद नकाबपोश के हाथ में दबे रिवॉल्वर से धुएं की लकीर अभी भी निकल रही थी।

रोंगटे सभी के खड़े हो गये।

''हरामजादे, नमक हराम, उल्लू के पट्ठे!'' सफेद नकाबपोश के मुंह से गालियों का सैलाब उमड़ पड़ा–''अबे, अगर पिल्ला मर भी गया था तो ये बात तुझे उसके बाप के सामने कहने की क्या जरूरत थी–ये साला, मेरा नाम लेने वाला था–मजबूर होकर मुझे इसका खेल खत्म करना पड़ा–वरना तो बड़े काम का आदमी था ये–इसके जरिए मैं ऐसे-ऐसे खेल दिखाता कि......उफ्फ....जी तो चाहता है कि तुझे भी गोली से उड़ा दूं भूतनी के!''

''म-मगर मैं बता कहां रहा था बॉस....।'' काला नकाबपोश बोला–''वो...वो तो आप ही ने मजबूर करके मुझसे पूछा....

''जुबान को लगाम दे चोट्टी के वरना सचमुच तेरा भेजा उड़ा दूंगा।''

इस बार काला नकाबपोश कुछ न बोला।

कॉटेज में सन्नाटा छाया रहा।

सफेद नकाबपोश मानो अपने गुस्से को नियंत्रित करने का प्रयत्न कर रहा था–उसकी अवस्था से स्पष्ट था कि जो कुछ हुआ है उसका उसे बेहद अफसोस है कुछ देर थोड़ा नियंत्रित होकर बोला–''अब मेरे मुंह को क्या तक रहे हो कुत्ते, इस लाश को उठाकर वहां डाल दो जहां इसके लड़के को कैद कर रखा था।''

एक साथ चार नकाबपोश औंधे पड़े गिरधारीलाल पर झपटे।

⅄

''आपके लिए फोन है शेखर शाब!'' निक्कू ने सपाट स्वर में कहा।

''किसका?''

''बैरिस्टर साहब का।'' कहने के बाद वह चला गया।

''शेखर मल्होत्रा यह सोचकर चकरा उठा कि बैरिस्टर विश्वनाथ ने उसे फोन क्यों किया है?''

बिस्तर से उठा।

ड्राइंग-हॉल में मौजूद फोन के नजदीक पहुंचा।

होल्ड-स्टैन्ड से रिसीवर उतारकर बोला–''हैलो।''

''किरन तो वहां नहीं है?'' बैरिस्टर साहब की आवाज उभरी।

''जी, नहीं तो–किरन तो आज आई ही नहीं जबकि मुझे पूरी उम्मीद थी कि वह आयेगी।''

''फिर कहां गई?'' बैरिस्टर साहब का स्वर चिन्ता में डूबा हुआ था–''तुम्हारे नामुराद केस की रि-इन्वेस्टीगेशन के चक्कर में सुबह नौ बजे की निकली हुई है और अब रात के नौ बज रहे थे–लंच टाइम के आसपास वह चाकू–विक्रेता के मकान पर देखी गई थी।''

''क-कौन चाकू विक्रेता।''

''वही, जिससे तुमने संगीता को मारने के लिए चाकू खरीदा था।''

यह सोचकर शेखर के होंठों पर फीकी मुस्कान रेंग गई कि उसके प्रति बैरिस्टर साहब के रवैये में अभी तक कोई परिवर्तन नहीं आया था, हां–थोड़े चौंके हुए स्वर में उसने सवाल जरूर किया–''किरन वहां क्यों गई थी?''

''तुम्हें नहीं मालूम?'' व्यंग्यात्मक स्वर।

''जी-जी–मुझे क्या मालूम?''

''पिछली रात चाकू-विक्रेता का किसी ने कत्ल कर दिया है।''

चौंके हुए स्वर में शेखर मल्होत्रा कुछ कहने ही जा रहा था कि दूसरी तरफ से इतनी बेहरमी के साथ रिसीवर पटका गया कि शेखर के कान में 'धमाका'-सा होता महसूस हुआ और फिर 'किर्र......र्र...... किर्र....र्र की आवाज गूंजती चली गई–रिसीवर वापस क्रेडिल पर रख कर अभी ठीक से मुड़ भी नहीं पाया था कि बैल पुनः बजने लगी।

रिसीवर उठाकर बोला–''शेखर मल्होत्रा हियर।''

जवाब तुरन्त न मिला, कम-से-कम पन्द्रह सेकेंड बाद धीमे से कहा गया–''किरन बोल रही हूं शेखर।''

''क-किरन?'' वह उत्तेजित हो उठा–''त-तुम आखिर हो कहां, तुम्हारे पापा तुम्हारे लिए बहुत परेशान हैं।''

''वह सब छोड़ो शेखर!'' किरन ने बात काट दी–''इस वक्त केवल वह सुनो जो 'मैं' कहना चाहती हूं।''

''हां, बोलो, क्या बात है?''

''मैं संगीता के हत्यारे को पहचान चुकी हूं।''

''क्-क्या?'' शेखर उछल पड़ा।

''मगर थोड़ी गड़बड़ हो गई है।''

''कैसी गड़बड़?''

''वह भी जान चुका है कि मैं उसका रहस्य जान गई हूं और वह पागल कुत्ते की तरह मुझे सूंघता फिर रहा है–सबसे ज्यादा मुसीबत की बात है कि मैं उसकी पहुंच से ज्यादा दूर नहीं हूं।''

''क-कहां हो तुम?'' शेखर बुरी तरह व्यग्र नजर आने लगा–''प्लीज, बताओ किरन, तुम कहां हो, मैं इसी वक्त....

''नहीं, फोन पर बताना मुनासिब नहीं होगा।''

''फ-फिर?''

''शहर के बाहर ठीक उस स्थान पर नटराज का मन्दिर है जहां से पहाड़ियां शुरू होती हैं।''

''मैंने देखी हैं।''

''सारे फोटो लेकर तुम वहां पहुंच जाओ।''

''फ-फोटो?''

''हां वे फोटो जिन्हें कल रात मेरी कोठी से अपनी कोठी के लिए रवाना होते वक्त तुमने जूतों के अन्दर रखे थे–समझ रहे हो, न, मैं संगीता की मां और शहजाद राय के फोटुओं की बात कर रही हूं।''

''म-मगर वे फोटो–।''

उसे ज्यादा बोलने का अवसर दिये बगैर किरन बोली–''फोटुओं के साथ शहजाद राय की सारी चिट्ठियां भी ले आना–वहां तुम्हें दो आदमी मिलेंगे–घबराना बिल्कुल मत, अपने ही आदमी हैं वे–उनके साथ चले आना, वे तुम्हें मेरे पास ले आयेंगे, ज्यादा सवाल मत करो–टाइम कम है।''

''ठ-ठीक है।'' शेखर ने कहा।

''और सुनो।'' किरन ने रहस्यमय स्वर में कहा–''अभी मेरे इस फोन का जिक्र किसी से मत करना क्योंकि मुमकिन है कि जिसे तुम

मेरा और अपना शुभचिन्तक समझकर फोन करो वही संगीता का हत्यारा हो।''

''न-नाम तो बता दो उसका।''

''मिलने पर।'' इन शब्दों के साथ दूसरी तरफ से रिसीवर रख दिया गया।

शेखर मल्होत्रा के होंठों पर पहेलीनुमा मुस्कुराहट उभरी थी।

⅄

''गुड, वैरी गुड गर्ल।'' कहने के साथ सफेद नकाबपोश ने किरन की कनपटी से सटा रिवॉल्वर जेब के हवाले किया और बोला–''वाकई तुम बड़ी प्यारी लड़की हो, हमें तुमसे यही उम्मीद थी।''

किरन चुपचाप उसकी तरफ देखती रही।

नकाबपोश ने उसके हाथ से वह कागज छीन लिया जिस पर लगभग वही वाक्य लिखे थे जो किरन ने फोन पर बोले थे–उन वाक्यों पर सरसरी नजर डालने के बाद नकाबपोश ने कहा–''बिल्कुल ठीक, ये ही सब वाक्य बोले हैं तुमने–इस पर्चे में केवल वे वाक्य नहीं हैं जो तुमने शेखर मल्होत्रा के सवालों के जवाब में कहे–हम खुश हैं कि तुमने उसके सवालों के जवाब भी ठीक दिये और बात करने का तुम्हारा लहजा भी हमें पसन्द आया–शेखर मल्होत्रा सात जन्म लेने के बावजूद नहीं समझ सकता कि फोन पर तुम नहीं तुम्हारी कनपटी पर रखा रिवॉल्वर बोल रहा था।''

''म-मगर मैं अभी तक नहीं समझ पाई कि तुम आखिर चाहते क्या हो?''

''लो–अभी तक इतना नहीं समझ पाई तुम–भई, कमाल है?'' अजीब से चटखारे के साथ कहता चला गया वह–''वैसे तो बड़ी

बुद्धिमान समझती हो खुद को–जज साहब, बैरिस्टर साहब, अक्षय श्रीवास्तव और शहजाद राय जैसे धुरंधरों को धूल चटाने की इच्छा से संगीता मर्डर केस की रि-इन्वेस्टीगेशन करने निकल पड़ी।

किरन पर कुछ कहते न बन पड़ा।

उसकी कुर्सी के ठीक सामने पड़ी मेज पर दो फोन रखे थे।

एक का रिसीवर अभी तक सफेद नकाबपोश के हाथ में था–यह रिसीवर वह था जिस पर उसने किरन और शेखर के बीच हुई बातें अक्षरशः सुनी थीं–इस रिसीवर को सम्बन्धित फोन के क्रेडिल पर रखता हुआ बोला वह–''खैर तुम नहीं समझीं तो हम बता देते हैं–बात ये है कि केवल कल का दिन बीच में है, परसों संगीता मर्डर केस का फैसला होगा और शहजाद राय के फोटो तथा चिट्ठियां उस फैसले की ऐसी-तैसी फेर सकते हैं–बिना वजह के खून-खराबे में मैं विश्वास नहीं रखता इसलिए तुम दोनों में से किसी को मारूंगा नहीं–बस, इतना करना है कि फोटो और चिट्ठियां तुम्हारे सामने जला दूंगा तथा परसों सुबह तुम्हारा टीका-वीका करके विदा कर दूंगा।''

किरन अब भी चुप रही।

सफेद नकाबपोश ने आठ में से दो को कहा–''नटराज के मन्दिर तुम दोनों जाओगे।''

''ओ. के. बॉस।'' दोनों एक सुर में बोले।

▲

नटराज का मन्दिर एक उजाड़ स्थान पर था।

चारों तरफ और दूर-दूर तक छाये अंधकार को शेखर मल्होत्रा आंखें फाड़कर घूर रहा था।

दिल बहुत जोर-जोर से धड़क रहा था उसका।

अचानक एक शक्तिशाली टॉर्च के 'प्रकाश झागों' ने अंधकार के मुंह पर जोरदार चांटा जड़ा।

शेखर सतर्क हो गया।

प्रकाश दायरा मन्दिर प्रांगण और दीवारों पर यात्रा करने के बाद उसके जिस्म पर आकर ठहर गया–दायरा इतने व्यास का था कि शेखर का सम्पूर्ण जिस्म प्रकाश झागों से नहा उठा–मिचमिचाती आंखों से उसने टॉर्च की तरफ देखने की कोशिश की मगर रंग-बिरंगे सितारों और प्रकाश दायरे के उद्गमस्थल के अलावा कुछ नजर न आ सका।

फिर!

दायरे का उद्गमस्थल उसकी ओर बढ़ने लगा।

आंखों के आगे अपना हाथ अड़ाकर शेखर चुपचाप खड़ा रहा।

सामने उसकी तरफ आता दायरे का उद्गम अभी दस-पांच कदम दूर ही था कि पीछे से किसी ने उसके कंधे पर हाथ रखा–चिहुंककर शेखर पलटा, लम्बी-लम्बी और मोटी मूंछों वाला एक कुम्भकरण सरीखा व्यक्ति उसके निकट खड़ा था–रंग काला भुजंग, चेहरा इतना चौड़ा जैसे रामलीला ग्राउण्ड में खड़े कुम्भकरण के पुतले का हो।

''फोटो और चिट्ठियां लाये हो?'' उसके मुंह से गड़गड़ाहटदार आवाज निकली।

सहमते हुए शेखर ने कहा–''हां।''

''कहां हैं?''

''म-मेरी जेब में।'' उसने थूक सटका।

''मुझे दो।''

''नहीं।'' शेखर ने कहा–''फोटो तुम्हें नहीं, केवल किरन को दूंगा।''

''दिखा तो सकते हो? कहां हैं वह?''

"जरूर।" कहने के साथ उसने जेब से एक लिफाफा निकालकर कुम्भकरण सरीखे व्यक्ति को दिखाया और उसने लिफाफा लेने के लिए हाथ बढ़ाया ही था कि शेखर ने फुर्ति के साथ वापस जेब में रखते हुए कहा–"कह चुका हूं कि लिफाफा केवल किरन के हाथ में दूंगा।"

कुम्भकरण सरीखे व्यक्ति ने कुछ ऐसे अन्दाज में उसकी तरफ देखा जैसे जल्लाद अपने शिकार को देखता है–मुस्कुराने के प्रयास में उसके लम्बे-लम्बे और चौड़े दांत जो चमके तो शेखर सिहरकर रह गया, बड़े ही कातिलाना अन्दाज में कहा उसने–"अगर ऐसा चाहते हो तो ऐसा ही सही, चलो।"

कहने के बाद वह मुड़ा और एक तरफ को चल दिया।

शेखर उसके पीछे था।

प्रकाश दायरा साथ-साथ चल रहा था।

मुश्किल से पन्द्रह मिनट बाद वह 'बड़' के घने वृक्ष के नीचे छुपी खड़ी बिना नम्बर प्लेट वाली काली एम्बेसेडर के नजदीक पहुंच गये–उस पर नजर पड़ते ही शेखर चीख पड़ा–"न-नहीं, तुम किरन के भेजे हुए आदमी नहीं हो.....।"

चेहरे पर 'भड़ाक्' से घूंसा पड़ा।

आगे के शब्द न केवल चीख में तब्दील होकर रह गए बल्कि किसी पतंगे की तरह हवा में उछलकर वह दूर जा गिरा–कुम्भकरण सरीखे व्यक्ति का घूंसा ऐसा लगा था जैसे लोहे का मूसल चेहरे से टकराया हो।

प्रकाश का दायरा उसी पर स्थिर था।

शेखर उठने का प्रयत्न कर रहा था कि कुम्भकरण सरीखा व्यक्ति निकट पहुंचा–गिरेबान पकड़कर उसने शेखर को इस तरह उठा लिया

जैसे रबड़ का बबुआ हो और फिर जो उसने ताबड़तोड़ वार करने शुरू किये तो–

शेखर की चीखें सन्नाटे का भेजा उड़ाने लगीं।

ऐसा लग रहा था जैसे जिस्म पर लोहे के मूसल और घन बरस रहे हों।

हाथ-पैर तो शेखर ने बहुत मारे मगर सच्चाई ये है कि कुम्भकरण सरीखे व्यक्ति को छू तक नहीं सका वह, शीघ्र ही यह बात समझ में आ गई कि उसकी एक न चलेगी और–इस बार जो जमीन पर जाकर गिरा तो वहीं पड़ा रह गया।

हिला तक नहीं।

वह बेहोश हुआ नहीं था मगर दर्शा खुद को बेहोश ही रहा था।

बचाव का एकमात्र वही रास्ता सूझा था उसे।

प्रकाश दायरा उसी पर स्थिर था–कुम्भकरण सरीखा व्यक्ति लम्बे-लम्बे कदमों के साथ नजदीक पहुंचा–भारी बूट की इतनी जोरदार ठोकर पसलियों पर रसीद की कि शेखर का दिल हलक फाड़कर चीख पड़ने के लिए करने लगा।

परन्तु!

चीख अपने हलक से उसने निकलने नहीं दी–जानता था कि अगर मुंह से सिसकारी भी निकल गयी तो सचमुच बेहोश होने या मर जाने तक मार खानी पड़ेगी, जिस्म में 'एक्स्ट्रा' हरकत तक नहीं होने दी उसने।

प्रकाश के उद्गम से आवाज उभरी–''शायद बेहोश हो गया है।''

कुम्भकरण सरीखे व्यक्ति ने बिना एक भी शब्द मुंह से निकाले शेखर के ढीले पड़े जिस्म को कंधे पर लादा और किसी जिन्न की मानिन्द बिना नम्बर प्लेट वाली काली एम्बेसेडर की तरफ बढ़ गया।

⅄

घुमावदार पहाड़ी सड़क पर करीब तीस मिनट की चढ़ाई के बाद बिना नम्बर वाली, काली एम्बेसेडर सरकारी डाक बंगले के प्रांगण में रुकी– चारों तरफ खाइयां और ऊंचे-ऊंचे पहाड़ अंधेरे की गोद में मानो सो रहे थे।

जाग रही थी सिर्फ एक नदी।

बहुत नीचे, एक खाई में बह रही थी वह और वातावरण में गूंज रही थी पानी से पत्थरों के टकराने की आवाज।

नदी वाली खाई के ठीक ऊपर एक झोंपड़ी थी–हालांकि थी तो वह भी सरकारी डाक बंगले का ही हिस्सा परन्तु डाक बंगले से जरा हटकर बनी हुई थी–पर्वतों की मानिन्द वह भी अंधकार की चादर ढांपे सोई पड़ी थी।

डाक बंगले की मुख्य इमारत नदी की तरह जाग रही थी।

यानि उसके अन्दर ट्यूब का प्रकाश नजर आ रहा था।

कुम्भकरण सरीखे व्यक्ति ने शेखर के जिस्म को पुनः कंधे पर लादा और गाड़ी का दरवाजा खोलकर बाहर आ गया–ड्राइविंग सीट का दरवाजा खोलकर पहले ही एक व्यक्ति बाहर निकल चुका था– इस वक्त अपने चेहरे उन्होंने काले नकाबों से ढक लिए थे।

बॉस का आदेश शायद यह था कि किरन किसी की शक्ल न देख पाए।

हॉल में पहुंचते ही कुम्भकरण सरीखे व्यक्ति ने शेखर के जिस्म को किरन की कुर्सी के नजदीक इस तरह डाल दिया जैसे आदमी का जिस्म न होकर चीनी की बोरी हो।

शेखर को इस अवस्था में देखते ही कुर्सी से बंधी किरन का रंग उड़ गया– उधर, कुम्भकरण सरीखे व्यक्ति ने हॉल में मौजूद छः नकाबापोशों में से एक से पूछा–''बॉस कहां है?''

''तुम्हारे जाने के बाद बॉस को 'वाकी-टाकी' पर कोई मैसेज मिला था जिसे सुनते ही वे चले गए।''

''कुछ कहकर गए हैं?''

''हां, कह गए हैं कि इसे झोपड़ी में कैद करके रखा जाए।'' नकाबपोश ने कहा–''सख्त हिदायत दे गए हैं कि कसकर बांधा जाए इसे तथा मुकम्मल चौकसी की जाए–कहीं ऐसा न हो कि यह भी भागने के चक्कर में नदी में गिर जाए।''

''बॉस कब तक आयेंगे?''

''इस बारे में कुछ नहीं कह गए–क्या इसके पास वे फोटो हैं जिनकी बॉस की तलाश है?''

''लिफाफा तो इसने दिखाया था।''

''कहीं ऐसा न हो कि लिफाफा भी बैरिस्टर की बेटी के पर्स की तरह खाली हो।''

''मैं देख लेता हूं।'' कहने के बाद कुम्भकरण सरीखा व्यक्ति शेखर के जिस्म पर झुका ही था कि–

नकाबपोश ने कहा–''ठहरो।''

''क्या बात है?'' कुम्भकरण चौंका।

''बॉस खास हिदायत दे गए हैं कि हममें कोई फोटो और चिट्ठियों को न देखे।''

''क्यों?''

''कारण बॉस जाने।''

''कुछ देर और उनके बीच इसी किस्म की बातें होती रहीं और बातों की समाप्ति पर कुम्भकरण शेखर के जिस्म को उठाकर झोंपड़ी में पहुंचाने के मकसद से झुका ही था कि–

''खनाक......खनाक......खनाक!''

हॉल में चारों तरफ कांच के टूटने की आवाज गूंजी।

आठों नकाबपोश बुरी तरह चौंके और खिड़कियों पर लगे कांच के स्थान पर नजर आ रही रायफलों पर अभी उनमें से किसी की नजर पड़ी थी, कि हॉल में आवाज गूंजी–''हिलने वाले को गोली से भून दिया जाएगा।''

सभी बौखला गए।

तभी दूसरी आवाज उभरी–''खबरदार, डाक बंगले को पुलिस ने चारों तरफ से घेर लिया है।''

''ध-धोखा!'' चीखते हुए कुम्भकरण ने किरन की कुर्सी की बैक में जम्प लगा दी–''हमारे साथ धोखा हुआ है जग्गा।''

जग्गा ने फुर्ती के साथ जेब से रिवॉल्वर निकाला।

''धांय!''

दरवाजे से एक गोली चली सीधी रिवॉल्वर वाले के हाथ में लगी।

हाथ से रिवॉल्वर निकला, मुंह से चीख और इसी अफरा-तफरी का लाभ उठाकर बाकी सभी नकाबपोशों ने खुद को फर्श पर गिरा दिया, रिवॉल्वर सभी ने निकाल लिए थे।

''मोर्चा लेने की कोशिश मत करो।'' खतरनाक चेतावनी गूंजी–''तुम लोग इस तरह घिर चुके हो कि बचकर एक भी नहीं निकल सकेगा, हथियार फेंककर हाथ ऊपर उठा लो।''

''प-पुलिस साली यहां कैसे पहुंच गई?'' कुर्सी की बैक में छिपा कुम्भकरण बड़बड़ाया और फिर किरन पर नजर पड़ते ही जाने क्या हुआ कि खतरनाक स्वर में दांत भींचकर गुर्रा उठा–''तू बहुत चालाक है हरामजादी, मुझे लगता है कि तूने ही किसी चालाकी से पुलिस यहां बुलाई है।''

उसके तेवर देखकर किरन के होश उड़ गए।

पलक झपकते ही कुम्भकरण ने जेब से रिवॉल्वर निकाला और उसकी नाल किरन की क़नपटी पर रखकर गुर्राया–"हमारा भले ही चाहे जो अंजाम हो मगर तेरी मौत शायद मेरे ही हाथों से लिखी थी।"

किरन बंधी हुई थी, कुछ भी तो नहीं कर सकती थी वह। लगा कि वह मरने वाली है।

ट्रेगर पर बढ़ता कुम्भकरण की मोटी अंगुली का दबाव वह साफ देख रही थी।

"न-नहीं!" कर्णभेदी दहाड़ के साथ शेखर ने अपने दोनों पैर किरन की कुर्सी में मारे।

"धांय!" कुम्भकरण के रिवॉल्वर से निकली जिस गोली को किरन का भेजा उड़ा देना चाहिए था वह हवा में 'सनसनाती' हुई लकड़ी की दीवार में जा धंसी क्योंकि शेखर के दोनों पैरों की ठोकर ने कुर्सी को किरन सहित फर्श पर गिरा दिया था, उधर किरन के हलक से चीख निकली, इधर वातावरण गोलियों की आवाज से थर्रा उठा।

नकाबपोशों द्वारा समर्पण न किए जाने के परिणामस्वरूप चारों तरफ से गोलियां बरसने लगी थीं।

नकाबपोश भी फायरिंग कर रहे थे।

शेखर उछलकर खड़ा हो गया।

"हरामजादे......कमीने......तू नाटक कर रहा था?"

रिवॉल्वर ताने कुम्भकरण दहाड़ा–"इसका मतलब ये हुआ कि सारी चाल तेरी है, अपने साथ पुलिस तू लाया था, ले इनाम।"

"धांय!"

"गुस्से की ज्यादती के कारण पागल से हुए कुम्भकरण ने एक गोली चलाई और उस गोली को शेखर मल्होत्रा के जिस्म में घुसने से रोकने वाला कोई न था।"

हां, औंधी पड़ी कुर्सी के साथ बंधी किरन ने एक मुकम्मल दृश्य देखा था।

शेखर मल्होत्रा का अंजाम देखकर वह चीखने वाली मशीन की तरह चीखती चली गई और बुरी तरह जख्मी तथा लहूलुहान हुए शेखर मल्होत्रा ने कुम्भकरण पर जम्प लगा दी।

कुम्भकरण ने एक और फायर झोंक दिया।

इस बार चीख के साथ शेखर मल्होत्रा लहराया और धड़ाम से औंधी पड़ी कुर्सी के नजदीक आ गिरा, उसका चेहरा किरन के चेहरे के बहुत नजदीक था मगर कैसी विवशता थी कि वह उसे स्पर्श न कर सकती थी।

शेखर मल्होत्रा शान्त पड़ चुका था।

निश्चल!

किरन का चीखना आश्चर्यजनक ढंग से रुक गया।

अवाक्-सी रह गई वह।

शेखर मल्होत्रा के चेहरे को यूं देख रही थी मानो स्टैचू शून्य को निहार रहा हो–उसे लगा कि वह बेगुनाह शख्स मर चुका है और यह क्षण ऐसा था जिसने किरन के दिल को उसके प्रति असीमित प्यार से लबालब भर दिया, जोर लगाकर उसने कुर्सी सरकाई और फिर... शेखर मल्होत्रा के चेहरे का चुम्बन लिया उसने।

तभी किसी ने गोलियां चलाकर हॉल में लगी ट्यूब्स फोड़ दीं।

चारों तरफ अन्धेरा छा गया।

घुप्प अन्धेरा।

वही क्षण था जब फायरिंग की आवाज के बीच कुम्भकरण नुमा शख्स की डकारें गूंजीं और किरन ने महसूस किया कि एक-एक अत्यन्त भारी जिस्म कुर्सी के पाये से उलझकर फर्श पर जा गिरा।

फायरिंग की आवाजें थमने का नाम न ले रही थीं–अनगिनत टॉर्चों के गोल प्रकाश दायरे हॉल में भागे-भागे फिर रहे थे और गूंज रही थी यह चेतावनी कि पुलिस ने डाक बंगले के चारों तरफ घेरा डाल लिया है।

किरन उन आवाजों को बखूबी पहचान सकती थी।

एक आवाज इंस्पेक्टर अक्षय की थी, दूसरी उसके पापा बैरिस्टर विश्वनाथ की।

⅄

''देखो......देखो पापा, शेखर मल्होत्रा मर गया।'' किरन किसी पागल की भांति चीखे चली जा रही थी–''क्या अब भी आपको यकीन नहीं आया कि यह बेगुनाह था–क्या इसकी लाश भी इस बात का सबूत नहीं है कि इसने संगीता की हत्या नहीं की थी–खुद को बेगुनाह साबित करने के सफर में इसने अपनी जान दे दी, आप–आप तो अभी भी यही कहेंगे कि शेखर मल्होत्रा कोई नाटक कर रहा है, मगर नहीं–यह नाटक नहीं है, इसकी मौत इसकी बेगुनाही का सबूत है–मरता-मरता वह मुझ पर एक कर्ज चढ़ा गया पापा, अपनी जान इसने मुझे बचाने के फेर में दी है जो गोलियां मेरे जिस्म की तरफ लपकी थीं उन्हें इसने अपने शरीर में शरण दे दी......उफ्......।''

''रुको किरन, रुको।'' शेखर की नब्ज हाथ में लिए बैरिस्टर विश्वनाथ ने कहा–''नब्ज चल रही है, शेखर मल्होत्रा अभी जीवित है।''

किरन दंग रह गई।

किसी साधु के शाप से मानो स्टैचू में तब्दील हो गई हो।

जबान को लकवा मार गया।

''डॉक्टर को फोन करो इंस्पेक्टर।'' विश्वनाथ चीखे–''शेखर मल्होत्रा बच सकता है।''

किरन के बंधन खोल रहे अक्षय के हाथ रुक गये–जाने क्या सोचते रह गया वह कि बैरिस्टर साहब स्वयं झपटकर फोन के नजदीक पहुंचे और जल्दी-जल्दी नम्बर डायल करने लगे।

जाहिर था कि फायरिंग रुक चुकी थी।

जंग समाप्त हो गयी थी।

कुम्भकरणनुमा व्यक्ति सहित तीन नकाबपोश मारे गये थे– बाकी जख्मी हुए थे और इस वक्त वे पुलिस के चंगुल में थे–अक्षय और बैरिस्टर के साथ पुलिस के दस सिपाही थे।

सभी हाथों में मौजूद टॉर्चें इस वक्त ऑन थीं।

हॉल में भरपूर प्रकाश था।

उधर डॉक्टर को फोन करने के बाद बैरिस्टर विश्वनाथ ने रिसीवर क्रेडिल पर रखा। इधर अक्षय ने किरन के बंधन खोल दिये, आजाद होते ही उसने शेखर का सिर अपनी गोद में रख लिया और उसे पुकारने लगी।

किरन बैरिस्टर विश्वनाथ ने कहा–''खुद को सम्भालो बेटी, इस वक्त उसे जगाने की कोशिश मत करो।''

किरन ने एक झटके से अपने पापा की तरफ देखा और उस वक्त उसके चेहरे पर कुछ ऐसे भाव थे कि बैरिस्टर विश्वनाथ के समूचे जिस्म में मौत की झुरझुरी दौड़ गई–फूल-सा कोमल और चांद के रंग का चेहरा इस वक्त कोयले की मानिन्द काला और खुरदरा नजर आ रहा था–आंखों में आंसुओं के साथ-साथ तैर रहा था खून–खून भरी वे आंखें अपने पापा के चेहरे पे गाड़कर उसने कहा–''म-मैं हत्यारे को पहचान चुकी हूं पापा।''

“क-कौन है?” बैरिस्टर विश्वनाथ की जुबान लड़खड़ा गई।

“नहीं।” किरन ने अजीब से स्वर में कहा–“अभी नहीं बताऊंगी।”

“क-क्यों?”

“आपको यकीन नहीं आयेगा।”

“म-मतलब?”

“बिना सबूत, बिना तर्क, बिना शहादतों और बिना गवाह के आपने किसी पर विश्वास करना नहीं सीखा न...इसलिए अभी मैं उसका नाम नहीं लूंगी–अभी तो मैं केवल उसका मनहूस चेहरा देख पाई हूं–सबूत, गवाह और शाहदतें जुटानी बाकी हैं, मगर आप फिक्र न करें–मुझे मालूम है कि वह सब आसानी से जुटा लूंगी–अगर शेखर मर गया तो असली हत्यारे को फांसी कराना मेरी उसे श्रद्धांजलि होगी।”

“फिक्र मत करो बेटी शेखर शायद बच जायेगा।” बैरिस्टर साहब ने कहा–“संयोग से एक भी गोली जिस्म के किसी नाजुक हिस्से में नहीं लगी है–एक पेट में और एक कंधे में–हालांकि खून काफी निकल चुका है, गोलियों का जहर भी जिस्म में फैल रहा होगा–अगर शीघ्र ही मैडिकल एड मिल जायेगी तो......।”

⅄

“य-ये किसकी लाश है?” झोंपड़ी के फर्श पर पड़ी लाश की तरफ संकेत करके बैरिस्टर विश्वनाथ ने पूछा।

किरन अपने पापा के सवाल का जवाब न दे सकी–गले में मफलर डाले, लाल कमीज, मुड़ी हुई जीन और घिसे हुए जूते पहने युवक की लाश से उनकी नजरें हट न रही थीं–याद आ रहा था वह दृश्य

जब इसे देखकर शेखर मल्होत्रा का भ्रम हुआ था फिर इसने, शेखर मल्होत्रा को विनोद मल्होत्रा और खुद को शेखर मल्होत्रा बताते हुए एक ऐसी चक्करदार कहानी सुनाई थी कि वह चकराकर रह गई–यह कहना गलत न होगा कि उस वक्त किरन को 'यह' सच्चा और शेखर मल्होत्रा झूठा लगा था–सबसे सशक्त कारण था इसकी शक्ल--आवाज।

मगर इस वक्त!

इस वक्त कोई नहीं कह सकता था कि उसकी शक्ल का शेखर मल्होत्रा की शक्ल से कोई सम्बन्ध रहा होगा।

चेहरे के चिथड़े उड़ गए थे–हत्यारे की तीन गोलियां चेहरे ही पर लगी थीं......लहूलुहान और उधड़ गये चेहरे की शिनाख्त करना किसी के वश में नहीं था–झोंपड़ी की दीवार में लगी ट्यूब 'ऑन' थी–भरपूर प्रकाश था वहां किन्तु किरन स्वयं यकीन न कर पा रही थी कि यह शख्स मल्होत्रा का इलैक्ट्रोस्टेट कॉपी था।

झोंपड़ी के एक कोने में कुर्सी पड़ी थी।

कुर्सी के नजदीक पड़ी थी रेशम की डोरी।

इस बार इंस्पेक्टर अक्षय ने पूछा–''क्या आप जानती हैं किरन जी कि यह किसकी लाश है?''

''मेरे ख्याल से नाम तो इसका गिरधारी लाल था मगर–

''मगर?''

''यह वह शख्स है जिसकी शक्ल और आवाज के जाल में फंसकर मैं हत्यारे की कैद में फंस गई!''

''क्या मतलब?''

''क्या लाश को देखकर आप कल्पना कर सकते हैं कि इसकी शक्ल और आवाज शेखर मल्होत्रा से हू-ब-हू मिलती थी?''

''क-क्या बात कर रही हो बेटी?'' बैरिस्टर विश्वनाथ कह उठे– ''भला ऐसा कहीं होता है?''

''मुझे नहीं मालूम पापा कि कैसा होता है और कैसा नहीं–बस इतना जानती हूं कि आपने खुद को उन सिद्धांतों और मान्यताओं में बांधकर रख लिया है जो आपको आपके तजुर्बे ने दिये हैं–अपने सिद्धांतों और मान्यताओं के दायरे से बाहर निकलकर न आप कुछ सोचना चाहते हैं, न मानते हैं, मगर मैं उन सबको भला कैसे झुठला सकती हूं जो अपनी आंखों से देखा है, कानों से सुना है?''

''क्या देखा-सुना है तुमने?''

एक ही सांस में किरन ने होटल में गिरधारी लाल के मिलने से लेकर उसकी मौत तक का वृतांत कह सुनाया–बैरिस्टर विश्वनाथ और अक्षय की आंखें मारे हैरत के फैल गई थीं, जबकि किरन कहती चली गई–''जब इसे पता चला कि इसका बेटा मर गया है तो यह पागल हो उठा–बॉस के नाम का पर्दाफाश करने ही वाला था कि हत्यारे ने मजबूर होकर अपने रिवॉल्वर से इसके चेहरे में आग भर दी–'मजबूर' शब्द का इस्तेमाल इसलिए कर रही हूं क्योंकि हत्यारा दिल से इसे मारना नहीं चाहता था–उसके दिमाग में इसके बहुत से इस्तेमाल थे।''

''इसका बेटा इस चेयर पर कैद रहा होगा।'' अक्षय ने कहा।

''कुर्सी के नजदीक पड़ी रेशमी डोरी से जाहिर है कि 'अंकुर' को वहां बांधकर रखा गया था मगर बच्चा होने के कारण, अपने हाथ पैर नन्हे-नन्हे होने के कारण किसी तरह वह आजाद हो गया और झोंपड़ी से बाहर निकल पड़ा–आप लोग देख चुके हैं कि झोपड़ी और डाक बंगले की मुख्य इमारत के बीच सीधी नदी की तरफ चला गया कितना जबरदस्त ढलान है–अंकुर उस ढलान पर लुढ़कने से खुद को न रोक सका और नदी में जा गिरा।''

''सबसे ज्यादा हैरत की बात यह है कि डाक बंगला सरकारी है और हत्यारा इसे अपने अड्डे के रूप में इस्तेमाल कर रहा था।'' बैरिस्टर साहब कहते चले गये–''सवाल ये है कि ऐसा हुआ तो कैसे हुआ, डाक बंगला इन दिनों किसके नाम से बुक है और यहां का चौकीदार कहां चला गया?''

एक कांस्टेबल मानो उनके इसी सवाल का इंतजार कर रहा था, झोंपड़ी में दाखिल होते हुए उसने बताया–''डाक बंगले के किचन में यहां का चौकीदार मिला है सर–उस बुड्ढे के हाथ-पैर किसी ने कसकर बांधे हुए थे, मुंह में कपड़ा ठुंसा पड़ा था और इससे ज्यादा वह कुछ नहीं बता रहा है कि कल दोपहर कुछ नकाबपोशों ने अचानक हमला किया उसे बांधकर किचन में डाल दिया तथा डाक बंगले पर कब्जा कर लिया।''

किरन, बैरिस्टर विश्वनाथ और इंस्पेक्टर अक्षय के बीच कुछ देर के लिए सन्नाटा छा गया।

फिर वे झोपड़ी से बाहर निकल आए।

ढलान वाकई बेहद खतरनाक था–ऐसा कि अगर एक बार उस पर कोई लुढ़क जाए तो निश्चित रूप से सीधा नदी में जाकर गिरे–ढलान पर पड़े पत्थरों के बीच पैर फंसा-फंसाकर वे उतरने लगे और उस स्थान पर पहुंच गए जहां दो पत्थरों के बीच एक छोटा-सा जूता पड़ा था।

जूते को उठाकर ध्यान से देखते हुए अक्षय ने कहा–''अंकुर की उम्र दस साल के आसपास रही होगी।''

कोई कुछ नहीं बोला।

सम्भल-सम्भलकर और पैर जमाते हुए वे खाई में उतर गए, नदी तट पर खड़े तेज बहाव के बीच बच्चे का शव ढूंढ़ने की कोशिश कर

रहे थे–एकाएक किरन की नजर ऐसे पत्थर पर पड़ी जिस पर हल्का-सा खून लगा हुआ था, मुंह से बरबस ही वे शब्द निकल गए–''ढलान से लुढ़कने के बाद अंकुर शायद इस पत्थर से टकराया था।''

''बहाव इतना तेज है कि बच्चे की लाश मिलने की हमें उम्मीद ही छोड़ देनी चाहिए।''

बैरिस्टर साहब ने लगभग सच कहा था इसलिए किसी ने विरोध नहीं किया–हां किरन ने यह जरूर पूछा–''आप लोग इतनी फोर्स के साथ अचानक यहां कैसे पहुंच गए?''

''हमें तुम्हीं ने बुलाया था।''

किरन उछल पड़ी–''म-मैंने?''

''कह तो शेखर मल्होत्रा यही रहा था।''

''श-शेखर कह रहा था, क्या कहा उसने?''

''तुम सुबह नौ बजे की घर से निकली हुई थी, हम फिक्रमन्द थे और जहां-जहां तुम्हारे होने की सम्भावना थी वहां फोन करके पूछ रहे थे कि वहां पहुंची हो या नहीं–शेखर मल्होत्रा को भी फोन किया, उस वक्त उसने कहा कि तुम उसके पास नहीं पहुंची थी मगर करीब पन्द्रह मिनट बाद स्वयं शेखर मल्होत्रा ने हमें फोन किया और कहा कि हमारे फोन के तुरन्त बाद ही उससे फोन पर बात की है–उसने यह भी कहा कि तुम्हारी बातों से उसने यह अन्दाजा लगाया है कि तुम किसी की कैद में हो।''

''ओह, इसका मतलब मेरा मैसेज शेखर मल्होत्रा की समझ में आ गया था?''

''हत्यारा मुझसे राय अंकल के पत्र और फोटो चाहता था।'' किरन ने कहना शुरू किया–''उस वक्त मेरे दिमाग में यह बात कौंधी कि हत्यारे की इस गर्ज का लाभ उठाकर अपने शुभचिन्तकों को न

सिर्फ यह मैसेज पहुंचा सकती हूं कि मैं किडनैप कर ली गई हूं बल्कि यह भी बता सकती हूं कि कहां हूं और अपनी स्कीम को अंजाम देने के लिए मैंने कह दिया कि फोटो और चिट्ठियां शेखर मल्होत्रा के पास हैं, पहले तो उन्होंने मेरी इस बात को झूठ माना–कहने लगे कि पिछली रात वे शेखर मल्होत्रा की तलाशी ले चुके हैं–फोटो और पत्र उसके पास नहीं है–मैंने पूछा कि क्या तुमने उसके जूतों की तलाशी ली थी, उन्होंने इंकार किया–बस–मैंने बात पकड़कर कहा कि फोटो और पत्र उसके जूतों में थे–अब हत्यारे को यकीन हो गया कि मैं सच बोल रही हूं तो वही हुआ जिसकी मुझे उम्मीद थी यानि उसने शेखर से बात करने का हुक्म दिया, इस कागज पर वे बातें लिखी जो मुझे शेखर से करनी थीं–साथ ही, जबरदस्त तरीके से धमकाया कि अगर मैंने कागज पर लिखी बातों से हटकर कोई अन्य बात, खासतौर पर ऐसी बात कहने की बेवकूफी की जिससे यह ध्वनित होता हो कि मैं किसी के द्वारा किडनैप हूं या 'ये' बातें किसी के दबाव में कर रही हूं तो बेहिचक मुझे शूट कर देगा–मैंने सहमते हुए कहा कि वही करूंगी जो वह कहेगा और तब.....प्रैक्टिकल शुरू हुआ–शेखर मल्होत्रा का नम्बर मिलाकर मेरे हाथ में रिसीवर तथा दूसरे में कागज पकड़ा दिया–स्वयं हत्यारे के एक हाथ में उसी फोन के 'एक्सटेंशन' का रिसीवर तथा दूसरे में रिवॉल्वर था–रिवॉल्वर उसने मेरी कनपटी से सटा दिया, सख्त हिदायत दी कि अगर एक भी लफ्ज इधर से उधर करने की कोशिश की तो खोपड़ी का तरबूज बना दिया जाएगा।''

बैरिस्टर विश्वनाथ ने धड़कते दिल से पूछा–''फिर तुमने शेखर को यह 'मैसेज' कैसे दिया कि तुम किडनैप हो और जो कुछ कह रही हो किसी के दबाव के कारण मजबूर होकर कह रही हो?''

''टैक्नीक से।'' किरन के होंठों पर रहस्यमयी मुस्कान उभरी,

''ऐसी टैक्नीक से जिसे हत्यारा सात जन्म लेने के बावजूद नहीं समझ सकता था–मुझे फोन पर 'वे' और सिर्फ 'वे ही' शब्द कहने थे जो हत्यारे ने पर्चे पर लिखे थे और शेखर मल्होत्रा को उन्हीं शब्दों से समझ जाना था कि मैं किडनैप हूं किसी की कैद में हूं और जो कुछ कह रही हूं, मजबूर होकर कह रही हूं।''

''कैसे समझ जाना था उसे?''

''मैंने सोचा था, जब कहूंगी कि फोटो और चिट्ठियां लेकर नटराज के मन्दिर में पहुंच जाओ तो शेखर स्वतः समझ जाएगा कि मैं किसी की कैद में हूं, दबाव में हूं क्योंकि असल में फोटो और चिट्ठियां शेखर के पास थीं ही नहीं–मैंने सोचा था कि शेखर मेरी यह बात सुनते ही सोचेंगे कि जब किरन को मालूम है कि फोटो और चिट्ठियां मेरे पास नहीं हैं तो वह ऐसा कह ही क्यों रही है–जाहिर है कि ये शब्द किरन स्वेच्छापूर्वक नहीं कह रही है बल्कि किसी के दबाव में कह रही है–यानि अपनी समझ के मुताबिक मैंने उसे 'मैसेज' दे दिया था कि मैं खतरे में हूं–इस टैक्नीक में एक ही गड़बड़ हो सकती थी–यह कि शेखर मेरी बात की गहराई न समझ कर कहीं यह न कह बैठे कि 'कौन-से-फोटो, और अपनी बेवकूफी में वह ऐसा कह भी बैठा–परन्तु मैंने तुरन्त यह कहकर बात सम्भाल ली कि वे ही जिन्हें कल रात तुमने अपने जूते के अन्दर रखा था'–अब यह डर था कि कहीं शेखर यह न कह बैठे 'मैंने कल रात अपने जूते में कौन से फोटो रखे थे'–अगर वह ऐसा कह देता तो सारा खेल बिगड़ जाता–एक-एक हरुफ सुन रहा हत्यारा समझ जाता कि मैं उसे बेवकूफ बनाने की कोशिश कर रही हूं परन्तु मैंने शेखर को ऐसी बेवकूफी करने का मौका ही नहीं दिया–उसे बोलने का अवसर दिए बगैर वह सब कहती चली गई जो पर्चे पर लिखा था और अपनी बात पूरी करते ही सम्बन्ध- विच्छेद कर

दिया–बिना हत्यारे को यह भनक दिए कि मैं मैसेज दे चुकी हूं, जिस टैक्नीक से मैसेज दे सकती थी दे दिया–अब यह दूसरी तरफ वाले की अक्ल पर निर्भर था कि वह मैसेज को समझे या नहीं–हालांकि शेखर के अंतिम एक दो वाक्यों से लगा था कि वह समझ गया है परन्तु जब उसे 'बेहोश' दिखने जैसी हालत में कुर्सी के नजदीक लाकर डाला गया तो लगा कि वह बेवकूफ मेरा मैसेज नहीं समझा था और खुद भी हत्यारे के चंगुल में फंस गया।''

''नहीं ऐसी बात नहीं थी किरन।'' बैरिस्टर साहब बोले–''शेखर ने खुद स्वीकार किया कि शुरू में वह तुम्हारा मैसेज नहीं समझा था–इसलिए चौंके हुए स्वर में पूछ बैठा कि 'कौन से फोटो' मगर जब तुम उसे कुछ भी कहने का मौका दिये बगैर अपनी बात कहती चली गई, तब 'वह' समझ गया जो तुम समझाना चाहती थीं और तुम्हारे फोन के तुरन्त बाद हमें फोन मिलाकर यही कहा कि किरन किसी किडनैपर के चंगुल में है और उसे वहां से निकालने की कोशिश की जानी चाहिए–सच्चाई ये है कि हम उस पर विश्वास न कर सके–लगा कि वह झूठ बोलकर हमें अपने जाल में फंसाने की चेष्टा कर रहा है और इसी शंका के वशीभूत हमने उसके सामने शर्त रखी कि हमारे साथ इंस्पेक्टर अक्षय भी नटराज के मन्दिर चलेगा–शेखर समझ गया कि हम उस पर विश्वास नहीं कर पा रहे हैं परन्तु उसने कहा कि 'मुझे कोई एतराज नहीं है'–तब हम थाने में, अक्षय के पास इकट्ठे हुए–इसे सारी सिचुवेशन समझाई, और फिर यह स्कीम इसी ने बनाई कि प्रत्यक्ष में नटराज के मन्दिर में केवल शेखर जायेगा–हम, इंस्पेक्टर और अन्य सिपाही छिपे रहेंगे–वही किया गया, हालांकि हम उस वक्त भी प्रकट हो सकते थे जब कुम्भकरण सरीखा व्यक्ति मन्दिर में शेखर की धुनाई कर रहा था किन्तु इसलिए प्रकट नहीं हुए क्योंकि

हमारा उद्देश्य बदमाशों के हैडक्वॉर्टर अर्थात यहां पहुंचना था–कहने का मतलब ये कि अपनी मदद के लिए हम लोगों को तुमने अपनी चालाकी से खुद यहां बुलाया है।''

''वह सब तो ठीक हो गया पापा, आपकी बेटी बच गई, इंस्पेक्टर अक्षय को इतनी शानदार 'ट्रिप' मिल गई......नुकसान हुआ है तो सिर्फ शेखर मल्होत्रा को, वह बुरी तरह पिटा और इस वक्त बेचारा मौत और जिन्दगी के बीच झूल रहा है।''

''लो।'' अक्षय ने ऊपर आ रही हैडलाइट्स की तरफ इशारा करके कहा–''एम्बुलेंस आ गई है।''

उत्साहित किरन ने बहुत तेजी से ढलान पर चढ़ना शुरू किया।

बैरिस्टर विश्वनाथ चीख पड़े–''सम्भलकर बेटी, कहीं लुढ़क मत जाना।''

किरन को सुनने का होश कहां था?

⩚

पांच सशस्त्र सिपाही अक्षय के साथ जीप में आये थे, पांच बैरिस्टर विश्वनाथ की फियेट में–डाक बंगले पर की जाने वाली आगे की कार्यवाही का दारोमदार इंस्पेक्टर अक्षय पर छोड़कर किरन ने फियेट की ड्राइविंग सीट सम्भाली ही थी कि बाईं तरफ का दरवाजा खोलकर उसकी बगल में बैठते हुए बैरिस्टर साहब ने पूछा–''कहां जा रही हो?''

''अस्पताल।'' किरन ने संक्षिप्त में जवाब दिया।

''तो हमें यहां क्यों छोड़े जा रही हो?''

''यह सोचकर कि शायद आप अस्पताल चलना पसन्द न करें।''

''क-क्यों?''

किरन ने बड़ी गहरी नजरों से देखा उन्हें, बोली–''मामला शेखर मल्होत्रा का है न?''

बैरिस्टर विश्वनाथ 'तुरन्त' जवाब न दे सके–कुछ देर तक अपनी बेटी को अजीब-सी नजरों से देखते रहे और फिर गम्भीर स्वर में बोले–''अगर तुम यह सोचती हो किरन कि हमें शेखर मल्होत्रा से नफरत है तो गलत सोचती हो।''

''नफरत तो आपको उससे है पापा।'' किरन ने अपना एक-एक शब्द चबाया था।

''सोचने वाली बात है, भला हमें उससे नफरत क्यों होगी?''

''जरूरी नहीं कि अभी ही आपके सारे सवालों का जवाब दूं–खैर क्या आप मेरे साथ चल रहे हैं?''

अपनी तरफ वाला दरवाजा बंद करते हुए बैरिस्टर विश्वनाथ ने कहा–''श-श्योर।''

''एक बात मानोगे मेरी?''

''बोलो।''

''आप एम्बुलेंस में बैठिए।''

''ए-एम्बुलेंस में?'' बैरिस्टर साहब चकराये।

''हां, शेखर के पास कोई तो होना चाहिए–जब अकेली थी तब मजबूरी थी क्योंकि गाड़ी भी अपने साथ ले जाना चाहती थी मगर जब आप साथ हैं तो कायदा कहता है कि हममें से एक एम्बुलेंस में होना चाहिए–अगर आपको उसमें बैठना पसन्द नहीं है तो मैं बैठ जाती हूं, आप गाड़ी से जाइए।'' कहने के बाद उसने गाड़ी का दरवाजा खोला ही था कि–

''ठहरो किरन... एम्बुलेंस में हम बैठ जाते हैं।'' कह कर वे फियेट से बाहर निकल गये और उन्हे एम्बुलेंस की तरफ बढ़ते देखकर किरन

के होंठों पर जो मुस्कान उभरी वह, वह थी जो किसी भी व्यक्ति के चेहरे पर तब उभरती है–जब उसकी मन मांगी मुराद पूरी हो जाये।

बैरिस्टर साहब एम्बुलेंस के पिछले हिस्से में, स्ट्रेचर के नजदीक सीट पर बैठ गए।

अस्पताल के कर्मचारी ने दरवाजा बन्द कर दिया।

और फिर शुरू हुई वहां से अस्पताल तक की यात्रा।

यात्रा की समाप्ति पर जब बैरिस्टर साहब अस्पताल के प्रांगण में उतरे तब फियेट कहीं नहीं थी–उस क्षण उनके दिमाग में यह विचार आया कि किरन पीछे रह गई होगी परन्तु यह विचार स्थाई न रह सका क्योंकि पांच, दस और फिर धीरे-धीरे पन्द्रह मिनट गुजर गये।

किरन नहीं आई।

सैकड़ों सवाल और शंकाएं नन्हें-नन्हें सर्प बनकर जहन में गिजबिजाने लगे।

अस्पताल के कर्मचारी स्ट्रेचर को उठाकर एमरजेंसी वार्ड की तरफ ले गये मगर उस तरफ बैरिस्टर विश्वनाथ का ध्यान कहां था–उनका ध्यान अटका हुआ था किरन में।

कहां गायब हो गई वह?

अब तक क्यों नहीं पहुंची?

क्या उसका इरादा पहले से ही गायब होने का था?

क्या उसने उन्हें एम्बुलेंस में इसलिए बैठाया था?

धीरे-धीरे तीस मिनट गुजर गये मगर किरन नहीं आई–बैरिस्टर विश्वनाथ बुरी तरह व्याकुल हो उठे–अस्पताल में मौजूद सार्वजनिक टेलीफोन से घर पर बात की–वहां भी नहीं पहुंची थी वह।

एक...दो...और फिर तीन घन्टे गुजर गये।

तब कहीं उनकी आंखों ने अपनी फियेट को पार्किंग में रुकते देखा–तब तक मारे गुस्से के हाल इतना बुरा हो चुका था कि बरामदे में खड़े-खड़े किरन को गाड़ी से बाहर निकलते और उसे लॉक करते देखते रहे।

गाड़ी की तरफ बढ़े नहीं थे वे।

देखते ही-देखते तेजी के साथ चलती हुई किरन उनके नजदीक आ गई–इस वक्त उसके चेहरे पर बेहद अनोखी और दुर्लभ आभा देदीप्यमान थी, आंखें कीमती डायमंड्स के मानिन्द जगमगा रही थीं और उस वक्त तो मानो बैरिस्टर विश्वनाथ के सम्पूर्ण जिस्म में सुलग रही क्रोधाग्नि में पूरा एक टिन घी डाला गया जब किरन ने कहा–''अ-आप यहां बरामदे में खड़े क्या कर रहे हैं?''

''सोच रहे थे कि हमें पिकनिक पर कहां जाना चाहिए।''

''ओह हो...आप तो बहुत गुस्से में हैं पापा......सॉरी।''

बैरिस्टर साहब गुर्रा उठे–''हम यह जानना चाहते हैं कि तुम कहां गई थी?''

''हत्यारे के खिलाफ सबूत ढूंढने।''

''सबूत......सबूत कहीं बिखरे पड़े थे क्या?''

बड़े आराम से कहा किरन ने–''ऐसा ही समझिये।''

''त-तुम.....बहुत बिगड़ती जा रही हो किरन।'' बैरिस्टर साहब अपने गुस्से पर काबू नहीं कर 'पा' रहे थे–''अगर तुम्हें कहीं जाना था तो हमें बताकर नहीं जा सकती थीं–क्या तुम कल्पना कर सकती हो कि इन तीन घन्टों में हमारी क्या हालत हुई है?''

''सॉरी पापा, मगर यह सच है कि मैंने आपको जानबूझकर नहीं बताया।''

''क्यों?''

‘‘क्योंकि पिछली रात मैंने आपको बता दिया था कि सबके फोटो क्यों कलैक्ट किये हैं और उसी रात चाकू-विक्रेता का कत्ल हो गया।’’

‘‘क-क्या मतलब?’’ विश्वनाथ बौखला गये–‘‘क्या कहना चाहती हो तुम?’’

‘‘किसी भ्रम में न फंसें, पापा, कम-से-कम आपको हत्यारा कहने का फिलहाल मेरा कोई इरादा नहीं है–इस वक्त मैं केवल इतना कहना चाहती हूं कि हत्यारा जो भी है, किसी तरह मेरे और आपके बीच होने वाली बातें सुन लेता है और मेरा रास्ता बंद कर देता है–ऐसा सोचकर मैंने आपको नहीं बताया कि कहां, किस मकसद से जा रही हूं।’’

‘‘सॉरी पापा......सॉरी प्लीज......माफ कर दीजिये।’’

किरन के लहजे में जाने क्या था कि इस बार बैरिस्टर साहब गुर्रा न सके–गुस्से पर काबू पाने की भरपूर चेष्टा कर रहे थे वे, एकाएक किरन ने पूछा–‘‘शेखर के ऑपरेशन का क्या हुआ?’’

‘‘हमें नहीं मालूम–नहीं मालूम कि अस्पताल का स्टाफ उसे कहां ले गया है, ऑपरेशन हुआ भी है या नहीं और हुआ है तो क्या रहा–तुम्हारे बारे में सोचने से फुरसत मिली होती तो कुछ मालूम रखते।’’

किरन के चेहरे पर जो भाव उभरे उन्हें देखकर बैरिस्टर साहब गारन्टी के साथ कह सकते थे कि उसे उनका जवाब नागवार गुजरा है–शेखर के प्रति उनकी उपेक्षा अच्छी नहीं लगी है उसे–वे महसूस कर रहे थे कि डाक बंगले में घटी घटना किरन को भावात्मक रूप से शेखर मल्होत्रा के अत्यन्त नजदीक ले गई है।

‘‘आइए!’’ कहने के साथ वह बिजली की-सी तेजी के साथ आगे बढ़ गई।

ऑपरेशन थियेटर के नजदीक पहुंचकर उसने एक वार्ड ब्वॉय से शेखर मल्होत्रा के बारे में पूछा, वार्ड ब्वॉय ने थियेटर के मस्तक पर

लगे लाल रंग के बल्ब की तरफ उंगली उठाकर कहा–''ऑपरेशन चल रहा है।''

उस वक्त चेहरे पर जबरदस्त तनाव लिए किरन सूनी-सूनी आंखों से लाल बल्ब को घूर रही थी जब बैरिस्टर विश्वनाथ ने स्नेहपूर्वक उसके कंधे पर हाथ रखा।

किरन चिहुंक पड़ी।

विचारमाला के मोती जैसे टूटकर बिखर गए हों।

बैरिस्टर साहब ने गैलरी में पड़ी बेंच की तरफ इशारा करके आहिस्ता से कहा–''आओ किरन, उधर बैठते हैं।''

''नहीं मैं ठीक हूं।''

बैरिस्टर विश्वनाथ बोले–''समझने की कोशिश करो बेटी, ऑपरेशन सीरियस और लम्बा है–ऐसे ऑपरेशन के निपटते-निपटते मरीज के सगे-सम्बंधी और उससे बेइन्तहा प्यार करने वाले भी थक जाते हैं–गैलरी में जगह-जगह वे बेंचें अस्पताल वालों ने उन्हीं की सुविधा के लिए बिछाई हैं।''

''मैं भी यही सोच रही थी पापा।''

''हम समझे नहीं।''

''यह कि इस वक्त ऑपरेशन थियेटर में एक ऐसा ऑपरेशन हो रहा है जिसके नाकाम होने के नब्बे प्रतिशत चांस हैं और ऑपरेशन नाकाम होने का मतलब होगा मरीज की मृत्यु, मगर फिर भी, इन बेंचों पर बैठने के लिए कोई मौजूद नहीं है–कितना भाग्यहीन है शेखर मल्होत्रा–मैं तो खैर अभी छोटी हूं–आप काफी बसन्त देख चुके हैं–क्या आपने कभी ऐसा देखा है पापा कि कोई शख्स जिंदगी और मौत के झूले में झूल रहा हो तथा इस बात की परवाह करने वाला कोई नहीं कि वह मरेगा या.....

''ऐसा तो हम आज भी नहीं देख रहे किरन।''

''तात्पर्य?''

''परवाह करने वाली तुम जो मौजूद हो?''

''आप मुझ पर व्यंग्य कर रहे हैं क्या?''

''नहीं तो।''

''अगर व्यंग्य कर रहे हैं तो मुझे इस व्यंग्य पर बहुत दुःख होगा पापा, क्योंकि आपको नहीं भूलना चाहिए कि जो शख्स इस वक्त जिन्दगी से दूर तथा मौत के नजदीक है उसने आपकी बेटी पर झपट पड़ने वाली मौत का वरण किया है।''

बैरिस्टर विश्वनाथ चुप रह गए।

लगा कि अगर इस वक्त उन्होंने किरन को यह समझाने की कोशिश की कि उसे भावनाओं में नहीं बहना चाहिए तो असर उलटा पड़ेगा अतः कुछ भी कहने का विचार त्याग दिया।

बाप-बेटी के मध्य खामोशी पुनः फन उठाकर खड़ी हो गई।

किरन के खूबसूरत चेहरे पर छाया तनाव कहीं जाकर तब कम हुआ जब सीनियर सर्जन ने 'ऑपरेशन थियेटर' से बाहर निकलते वक्त बताया कि ऑपरेशन सफल रहा है तथा दोपहर में किसी वक्त शेखर को होश आ सकता है।

किरन ने रात के तीन बजा रही रिस्टवॉच पर नजर डाली और बैरिस्टर विश्वनाथ के नजदीक पहुंचती हुई बोली–''क्या आप मेरे कुछ सवालों का जवाब देंगे पापा?''

''कैसे सवाल?''

''जब आप मेरे लिए फिक्रमन्द थे यानि जब शेखर मल्होत्रा को फोन किया था उस श्रृंखला में और किस-किस को फोन किया था आपने?''

बैरिस्टर विश्वनाथ समझ गए कि शेखर मल्होत्रा को खतरे से बाहर पाते ही किरन का दिमाग पुनः इन्वेस्टीगेशन की तरफ घूम गया है बोले–''हमने शहजाद राय, रमन आहूजा और अक्षय को फोन किए थे।''

''क्या जवाब दिया था उन्होंने?''

''तीनों में से कोई फोन पर नहीं मिला था।''

''इंस्पेक्टर अक्षय थाने में नहीं था।''

''सब-इंस्पेक्टर ने बताया था कि वह 'रुटीन गश्त' पर निकला हुआ था।''

''रमन और राय अंकल?''

''दोनों में से कोई अपने रेजिडेन्स पर नहीं था, रमन के वहां 'बेल' जाती रही परन्तु रिसीवर नहीं उठाया गया जबकि मिस्टर राय की मिसेज को मालूम था कि मिस्टर राय कहां गए हैं?''

''रमन आहूजा के बारे में आपका क्या ख्याल है?''

''किस बारे में?''

''संगीता का हत्यारा होने के बारे में।''

''क्या तुम्हारे ख्याल से हत्यारा रमन आहूजा है?''

रहस्यमय मुस्कान के साथ कहा किरन ने–''मैंने आपका ख्याल पूछा है पापा।''

''एक तरफ दावा पेश करती हो कि हत्यारे को पहचान चुकी हो, दूसरी तरफ रमन आहूजा के बारे में हमारा ख्याल जानना चाहती हो–दोनों बातों का तालमेल समझ से बाहर है, जब तुम पहचान ही चुकी हो तो हमारा ख्याल पूछने का क्या मतलब?''

''ख्याल तो सभी का पूछना चाहिए न–मुमकिन है कि जो मैं समझी हूं गलत समझी होऊं–मामला छोटे-मोटे अपराधी का नहीं

बल्कि हत्यारे का है–हत्यारे का नाम जुबान से पूरी तरह पुष्टि कर लेने के बाद ही निकलना चाहिए न?''

''क्या तुम किसी डाउट में हो?''

''छोड़िए पापा, केवल इस सवाल का जवाब दीजिए कि आपके ख्याल से रमन आहूजा......

''अगर सच्चाई जानना चाहती हो तो वह ये है कि इस सम्बन्ध में हमारा दिमाग कुछ भी सोच पाने में असमर्थ है–हम तो यह भी नहीं समझ पा रहे हैं कि घटनाएं आखिर इतनी तेजी के साथ क्यों घट रही हैं?''

किरन ने पुनः प्रश्न किया–बैरिस्टर विश्वनाथ का जवाब इस बार भी गोल-मोल ही रहा–सवाल और जवाबों का सिलसिला चलते-चलते सुबह के पांच बज गए। शेखर मल्होत्रा को ऑपरेशन थियेटर से एक कमरे में–'शिफ्ट' कर दिया गया–इस वक्त सवा पांच बज रहे थे–जब वह एक लेडी टॉयलेट में घुसी, साढ़े पांच तक भी जब बैरिस्टर साहब ने किरन को टॉयलेट से बाहर निकलते न देखा तो असमंजस में पड़ गए–तभी, एक वार्ड ब्वॉय उनके समीप आया तथा बोला–''यह आपकी बेटी ने आपके लिए दिया है।''

बैरिस्टर विश्वनाथ चौंके।

कागज का पुर्जा लगभग छीना उससे, पढ़ा–''सॉरी पापा, एक बार फिर मुझे आपको बिना कुछ बताये गायब होना पड़ रहा है।''

बस–इतना ही लिखा था।

बैरिस्टर विश्वनाथ का दिल 'धक्क' से रह गया, बिजली की-सी तेजी के साथ वे एक खिड़की की तरफ लपके, झांककर नीचे देखा और पार्किंग से अपनी फियेट गायब देखते ही मस्तक पर बल पड़ गए।

वे सोचने की भरपूर चेष्टा कर रहे थे कि किरन कहां गई होगी?

⅄

''पन्द्रह नवम्बर सन् उन्नीस सौ सत्तासी की शाम के करीब पांच बजे आपके इलाके में एक एक्सीडेंट हुआ था।'' किरन कहती चली गई– ''गाड़ी फियेट थी, नम्बर यू टी एक्स 9775–माना यह गया था कि चालक नशे में था और ब्रेक के भ्रम में एक्सीलेटर दबाता चला गया लिहाजा गाड़ी सैकड़ों फुट गहरी खाई में गिरी।''

''हुआ होगा, इसमें मैं क्या कर सकता हूं?'' इंस्पेक्टर देवेन्द्र गौड़ ने उखड़े हुए स्वर में कहा–''उस वक्त यह थाना कम-से-कम मेरे चार्ज में नहीं था बल्कि अगर यह कहा जाए तो ज्यादा मुनासिब होगा कि तब से अब तक दसियों इंस्पेक्टर इस थाने में आ चुके होंगे।''

''लेकिन उस घटना की फाइल तो थाने के रिकार्ड में होगी?''

''अगर पुलिस जांच हुई थी तो फाइल भी जरूर होगी परन्तु?''

''परन्तु?''

''क्या मैं जान सकता हूं कि आप कौन हैं और इतने पुराने-पुराने गड़े मुर्दों को उखाड़ने का मकसद क्या है?''

''मैं एक वकील हूं।'' कहने के साथ उसने अपना वकालतनामा मेज पर रखा और कहती चली गई–''आजकल एक ऐसे केस की इन्वेस्टीगेशन कर रही हूं जिसका एक्सीडेंट से गहरा ताल्लुक है।''

देवेन्द्र गौड़ ने उसके शब्दों पर जरा भी ध्यान नहीं दिया था, हां, वकालतनामा उठाकर जरूर देखा और उसे देखते ही चौंक पड़ा बोला–''अरे आप बैरिस्टर विश्वनाथ की बेटी हैं?''

''जी हां।''

''कमाल है, आपने पहले क्यों नहीं बताया–मैं तो एक तरह से

'फैन हूं उनका, अपने अब तक के जीवन में मैंने उनसे धाकड़ सरकारी वकील नहीं देखा, एक पैसा रिश्वत का नहीं लेते हैं ये–अगर आपका केस लड़ रहे हैं तो......।''

''उस दुर्घटना में उनके दोस्त की मृत्यु हुई थी।'' देवेन्द्र गौड़ की बात काटकर किरन उसे पटरी पर लाने का प्रयत्न करती बोली–''हालांकि जांच के बाद पुलिस इस नतीजे पर पहुंची थी कि वह सचमुच दुर्घटना ही थी किन्तु अब कुछ ऐसे हालात उत्पन्न हो गए हैं कि मामला मर्डर का भी हो सकता है।''

''मैं आपकी क्या मदद कर सकता हूं?''

''दुर्घटना से सम्बन्धित फाइल देखना चाहती हूं मैं।''

''श्योर।'' कहने के बाद उसने एक सिपाही को बुलाया, पहले नाश्ता और फिर फाइल लाने के लिए कहा जिसकी किरन को जरूरत थी–मतलब ये कि उसकी हर किस्म की मदद करने के लिए तत्पर तैयार हो उठा वह।

किरन समझ सकती थी कि यह सब उसके पापा के नाम का प्रताप है।

नाश्ते के दरम्यान वह सम्बन्धित फाइल का अध्ययन करती रही, फाइल ज्यादा मोटी नहीं थी, नाश्ता रखती हुई बोली–''इसमें दुर्घटना स्थल का नक्शा है, एक ट्रक ड्राइवर और चालक के बयान हैं–घटना का विवरण है और अन्त में इंस्पेक्टर गहलौद द्वारा लगाई गई फाइनल रिपोर्ट है–ड्राइवर का बयान है कि वह पहाड़ पर चढ़ रहा था जबकि दुर्घटनाग्रस्त होने वाली कार उतर रही थी, क्या रफ्तार काफी तेज थी और अपनी, 'विंड स्क्रीन' से उसने चालक को बार-बार ब्रेक मारने की भरपूर कोशिश करते देखा था मगर उसकी हर कोशिश के बाद गाड़ी की रफ्तार बढ़ती चली गई और फिर देखते ही-देखते सैकड़ों

फुट गहरी खाई में जा गिरी–खाई के तल से टकराते ही वातवरण में जोरदार विस्फोट गूंजा तथा गाड़ी 'धू-धू' करके जल उठी–ट्रक-ड्राइवर ने यह भी कहा है कि कार चालक ब्रेक के भ्रम में बार-बार शायद एक्सीलेटर दबा रहा था।''

''कार चालक क्या कहता है?''

''उसके बयान के मुताबिक दुर्घटनाग्रस्त होने वाली गाड़ी उससे आगे थी, अनियन्त्रित थी और उसके देखते-ही-देखते खाई में जा गिरी–उसके ख्याल से गुलाब चन्द नशे में 'धुत्त' थे।''

''कौन गुलाब चन्द?''

''इस दुर्घटना में मरा व्यक्ति, पापा का दोस्त।''

''ओह!''

फाइल के मुताबिक ये दोनों दुर्घटना के चश्मदीद गवाह थे, इनकी गवाही के बाद इंस्पेक्टर गहलौद ने अपनी इन्वेस्टीगेशन का विवरण लिखा है–जिसका लब्बो-लुबाव ये है कि एक हवलदार और तीन सिपाहियों के साथ वह खाई में उतरा–वहां दूर-दूर तक कार का मलबा बिखरा पड़ा था और उस मलबे का सबसे बड़ा हिस्सा यानि इंजन सहित बॉडी बुरी तरह जल चुकी थी कार चूंकि खाई की दीवार पर लुढ़कती-पुढ़कती और पत्थरों से टकराती तल तक पहुंची थी इसलिए 'तल' तक पहुंचने से पहले ही उसके अंजर-पंजर बिखर चुके थे–बचे हुए सबसे बड़े टुकड़े में विस्फोट के साथ आग लग गयी थी–लाश बुरी तरह जली और स्टेयरिंग के बीच फंसी हुई थी, खाई में कार के कांच के अलावा 'जॉनीवाकर' की एक बोतल का कांच भी बिखरा मिला और बाद में पोस्टमार्टम ने बताया कि मृतक ने काफी शराब पी थी–इस सबके बाद गहलौद इस नतीजे पर पहुंचा कि नशे की ज्यादती के कारण ही यह दुर्घटना हुई है और यही लिखकर उसने फाइल

क्लोज कर दी–सबसे अन्त में लिखा है कि उसने गाड़ी के ब्रेक चैक किये, ब्रेक पाइप और ब्रेक ऑयल बिल्कुल ठीक था और पैडिल भी सही काम कर रहा था यानि अगर सचमुच ब्रेक मारा जाता तो गाड़ी निश्चित रूप से रुक जाती, लगता है नशे की अधिकता के कारण मृतक सचमुच ब्रेक की जगह एक्सीलेटर दबाता रहा।''

देवेन्द्र गौड़ ने कहा–''मेरे ख्याल से हवलदार अनोखेलाल आपकी मदद कर सकता है।''

''अ-अनोखेलाल?'' किरन चौंकी–''ये नाम तो फाइल में भी लिखा है–इंस्पेक्टर गहलौद के साथ खाई में उतरने वाले हवलदार का नाम यही था।''

''इसीलिए तो कह रहा हूं कि वह आपकी मदद कर सकता है।'' देवेन्द्र गौड़ ने बताया–''पिछले पांच साल से वह इसी थाने में है।''

किरन को उम्मीद की किरण नजर आई, बोली–''उसे बुलाओ इंस्पेक्टर।''

''अभी लीजिए।'' कहने के बाद उसने घन्टी बजाई और कुछ ही देर बाद हवलदार अनोखेलाल किरन के सामने हाजिर था किरन ने कहा–''मैं तुमसे एक दुर्घटना के बारे में बात करना चाहती हूं अनोखेलाल।''

''पहाड़ी इलाका है मेम साहब, दुर्घटनाएं तो यहां होती ही रहती हैं–अब सवाल ये है कि मैं यह कैसे जानूं कि आप कौन-सी दुर्घटना के बारे में बात करने की ख्वाहिशमन्द हैं?''

उसके बात करके के ढंग पर किरन हौले-से मुस्कुराई, मेज से फाइल उठाकर अनोखेलाल को देती हुई बोली वह–''इसे पढ़ लो, मैं इस बारे मे बात करूंगी।''

अनोखेलाल ने वहीं खड़े-खडे तारीख, सन्, जांचकत्र्ता का नाम,

गाड़ी नम्बर और मृतक का नाम पढ़ने के बाद फाइल मेज पर रखते हुए कहा–''सब याद आ गया मेमसाहब–इस कार दुर्घटना में मरने वाला व्यक्ति करोड़पति था मगर शराब के चक्कर में मारा गया साला, जॉनीवाकर की पूरी बोतल हलक में उतारने के बाद ड्राइविंग कर रहा था–पट्ठा एक्सीलेटर को ब्रेक समझकर दबाता रहा और....

''मैं यह जानना चाहती हूं अनोखेलाल कि गाड़ी के मलबे का क्या हुआ था?''

''म-मलबे का?'' अनोखेलाल ने कहा–''मलबे का क्या होता और फिर मलबे के नाम पर वहां था ही क्या जो काम आ सकता–कहने का मतलब ये है कि मलबे में शायद ही कोई काम की वस्तु बची हो और अगर बची भी होगी तो उसकी कीमत इतनी न होगी जितने 'नोट' उसे खाई से निकालने में लग जाने थे।''

''मतलब ये कि मलबा आज भी वहीं पड़ा होगा?''

''अब इस बारे मैं क्या कह सकता हूं मेम साहब–होना तो वहीं चाहिए क्योंकि आसपास इतना बड़ा ''सनकी कोई नहीं रहता जो सैकड़ों फुट गहरी खाई में मटरगस्ती करने जाये मगर सवाल ये उठता है कि अगर मलबा वहां हुआ भी तो इतने दिन बाद किस हालत में होगा–वहां बारिश और बर्फ ने उसे इस कदर गला दिया होगा कि जिस चीज को आप छेड़ेंगी वह 'बुरादे' की तरह बिखर जायेगी।''

किरन एक झटके से खड़ी होती हुई बोली–''मैं मलबे का निरीक्षण करना चाहती हूं इंस्पेक्टर!''

''म-मलबे का निरीक्षण?''

''क्या आप मेरे साथ चलने का कष्ट करेंगे?''

खड़े होते हुए देवेन्द्र गौड़ ने कहा–''अगर आप ऐसा चाहती हैं तो जरूर चलूंगा।''

"थैंक्यू।" किरन बोली–"अगर 'टूल-बॉक्स' साथ ले लें तो ज्यादा बेहतर होगा।"

"ट-टूल-बॉक्स क्यों?"

रहस्यमयी अंदाज से बोली किरन–"उसकी जरूरत पड़ेगी।"

⅄

खाई इतनी ज्यादा गहरी थी कि उसे तल पर पड़े विशालकाय पत्थर सड़क के किनारे पर खड़े होकर देखने से कंकर से लगते थे–हवलदार अनोखेलाल और सिपाही के यह सुनते ही पसीने छूट गये कि उन्हें खाई में उतरना है–परन्तु इंस्पेक्टर साहब का आदेश था।

बजाना तो उन्हें था ही।

यात्रा शुरू हो गयी।

सम्भल-सम्भलकर, एक-एक पत्थर पर पैर जमाते हुए वे करीब एक घन्टे में खाई के 'तल' तक पहुंचे–अनोखेलाल और दोनों सिपाही नहीं बल्कि इंस्पेक्टर गौड़ तथा खुद किरन भी थक गई थी, एक सिपाही ने जब कहा कि 'टांगें टूट गयीं' तो अनोखेलाल बोला–"अभी क्या टांगें टूटी हैं बेटा, अभी तो उतरा है–अपनी सात पुश्त के नाम तो तुझे तब याद आयेंगे जब चढ़ेगा।"

किरन ने दोनों तरफ खड़े गगनचुम्बी पर्वतों की चोटियों को देखा तो यूं लगा जैसे स्वयं पाताल में आकर खड़ी हो गयी हो और फिर शुरू हुई खाई में गुलाब चन्द की फियेट के मलबे की खोज।

सबसे बड़ा हिस्सा यानि जली हुई बॉडी और इंजन उन्हें आसानी से चमक गया–बुरी तरह जंग खाया हुआ था वह लेकिन उसे तो मानो उससे कोई मतलब ही न था–जैसे पहले से ही जानती थी कि उसे

क्या चैक करना है–उसकी आंखें रह-रहकर बुरी तरह जल चुंके चारों 'बे्रक-ड्रम्स' को देख रही थीं।

केवल एक 'बे्रक-ड्रम्स' पर पहिया चढ़ा हुआ था–बाकी तीन रॉड से टूटकर मुख्य बॉडी से अलग हो चुके थे और खाई के जाने कौन-से हिस्से में पड़े हुए थे।

''तुम ढांचे के ऊपर चढ़कर चारों 'बे्रक-ड्रम्स' खोलो अनोखेलाल।'' किरन ने कहा।

अनोखेलाल ने इंस्पेक्टर गौड़ की तरफ देखा–गौड़ ने उसे किरन के आदेश का पालन करने का हुक्म दिया।

हुक्म देना आसान था–लेकिन पालन करना उतना ही मुश्किल–सारे 'स्क्रू' इस कदर जंग खा चुके थे कि 'बे्रक-ड्रम्स' खोलने में अनोखेलाल के दांतों के तले पसीना आ गया।

ड्रम्स खुल गये।

किरन इंस्पेक्टर गौड़ के साथ ढांचे के नजदीक पहुंची–ड्रम्स का निरीक्षण करते-करते उसकी आंखें हीरों की मानिन्द चमक उठीं, उत्साह भरी इंस्पेक्टर गौड़ से बोली वह–''देखा इंस्पेक्टर, किसी भी 'ड्रम' के अन्दर 'ब्रेक-शू' नहीं हैं।''

''कहां गये ब्रेक-शू?''

''एक तो यह रहा।'' किरन ने अपने पर्स से 'ब्रेक-शू' निकालकर उसे दिखाया।

इंस्पेक्टर चकित रह गया–''इस गाड़ी का 'ब्रेक-शू आपके पास?''

''गुलाब चन्द बे्रक के भुलावे में एक्सीलेटर नहीं बल्कि ब्रेक ही दबा रहे थे।'' रहस्यमयी स्वर में किरन कहती चली गई–''मगर ब्रेक लगते तो तब, गाड़ी रुकती तो तब जब ड्रम में शू होते– इंस्पेक्टर गहलौद ने पैडिल, ब्रेक ऑयल और ब्रेक पाइप को दुरुस्त पाया

तथा नतीजा निकाल लिया कि बे्रक ठीक हैं–गलती उसकी भी नहीं थी, ड्रम खोलकर देखने की जरूरत ही नहीं थी कि 'शू' हैं भी या नहीं।''

''ओह! माई गॉड!'' गौड़ कह उठा–''यह तो हत्या थी।''

⅄

सारा दिन पहाड़ी इलाके में गुजर गया।

शाम के ठीक सात बजे किरन अस्पताल के उस कमरे में दाखिल हुई जिसमें शेखर मल्होत्रा पड़ा था–आंखें बन्द थीं उसकी–एक कलाई के जरिए ब्लड चढ़ रहा था, दूसरी के जरिए ग्लूकोज।

एक नर्स बेड के नजदीक बैठी थी।

किरन ने उससे पूछा–''इन्हें होश आया या नहीं?''

होंठों पर उंगली रखकर किरन को चुप रहने का संकेत करती नर्स स्टूल से खड़ी हो गयी और यही क्षण था जब बिस्तर पर पड़े शेखर मल्होत्रा ने आहिस्ता-आहिस्ता आंखें खोलीं।

होंठों से कराह-सी निकली–''क-किरन.....क-किरन!''

''हां शेखर!'' वह मानो टूटकर उसकी तरफ लपकी–''मैं आ गई हूं, तुम फिक्र मत करना।''

उसके होंठ हिले–कुछ बड़बड़ाया था वह मगर आवाज किरन के कानों तक न पहुंच सकी सुनने के लिए अधीर किरन ने अपना कान उसके होंठों के नजदीक ले जाकर कहा–''हां...... हां......बोलो, क्या कहना चाहते हो?''

''तु-तुम......जीवित हो न?'' बहुत कमजोर-सी आवाज में पूछा उसने।

''म-मैं......मैं भला जीवित क्यों नहीं होऊंगी पगले?'' कहते-कहते

आंखें भर आईं किरन की–''म-मेरी मौत को तो तुमने अपने गले से लगा लिया था मगर फिक्र मत करो अब तुम ठीक हो जाओगे।''

शेखर के होंठ पुनः कांपे।

कुछ कहा था उसने मगर किरन सुन न सकी–नर्स उसे लगभग घसीटती हुई बेड से दो कदम दूर ले गई और फुस-फुसाकर बोली–''प्लीज मैडम, उससे बात मत कीजिए...... डॉक्टर ने उसे बोलने के लिए सख्त मना किया है।''

''ओह, होश कब आया इन्हें?''

नर्स ने अपनी रिस्टवॉच पर नजर डालते हुए बताया–''चार बजे, सबसे पहले इन्होंने पानी मांगा और उसके बाद से लगातार आपका और सिर्फ आप ही का नाम ले रहे हैं, बीच-बीच में थककर मानो 'गाफिल' हो जाते हैं–फिर आपका नाम बड़बड़ाने लगते हैं–अब शायद इन्होंने आपकी आवाज सुनकर ही आंखें खोली हैं।''

शेखर के होंठ अभी भी कांप रहे थे, आंखें किरन को देख रही थीं।

वह बोली–''शेखर शायद कुछ कहना चाह रहा है।''

''आप समझती क्यों नहीं बोलने की सख्त मनाही है उन्हें।''

''मैं उसे नहीं बोलने दूंगी, केवल मैं बोलूगी–उसे वह बताऊंगी जो जानना चाहता है–जब तक उन सवालों के जवाब नहीं मिलेंगे उसे जो उसके दिमाग में घुमड़ रहे हैं तब तक वह बोलने की और मुझसे सवाल करने की चेष्टा करता रहेगा और बोलने के प्रयास को भी वह मेरे कहने से ही छोड़ेगा।''

बात नर्स की समझ में आ गयी।

किरन पुनः तेजी से बेड के नजदीक पहुंचकर बोली–''बोलने की कोशिश मत करो शेखर डॉक्टर ने मना किया है–जानती हूं

कि तुम क्या जानना चाहते हो–तुम्हारे सवालों का जवाब मैं बगैर तुम्हारे सवाल किये दे सकती हूं–सुनो, ध्यान से सुनो मैंने मुजरिम का चक्रव्यूह तहस-नहस कर दिया–उसका नाम जान चुकी हूं मैं, काफी हद तक सबूत भी जुटा चुकी हूं–सारी स्थिति संक्षेप में यूं समझ सकते हो कि मेरे पास रस्सी भी है और यह जानकारी भी कि इस रस्सी का फंदा बनाकर किसकी गर्दन में डालना है–कमी है तो सिर्फ रस्सी के एक सिरे को फन्दे की शक्ल देने की और मैं अच्छी तरह जानती हूं कि आज की रात फन्दा तैयार कर लूंगी।''

''शेखर के होंठ कांपे, आवाज तो किरन के कानों तक न पहुंच सकी परन्तु समझ गई कि वह हत्यारे का नाम पूछ रहा होगा अतः बोली–''अभी शेखर, कल सुबह सभी लोगों के सामने उसके चेहरे से नकाब नोचूंगी मैं–नहीं, जिद्द नहीं–अब आंखें बन्द करो और सो जाओ–तुम्हें कसम है मेरी।''

आहिस्ता-आहिस्ता आंखें बन्द जरूर हो गयी परन्तु बन्द होती उन आंखों में शिकायत का भाव था, किरन ने तेजी के साथ नर्स की और पलटते हुए कहा–''इस वक्त डॉक्टर कहां हैं?''

''अपने ऑफिस में।''

जवाब मिलने के बाद एक सेकेंड के लिए भी किरन वहां नहीं रुकी–हवा के झोंके की तरह डॉक्टर के ऑफिस में दाखिल हुई और उसे देखते ही डॉक्टर कह उठा–''अ-आप कहां हैं मिस किरन इधर मरीज सफलता की हालत में लगातार आपका नाम ले रहा है, उधर आपके पापा के बीसों फोन आ चुके हैं–उनका मैसेज है कि यहां पहुंचते ही फोन पर उनसे बात कर लें।''

''सबसे पहले यह बताइये डॉक्टर कि इस वक्त शेखर किस कन्डीशन में है?'' वह कुर्सी पर बैठ गई।

‘‘खतरा पूरी तरह टल चुका है, अब तो बस उसे दवाओं और आराम की जरूरत है।’’

‘‘वैरी गुड।’’ किरन का चेहरा चमचमा उठा–‘‘क्या कल सुबह आप उसको छुट्टी दे सकते हैं?’’

‘‘क-कल सुबह?’’ डॉक्टर उछल पड़ा–‘‘नहीं इतने सीरियस केस में भला इतनी जल्दी छुट्टी कैसे दी जा सकती है!’’

‘‘अभी-अभी आप ही ने तो कहा कि उसे आराम और दवाओं की जरूरत है–मैं इन दोनों बातों की गारन्टी लेने के लिए तैयार हूं, दवायें उसे टाइम से दी जायेगी, भरपूर आराम दिया जायेगा–आठ-आठ घन्टे के हिसाब में तीन नर्सें रख लूंगी मैं– सुबह-शाम आप खुद चैकअप करने आ सकते हैं।’’

‘‘घर...घर ही होता है मिस किरन... और अस्पताल...अस्पताल ही।’’ डॉक्टर ने कहा–‘‘पेशेण्ट को जो आराम अस्पताल में मिल सकता है वह घर पर किसी हालत में नहीं मिल सकता।’’

‘‘उसे यहां से बेहतर आराम मिलेगा डॉक्टर साहब, मैं आपको विश्वास दिला सकती हूं।’’

‘‘म-मगर आखिर बात क्या है, छुट्टी के लिए इतनी जल्दी आप क्यों कर रही हैं।’’

शांत लहजे में किरन ने कहा–‘‘आप जानते हैं न कि कल इस शख्स को कोर्ट में सजा होने वाली है?’’

‘‘हां, अखबारों के जरिए हमें संगीता मर्डर केस की मुकम्मल डिटेल मालूम है और हम ही क्या अखबार पढ़ने वाला शायद हर व्यक्ति जानता है कि अपनी बीवी की हत्या इसी ने की थी और इसे सजा होकर रहेगी।’’

किरन यूं मुस्करा उठी जैसे डॉक्टर ने कोई बचकानी बात कह दी

हो, बोली–''अदालत का फैसला कोर्ट खुलने के बाद यानि ग्यारह बजे के आसपास होगा जबकि उससे पहले मैं एक और अदालत लगाना चाहती हूं–अपनी अदालत–यह अदालत करीब नौ बजे शेखर मल्होत्रा की कोठी के ड्राइंग-हॉल में लगाना चाहती हूं मैं।''

''उस अदालत में क्या होगा?''

''शेखर की पत्नी यानि संगीता के असली हत्यारे के चेहरे से नकाब मैं खुद नोचूंगी?''

''क-क्या मतलब?'' डॉक्टर उछल पड़ा–''क्यों वास्तविक हत्यारा शेखर मल्होत्रा नहीं है?''

''गारन्टी से नहीं है।''

''फ-फिर कौन है?''

''कल सुबह सभी लोगों की मौजूदगी में, मैं उसका नाम लूंगी, न सिर्फ नाम लूंगी बल्कि अकाट्य सबूत भी पेश करूंगी मेरी अदालत वास्तविक अदालत को अपना फैसला बदलने पर विवश कर देगी और यह मेरी दिली इच्छा है कि उस वक्त बेड पर पड़ा शेखर उनकी बौखलाहट को अपनी आंखों से देखे जिन्होंने उसे चक्रव्यूह में फंसाया था।''

''यह हैरतअंगेज खेल तो हम खुद भी देखना चाहेंगे।''

''मैं बाकायदा आपको आमन्त्रित करती हूं।''

⅄

''अ-आप......आप सुबह से कहां हैं?'' उसे देखते ही अक्षय कह उठा–''बैरिस्टर साहब बीसों बार फोन कर चुके हैं–उनका मैसेज है कि अगर आप यहां आएं तो सबसे पहले फोन पर उनसे बात कर लें।''

''पापा से मेरी बात हो चुकी है।'' झूठ बोलने के बाद किरन ने उसके सामने वाली कुर्सी पर बैठते हुए पूछा–''डाक बंगले से गिरफ्तार किए गए बदमाशों से कुछ पता लगा?''

''वे छोटे-छोटे दो गिरोह हैं–एक चुन्दा पहलवान का गिरोह, दूसरा जग्गा उस्ताद का गिरोह–जग्गा उस्ताद जीवित गिरफ्तार हो गया है किन्तु काम की बात न वह बता पा रहा है न ही कोई अन्य गुन्डा।''

''क्या कहते हैं वे?''

''कहते हैं कि सफेद नकाबपोश ने उन्हें किराये पर 'अरेंज' कर रखा था–वे केवल वही करते थे जो आदेश सफेद नकाबपोश की तरफ से मिलता था।''

''और यह वे जानते नहीं हैं कि सफेद नकाबपोश कौन था?''

''हां।''

''काली एम्बेसेडर के बारे में कुछ पता लगा?''

''चेसिस नम्बर के आधार पर मैंने उसका रजिस्ट्रेशन नम्बर पता लगाया तो रहस्य ये खुला कि उस नम्बर की गाड़ी पांच दिन पहले चोरी हो गयी थी मगर उसका रंग हल्का नीला था।''

''यानि हत्यारे ने हल्के नीले कलर को काले रंग में बदल दिया?''

''मतलब तो यही निकला।''

''क्या जग्गा आदि गिरधारी लाल के बारे में कोई नई बात बता सके?''

''उसका कहना है कि पहले वे गिरधारीलाल को 'बॉस' के साथ देखकर चौंके क्योंकि उसे वे वही शख्स यानि शेखर मल्होत्रा समझते थे जिसे 'बॉस' की तरफ से खत्म कर देने के आदेश थे, परन्तु शीघ्र ही 'बॉस' ने रहस्य खोला कि वह शेखर मल्होत्रा नहीं गिरधारीलाल है और फिर......

‘‘यानि केवल वही बता सके जितना हमें मालूम है।’’

‘‘इंस्पेक्टर अक्षय श्रीवास्तव को पुनः कहना पड़ा, हां।’’

‘‘खैर!’’ एकाएक किरन ने कहा–‘‘भले ही इंस्पेक्टर होने के बावजूद तुम कुछ पता न लगा पाये हों इंस्पेक्टर मगर मैंने सब कुछ पता लगा लिया है–कल सुबह ठीक साढ़े आठ बजे तुम्हें शेखर मल्होत्रा की कोठी पर पहुंचना है–सभी लोग पहुंचेंगे–मैं सबके सामने मुजरिम का असली चेहरा और उसके चक्रव्यूह के ‘चिथड़े’ पेश करूंगी–उसे गिरफ्तार करने की ड्यूटी तुम्हें ही निभानी है।’’

‘‘आखिर वह है कौन?’’ अक्षय श्रीवास्तव ने व्यग्रतापूर्वक पूछा।

‘‘इस सवाल का जवाब मैं कल, सब लोगों के सामने देना पसन्द करूंगी मगर हां, इस वक्त आपको एक चीज दिखा सकती हूं।’’

‘‘क्या?’’

किरन ने पर्स से सफेद रूमाल में लिपटी कोई वस्तु निकाली, बोली–‘‘मैंने यह रिवॉल्वर बरामद कर लिया है।’’

‘‘र-रिवॉल्वर जिससे चाकू विक्रेता को गोली मारी गई।’’ कहने के साथ उसने रिवॉल्वर को रूमाल से अलग करके उसे पकड़ते हुए कहा–‘‘आप देखकर पुष्टि कीजिए कि रिवॉल्वर वही है या नहीं?’’

‘‘हत्यारे के फिंगर प्रिन्ट्स तो नहीं हैं इस पर?’’

‘‘मेरे ख्याल से नहीं थे और अगर होंगे भी तो मिट चुके होंगे क्योंकि मैंने इसे खुद काफी छेड़ा है–ऐसा इसलिए किया क्योंकि रिवॉल्वर को हत्यारे का साबित करने के लिए मुझे इस पर उसके फिंगर प्रिन्ट्स की जरूरत नहीं पड़ेगी।’’

अक्षय ने रिवॉल्वर उठा लिया–नम्बर और मार्का पढ़ा, चैम्बर खींचकर देखा–गोलियां चैक कीं और चौंकता हुआ बोला–‘‘मुझे लगता है किरन जी कि आप किसी भ्रम का शिकार हो गई हैं।’’

“मतलब?”

“कम-से-कम चाकू-विक्रेता को तो इस रिवॉल्वर से नहीं मारा गया।”

“क-क्या मतलब?” किरन इस तरह उछल पड़ी जैसे असंख्य बिच्छुओं ने मिलकर डंक मारा हो।

अफसोस-सा जाहिर करता अक्षय बोला–“अगर आपने इस बात को ‘बेस’ बनाकर कोई थ्योरी बनाई थी कि चाकू-विक्रेता की हत्या इस रिवॉल्वर से की गई है तो मुझे दुःख के साथ कहना पड़ रहा है कि आप गलत रास्ते पर भटक रही हैं–थ्योरी का बेस ही गलत है क्योंकि यह रिवॉल्वर प्वॉइन्ट थ्री थ्री का है जबकि चाकू विक्रेता को प्वॉइन्ट फाइव के रिवॉल्वर से मारा गया है।”

“क-क्या यह सच है?” किरन ने नाल पकड़कर रिवॉल्वर उसके हाथ से लेते हुए पूछा।

“मैं भला झूठ क्यों बोलूंगा?”

“म-मगर।” किरन के चेहरे पर ऐसे भाव थे मानो उसके बुलंद इरादों पर ‘तुषारापात’ हुआ हो, रिवॉल्वर को बहुत ध्यान से देखती हुई बोली वह–“मुझे पक्का यकीन था कि चाकू-विक्रेता की हत्या इसी रिवॉल्वर से की गई होगी।”

“कैसे यकीन था आपको?”

“अब छोड़िये।” उसने रिवॉल्वर पर्स में डाला–“जब थ्योरी ही गलत सिद्ध हो गई तो क्या बताऊं?”

इंस्पेक्टर अक्षय ने व्यंग्यात्मक स्वर में पूछा–“क्या नये हालात में सुबह को मल्होत्रा की कोठी पर आप मीटिंग करेंगी?”

“क्यों नहीं, आप शायद यह सोच बैठे कि हत्यारे का पर्दाफाश करने का इस रिवॉल्वर से जुड़ी थ्योरी से कोई सम्बन्ध था–नहीं,

बिल्कुल नहीं–मीटिंग जरूर होगी और आपको जरूर आना है क्योंकि......

"क्योंकि?"

"क्योंकि मेरे 'इन्वाइट' करने के बावजूद अगर कोई नहीं आएगा तो सिर्फ हत्यारा नहीं आएगा।" इतना कहने के बाद किरन यह जा, वह जा।

⅄

उसे देखते ही रमन आहूजा के प्राण खुश्क हो गए–"अ-आप?"

"मैं तुम्हें इन्वाइट करने आई हूं।"

"ज-जी...कोई फंक्शन है क्या?"

"ऐसा ही समझो।"

"न समझने से क्या मतलब, फंक्शन है नहीं क्या?"

"फंक्शन तो है मगर छोटा-सा है–बहुत कम लोगों को इन्वाइट किया है, मैंने उनमें तुम्हारा नाम भी है।"

"कल सुबह साढ़े आठ बजे शेखर मल्होत्रा की कोठी पर सभी सम्बन्धित लोगों के सामने संगीता के असली हत्यारे के चेहरे पर चढ़ा नकाब नोचूंगी–आपकी उपस्थिति सादर प्रार्थनीय है।"

रमन आहूजा अवाक् रह गया।

बड़ी मुश्किल से बोल सका–"य-ये कैसा फंक्शन है?"

"है न अजीब फंक्शन?" किरन ने चटकारा-सा लिया–"और अजीब-अजीब लोगों को ही इन्वाइट किया है मैंने–मुजरिम उन्हीं में से कोई है जिन्हें इन्वाइट कर रही हूं और तुम्हें आना जरूर है क्योंकि न आने का मतलब होगा दिल में चोर और दिल में चोर का मतलब तो तुम जानते ही होंगे?"

''क-क्या आपका शक अब भी मुझ पर है?'' रमन का चेहरा पीला पड़ा हुआ था।

''कल पता लगेगा–खैर, जरा इसे पढ़ना।'' कहने के साथ किरन ने एक कागज निकालकर उसे पकड़ा दिया और असमंजस में फंसे रमन आहूजा ने कागज खोला और पढ़ा–

मेरे सपनों के राजा!

वर्षों से तड़प रही हमारी आत्माओं के मिलन के बीच जो दीवार थी उसका सफाया शीघ्र होने जा रहा है। और उसके बाद या तो मैं होऊंगी या तुम–दुनिया की कोई ताकत हमारे अमर मिलन को नहीं रोक सकेगी–हमारे प्यार के बीच खड़ी दीवार को गिराने में जो मदद तुमने मेरी की है, उसके लिए सारी जिंदगी तुम्हारी कर्जमन्द रहूंगी–शेष फिर!

–तुम्हारी सपनों की रानी''

▲

पढ़ने के बाद रमन आहूजा ने सामान्य स्वर में पूछा–''पत्र किसने किसको लिखा है?''

''लो, जो मैं तुमसे पूछना चाहती थी वह उल्टा मुझी से पूछ बैठे–क्या तुम नहीं बता सकते कि ये सपनों का राजा और सपनों की रानी आखिर कौन हैं?''

''क्या यह राइटिंग संगीता की नहीं है?''

''मैं भला संगीता की राइटिंग कैसे पहचान सकता हूं?''

''मैंने सोचा मुमकिन है कि पहचानते हो–खैर नहीं पहचानते तो न सही। लाओ, बाकायदा तह बनाकर पत्र मुझे दे दो।''

“कहीं कल तुम हमें ही तो हत्यारा साबित करने नहीं जा रही हो?” शहजाद राय ने उसकी आंखों में आंखें डालकर पूछा।

“नहीं।” किरन रहस्यमय मुस्कान के साथ बोली–“मेरी इन्वेस्टीगेशन का परिणाम यह निकला है कि फोटो और चिट्ठियां केवल यह साबित करते हैं कि संगीता आपकी बेटी थी–यह रहस्य न गुलाब चन्द को पता था, न ही संगीता को पता लग सका था और जब उन्हें पता ही नहीं था तो एक मात्र उद्देश्य खत्म हो गया जिसके लिए आप उनकी हत्या कर सकते थे, वैसे बैरिस्टर विश्वनाथ के बारे में आपका क्या ख्याल है?”

“क-क्या मतलब?” शहजाद राय के छक्के छूट गए–“त-तुम अपने पापा की बात कर रही हो न?”

मोहक मुस्कान के साथ जवाब दिया किरन ने–“कम-से-कम इस शहर में इस नाम के शख्स मेरे पापा ही हैं?”

“उ-उनके बारे में हमारी राय किस सम्बन्ध में पूछ रही थीं तुम?”

“क्या वे हत्यारे नहीं हो सकते?”

“त-तुम...तुम कहीं पागल तो नहीं हो गई हो किरन? अपने पापा के बारे में ऐसा सोच रही हो तुम?”

“यह पत्र मुझे सोचने के लिए मजबूर कर रहा है।” कहने के साथ ही किरन ने पर्स से एक कागज निकालकर शहजाद राय की तरफ बढ़ाया, शहजाद राय ने कागज लगभग छीन लिया उससे और तेजी से खोलकर पढ़ा–

“प्रिय दोस्त,

तुमने मेरी खातिर–हमारी दोस्ती की खातिर जो कुछ किया है उससे ‘दोस्ती’ शब्द के मायने बहुत ज्यादा बढ़ गए हैं–तुमने लिखा

है कि अपनी बेटी से परेशान हो–डरते हो कि वह तुम्हारा रहस्य न जान जाये मगर फिक्र मत करो, अपने जीते-जी मैं वैसा कुछ नहीं होने दूंगा जिससे तुम पर आंच आए-तुमने जो किया है, मेरे लिए किया है, और वादा रहा दोस्त कि रहस्य-रहस्य न रह पाया तो मैं सारा जुर्म अपने सिर ले लूंगा।

–तुम्हारा प्यारा दोस्त''

⅄

शहजाद राय के चेहरे पर हैरत के असीमित चिन्ह उभर आए–किरन की तरफ इस तरह देखा जैसे वह कोई अजूबा हो, बोले–''यह पत्र किसने किसको लिखा है?''

''यह तो मालूम है कि किसे लिखा गया मगर अभी ठीक से यह निश्चय नहीं कर पा रही हूं कि किसने लिखा?''

''किसे लिखा गया?''

''मेरे पापा को।''

''क्या तुम इसलिए कह रही हो कि इसमें बेटी से परेशान होने वाली बात लिखी है?''

''वजह तो ये भी है मगर कमजोर क्योंकि एक ही समय में बहुत-से बाप अपनी बेटी से परेशान हो सकते हैं मगर दूसरी वजह सशक्त है और वह यह कि ये पत्र मुझे पापा की पर्सनल आलमारी से मिला है।''

''ओह!''

''लिखने वाले के बारे में मेरा शक गुलाब चन्द पर है मगर वे मर चुके हैं जबकि अगर यह पत्र पापा को लिखा गया है तो लेंग्वेज बताती है कि मेरे रि-इन्वेस्टीगेशन पर निकलने के बाद लिखा गया–

झमेला कुछ समझ में नहीं आ रहा, क्या आप बता सकते हैं कि ये राइटिंग गुलाब चन्द की है या नहीं?''

''नहीं?''

''बड़ी जल्दी बता दिया, क्या इससे पहले आपने गुलाब चन्द की राइटिंग देखी थी?''

''किसी शादीशुदा स्त्री का प्रेमी स्त्री के पति की राइटिंग ही से नहीं बल्कि बहुत-सी चीजों से परिचित हो जाता है और इसलिए हम दावे के साथ कह सकते हैं कि कम-से-कम गुलाब चन्द ने यह पत्र नहीं लिखा है।''

''गुलाब चन्द लिख भी कैसे सकते हैं?'' किरन की मुस्कुराहट रहस्य की सरहदों को 'बेंधती' चली जा रही थी–''उन बेचारों की मृत्यु तो संगीता से भी तीन महीने पहले हो गई थी।''

⅄

''हां......हां बेटी जरूर आयेंगे।'' अजय देशमुख ने कहा–''काफी हैरत-अंगेज बातें कर रही हो तुम–शेखर मल्होत्रा आया तो हमारे पास भी था और उसने कहा भी था कि वह बेगुनाह है मगर पूरा मुकदमा हमारे सामने है–एक-एक प्वॉइन्ट जहन में है और हर प्वॉइन्ट चीख-चीखकर कह रहा है कि हत्यारा शेखर ही है मगर अब......अब तुम कह रही हो हत्यारा शेखर नहीं कोई और है–यह भी कह रही हो कि कल सुबह सबके सामने अपने कथन को साबित कर दोगी–इतनी हैरत-अंगेज मीटिंग ज्वाइन करने भला क्यों नहीं आयेंगे हम?''

एकाएक किरन ने पूछा–''जो फैसला कल आप देने जा रहे हैं, वह लिख तो लिया होगा न?''

''बेशक लिख लिया है।''

‘‘इसी पेन से लिखा है क्या?’’ किरन ने उनकी जेब में लगे पैन की तरफ इशारा किया।

‘‘हां।’’ जज साहब मुस्कुराये।

‘‘क्या आप यह पेन मुझे दे सकते हैं?’’

‘‘त-तुम्हें क्यों?’’

‘‘मेरी दिली तमन्ना है कि जिस पैन ने शेखर मल्होत्रा के खिलाफ फैसला लिखा है उसी से आज रात को बैठकर वह मजमून बनाऊं जिससे शेखर मल्होत्रा के चारों तरफ रचा गया चक्रव्यूह ध्वस्त हो जायेगा।’’

‘‘पैन तो तुम ले लो बेटी।’’ अजय देशमुख ने जेब से पैन निकाल कर उसकी तरफ बढ़ाया–‘‘मगर जो बात तुमने कही उससे कच्ची भावुकता की ‘बू’ आ रही है और जीवन में हमारी यह सीख याद रखना कि वकील को अपने पेशे से सम्बन्धित कोई भी काम भावुकता के भंवर में फंसकर नहीं करना चाहिए।’’

मुस्कुराती किरन ने पैन ले लिया बोली–‘‘पैन के लिए धन्यवाद, सीख के लिए शुक्रिया अंकल।’’

▲

किरन की बात सुनते ही हॉल में सन्नाटा छा गया। इतना घना कि सुई के गिरने की आवाज बम के धमाके सी लगे।

हालांकि किरन सहित वहां आठ व्यक्ति थे।

अतर जैन, सुमित्रा, संगम, राकेश और कमल तथा निक्कू बुन्दू।

मगर!

सन्नाटा ऐसा व्याप्त था जैसे कहीं चींटीं भी न रेंग रही हो और फिर उस सन्नाटे को किरन ही ने तोड़ा–‘‘तुमने सुन लिया न निक्कू-बुन्दू,

मीटिंग इसी हॉल में है जहां इस वक्त हम खड़े हैं और साढ़े आठ बजे तक सभी लोग आ जाएंगे, सवा आठ बजे तक सारा प्रबन्ध मुकम्मल हो जाना चाहिए।''

''हो जाएगा मेमसाहब।''

''आपने बताया नहीं जैन साहब।'' किरन ने अतर जैन से कहा– ''कल रात नौ बजे के करीब मैंने शेखर को फोन किया था, निक्कू का कहना है कि उस वक्त आपकी पत्नी, बेटी और राकेश तो कोठी में थे परन्तु आप और कमल नहीं थे, क्या आप बताने का कष्ट करोगे कि उस वक्त कहां थे?''

''हम लोग क्लब गए थे।'' अतर जैन ने शांत स्वर में कहा।

''कौन से क्लब में?''

''यूनाइटेड क्लब।''

''ठीक है।'' कहने के साथ किरन ने पर्स से कोरा कागज तथा पैड इंक निकाली बोली–''मुझे तुम्हारी अंगुलियों के निशान चाहिएं, निक्कू-बुन्दू।''

''वह क्यों मेमसाहब?''

''मुझे कहीं से हत्यारे की अंगुलियों के निशान मिले हैं।'' किरन ने नजरें अतर और कमल पर जमाए रखकर कहा–''जिन-जिन पर मुझे शक है उन सबके निशान हत्यारे की अंगुलियों के निशानों से मिलाकर देखूंगी।''

''तो क्या आपको हम पर भी शक है मेमशाब?'' बुन्दू हकला गया।

''जब तक असली हत्यारा पकड़ा नहीं जाता तब तक शक तो सभी पर करना पड़ेगा बुन्दू, और फिर जब तुम हत्यारे हो ही नहीं तो अपने निशान देने से डरोगे क्यों–डरेगा या कतरायेगा वह जो हत्यारा होगा, बोलो–मैं ठीक कह रही हूं या नहीं?''

"आप बिल्कुल ठीक कह रही हैं मेमशाब।" निक्कू बोला–"सांच को भला क्या आंच हो सकती है, मेरी अंगुलियों के निशान तो आप अभी ही ले लीजिए।"

इस प्रकार।

अलग-अलग कागजों पर किरन ने सबके निशान लिए–कमल अपने निशान देने के लिए तैयार न था परन्तु किरन ने अतर को उसे विरोध न करने का संकेत करते देखा।

कमल ने निशान इस तरह दिए जैसे अपनी जान निकालकर दे रहा हो।

⅄

लगातार दो दिन और दो रातों से जाग रही थी वह–न सिर्फ जाग रही थी बल्कि जबरदस्त मेहनत भी की थी–शरीर भले ही थका हुआ हो, आंखें भले ही लाल हों सूजी-सूजी नजर आ रही जों परन्तु मन में उत्साह था।

सफलता का उत्साह।

उसी नशे में चूर रात के तीन बजे वह घर पहुंची।

बैरिस्टर विश्वनाथ और सुलोचनादेवी ही नहीं, सारे नौकर भी जाग रहे थे।

फिक्रमन्द थे।

सुलोचनादेवी और बैरिस्टर साहब का बरस पड़ना स्वाभाविक था और वे बरसे।

खूब बरसे!

किरन गर्दन झुकाए सुनती रही और जब महसूस किया कि माता-पिता का गुबार निकल चुका है तो आहिस्ता से बोली–"भविष्य में आपको इस किस्म की शिकायत का मौका नहीं मिलेगा पापा।"

“जब तक तुम्हारे दिमाग पर उस महामक्कार, धूर्तसम्राट और जालसाजों के शहंशाह को बेगुनाह साबित करने का भूत सवार है तब तक शिकायतों का मौका हमें मिलता रहेगा।”

“जिसे आप भी भूत कह रहे हैं वह भूत ही था सो समझिये पापा कि भूत उतर चुका है।”

“उतर चुका है?”

“सच।”

“कैसे......इतनी जल्दी कैसे उतर गया भूत?”

“केवल छः घन्टे रह गए हैं–ठीक नौ बजे मैं सभी गणमान्य व्यक्तियों के सामने असली हत्यारे को बेनकाब कर दूंगी–केवल जुबान से नहीं बल्कि सबूतों के साथ–ऐसे अकाट्य सबूतों के साथ जिन्हें आप शहजाद राय, अक्षय श्रीवास्तव और जज साहब तक नहीं काट सकेंगे?”

“किसे हत्यारा साबित करने जा रही हो तुम?”

“सॉरी पापा, इस सवाल का जवाब आपको सुबह नौ बजे मिलेगा।”

बैरिस्टर साहब सकपकाकर रह गए जबकि किरन ने कहा–“आपने अभी-अभी शेखर मल्होत्रा को महामक्कार और जाने क्या-क्या कहा उन शब्दों का मतलब नहीं समझती मैं।”

“हमने वही कहा है जो वह है।”

किरन के चेहरे पर आश्चर्य के असीमित भाव उभर आए, बोली–“आप अब भी ऐसा कह सकते हैं पापा–अब जबकि अपनी आंखों से उसे मौत के मुंह में दाखिल होते देख चुके हैं–उसके कंधे-से-कंधा मिलाकर मुझे हत्यारे के चंगुल से निकालने के मिशन पर काम कर चुके हैं–इतना सब कुछ होने के बावजूद अगर आप उसे वही समझते

हैं, जो पहले समझते थे तो किस आधार पर–क्या आप यह कहना चाहते हैं कि अपने जिस्म में दो गोलियां उतरवा लेना भी शेखर मल्होत्रा का नाटक है?''

''क्या उसका मौत के मुंह में पहुंच जाना एक दुर्घटना नहीं हो सकती?''

''दुर्घटना?''

''हां, ऐसी दुर्घटना जो उसके प्लान का हिस्सा नहीं थी।''

''मैं समझी नहीं कि आप क्या तिकड़म जोड़ने की कोशिश कर रहे हैं?''

''परसों रात तक की घटनाओं का विश्लेषण हम कर चुके थे–अब उससे आगे बढ़ते हैं।'' बैरिस्टर विश्वनाथ ने कहना शुरू किया–''सबके फोटो कलेक्ट करते देखकर शेखर समझ गया कि तुम चाकू-विक्रेता से मिलोगी–उससे पूछोगी कि फर्स्ट अप्रैल वाले दिन शेखर के अलावा वैसी ही चाकू 'इनमें' से किसने खरीदा था–शेखर मल्होत्रा जानता था कि चाकू-विक्रेता यह कहेगा कि 'किसी' ने नहीं और उसके ऐसा कहते ही तुम उस पटरी से हट जाओगी जिस पर वह तुम्हें चला रहा था अतः उसी रात चाकू–विक्रेता की हत्या कर दी–तुम समझो कि चाकू-विक्रेता को इसलिए मार डाला गया क्योंकि तुम्हारे पास मौजूद फोटुओं में कोई हत्यारा है और चाकू-विक्रेता उसे पहचान सकता था–फिर उसने तुम्हें उलझाने के लिए एक नई और बेमिसाल तरकीब यानि पहनावे में थोड़ा-सा परिवर्तन करके होटल में मिला, तुम उसे शेखर मल्होत्रा समझी, दरअसल तुम बिल्कुल ठीक समझी थीं–वह था ही शेखर मल्होत्रा मगर अपनी घुमावदार बातों से तुम्हें यकीन दिला दिया कि वह 'वह' नहीं है जो तुम समझ रही हो।''

चकित किरन ने पूछा–''यानि कि वह शेखर मल्होत्रा ही था मगर

कह ये रहा था 'वह' शेखर मल्होत्रा नहीं है जिसे मैं शेखर मल्होत्रा समझती हूं–वह विनोद मल्होत्रा है और संगीता का हत्यारा है–कहने का मतलब ये कि शेखर मल्होत्रा खुद कह रहा था कि शेखर मल्होत्रा संगीता का कातिल है?''

''हां।''

''वजह?''

''तुम्हारे दिमाग को चकरा डालना, जबरदस्त उलझन में फंसा देना।''

''आपकी कल्पनाएं तो सभी सरहदों को पार करती जा रही हैं पापा! खैर......आगे कहिये, आपकी बातें सच्चाई से भले ही चाहे जितनी 'परे' हों 'मगर हैं इंटेªस्टिड–तो बताइये, उसके बाद शेखर मल्होत्रा ने क्या किया?''

''तुम्हें बेवकूफ बनाकर कमरा नम्बर चार सौ बासठ में ले गया–खुद तुम्हें बेहोश किया और आंख खुलने पर तुमने खुद को डाक बंगले की चेयर कर कैद पाया।''

''रील काट ली आपने।'' किरन ने मजा लिया–''यह कहना भूल गये कि मैंने सफेद नकाबपोश और गिरधारीलाल के बीच होने वाली वे बातें सुनी थीं जो वे मुझे बेहोश जानकर कर रहे थे।''

''तुम बेवकूफ हो जो यह सोचती हो कि वे तुम्हें बेहोश समझ रहे थे–उन्हें मालूम था कि तुम्हारी चेतना लौट चुकी है और वे सब बातें तुम्हारे दिमाग में यह बैठाने के लिए की जा रही थीं कि सच्चा शेखर मल्होत्रा ही है और गिरधारीलाल नाम के आदमी ने झूठी कहानी सुनाकर तुम्हारी नजरों में शेखर को विलेन साबित करने की कोशिश की थी–जो नाटक शुरू किया गया था उसका अन्त भी शेखर के पक्ष में ही किया जाना था इसलिए 'बॉस' ने नकली

रिवॉल्वर के धमाके किये तथा शेखर मल्होत्रा ने गिरधारी के मरने का खूबसूरत ड्रामा।''

''शाबाश......शाबाश पापा।'' किरन हौले-हौले ताली बजा उठी–''यह स्पीच अगर आप स्टेज पर दे रहे होते तो कम-से-कम दस मिनट तक हॉल तालियों की गड़बड़ाहट से गूंजता रहता–शहर के सबसे काबिल वकील माने जाने वाले बैरिस्टर विश्वनाथ कह रहे हैं कि एक व्यक्ति ने नकली रिवॉल्वर के धमाके किए और दूसरे ने मरने का इतना खूबसूरत नाटक किया कि अकेली किरन नहीं बल्कि वहां मौजूद अन्य आठ शख्स भी यह समझें कि शेखर मल्होत्रा सचमुच मर गया है–उसका चेहरा जादू के खेल से लहू-लुहान हो गया, चमत्कार ने उसके चिथड़े उड़ा दिये और चेहरे में धंसी मिली थीं मिठाई की गोलियां।''

''वह लाश किसी और की हो सकती है किरन।''

''जरा स्पष्ट करके बताइये कि क्या हुआ होगा?''

''कल्पना करो कि शेखर मल्होत्रा केवल एक व्यक्ति को विश्वास में लेता है–उसे, जो सफेद नकाब पहनता है–चन्दू और जग्गा को उसी ने किराये पर अंगेज किया–वे नहीं जानते थे कि उनके बॉस के पीछे खुद शेखर मल्होत्रा है–जग्गा और चन्दू के गिरोहों को उसी भी भ्रम में रखा गया जिसमें तुम्हें रखा जा रहा था यानि वे भी समझ रहे थे कि शेखर मल्होत्रा, शेखर मल्होत्रा न होकर बड़ौदा का गिरधारी लाल है–उसका बच्चा बॉस के कब्जे में है और बॉस उसका इस्तेमाल कर रहा है–अब उस ड्रामे को खत्म करना था–सो सफेद नकाबपोश ने जग्गा और चन्दू के गिरोह से अलग एक अन्य व्यक्ति को किराये पर लिया–जिस वक्त तुम सब हॉल में थे उस वक्त अतिरिक्त व्यक्ति झोंपड़ी से बच्चे को ले गया, जूता ढलान पर डाल लिया और कुछ

ऐसा किया कि बच्चा चीखा–चन्दू चीख का कारण जानने बाहर गया–सारी सिच्वेशन देखकर लगना ही था कि बच्चा नदी में गिरकर मर गया है यह खबर उसने बॉस को दी गिरधारी लाल बना शेखर दहाड़ उठा तथा उसके मरने का नाटक स्टेज पर किया गया–गिरधारी लाल के नाम पर झोंपड़ी में हमने जो लाश देखी उसे पहले ही चेहरे पर गोलियां मारकर खत्म कर दिया था।''

''किसकी लाश रही होगी वह?''

''इस बारे में अभी कुछ नहीं कहा जा सकता।''

''खैर आगे बढ़िये।''

''सफेद नकाबपोश ने ऐसा नाटक किया जैसे उसे मिस्टर राय के फोटो और चिट्ठियां चाहिएं।''

''और फोन पर शेखर को यह मैसेज देने की तरकीब मेरे दिमाग में शेखर मल्होत्रा ने घुसेड़ दी कि मैं किडनैप हूं।''

''वह तरकीब तुम्हारे दिमाग की उपज थी।''

''खैरियत है।'' किरन ने ठंडी सांस ली–''आपकी नजर में मैंने कोई काम तो अपने दिमाग से किया।''

''तुम कुछ भी सोचती या न सोचती किन्तु शेखर मल्होत्रा का उद्देश्य हमें साथ लेकर तुम्हें किडनैप की कैद से मुक्त करना था–इस घटना से तुम्हारे साथ-साथ वह हमें भी भ्रमित और प्रभावित करना चाहता था!''

''अपनी जान गंवाकर?''

''जान गंवाने वाली सिच्वेशन अचानक और आनन-फानन में बन गई।'' लम्बी सांस लेने के बाद बैरिस्टर विश्वनाथ कहते चले गए–''हालत ने ऐसा पलटा खाया जिसकी शेखर मल्होत्रा को स्वप्न में भी उम्मीद नहीं थी–वह कल्पना नहीं कर पाया थी कि चुन्नू गुस्से

में इतना ज्यादा पागल हो जायेगा कि तुम्हें ही मारने का इरादा कर बैठेगा, चन्दू की वह हरकत अप्रत्याक्षित थी और शेखर तुम्हें मरने नहीं दे सकता था क्योंकि तुम्हारी मौत का मतलब था खुद को बेगुनाह साबित करने वाले उसके लम्बे-चौड़े प्लान का ध्वस्त हो जाना–लिहाजा, तुम्हें बचाने के लिए वह पागल हो उठा और तब गुस्से में भरे चन्दू ने उसी के जिस्म में आग भर दी–याद रहे, चन्दू को नहीं मालूम था कि जिस पर वह गोलियां चला रहा है वह 'बॉस का बॉस है।''

''फिर?''

''फिर क्या, शेखर मल्होत्रा की अब तक की गतिविधियों की कहानी खत्म।''

''क्या आपके पास कोई ऐसा सबूत, शहादत, गवाह या तर्क है जो उस कहानी को प्रमाणित कर सके?''

''दुर्भाग्य से नहीं।''

''और जो शख्स सबूत, गवाह और शहादतों के अभाव में हर कहानी को सिर्फ कहानी मानता था, सच्चाई नहीं वह शख्स बार-बार, हजार तर्क-कुतर्कों के साथ मेरे दिमाग में यह ठूंसने की कोशिश कर रहा है कि यह सच्चाई है–आप ही की दी हुई शिक्षा के मुताबिक मैं इस कहानी को तब तक 'सच' नहीं मान सकती जब तक कि आप पर्याप्त सबूत प्रस्तुत न करें।''

बैरिस्टर विश्वनाथ लाजवाब हो गये।

किरन कहती गयी–''आपकी कहानी का एक भी लफ्ज मेरे लिए इस वजह से मायने नहीं रखता पापा, क्योंकि जानती हूं कि यह सब मेरे दिमाग में आप क्यों ठूंसना चाहते हैं, कौन-सा भय सता रहा है, आपको।''

‘‘कैसा भय?’’

‘‘आपको वही भय सता रहा है जिसने कभी गुलाब चन्द को सताया था।’’

‘‘क्या मतलब?’’

‘‘आप ऐसा महसूस कर रहे हैं कि मैं भावनात्मक रूप से शेखर मल्होत्रा के नजदीक होती जा रही हूं।’’ बैरिस्टर विश्वनाथ की आंखों में आंखें डालकर किरन कहती चली गयी–‘‘आपको यह खौफ सता रहा है कि कहीं मैं शेखर मल्होत्रा से मुहब्बत न कर बैठूं और कहीं वह दिन न आ जाये जब आपको शेखर मल्होत्रा से मेरी शादी करनी पड़े।’’

बैरिस्टर विश्वनाथ सकपका गए।

‘‘ऐसी हालत हो गई उनकी जैसी रंगे हाथों पकड़े जाने वाले चोर की होती है।’’

जबकि एक-एक शब्द पर जोर देती किरन ने पूछा–‘‘जवाब दीजिए, पापा यह खौफ आपको सता रहा है या नहीं?’’

‘‘अगर सता भी रहा है तो क्या यह खौफ बेबुनियाद है?’’

‘‘सवाल इस बात का नहीं है पापा कि आपके खौफ की बुनियाद है या नहीं।’’ किरन ऐसी मुस्कान के साथ कहती चली गई जैसी किसी व्यक्ति के होंठों पर जब उभरती है जब वह किसी के मन में घुसकर बैठे चोर को पकड़ लेता है–‘‘सवाल यह है कि मेरे दिमाग में ठूंस-ठूंसकर आप यह बात क्यों भर देना चाहते हैं कि शेखर मल्होत्रा मुजरिम है, वजह स्पष्ट हो चुकी है–येन, केन, प्रकरण और उल्टे-सीधे तर्कों से भरी एक नितांत अविश्वसनीय कहानी के जरिए आप उसे मुजरिम इसलिए साबित करना चाहते हैं ताकि मेरे दिल में उसके प्रति नफरत भर सकें–उस भावनात्मक आर्कषण को खत्म कर सकें जो आपकी

समझ के मुताबिक मेरे और उसके बीच पैदा हो चुकी है मगर.....मगर ये कहूंगी पापा कि आप बहुत ही 'कच्ची'–ओछी और बचकाना कोशिश कर रहे हैं–दो व्यक्तियों के बीच अगर भावात्मक लगाव पैदा हो चुका है तो वैसी हरकत से उसे दुनिया का कोई शख्स नहीं मिटा सकता जैसी आप कर रहे हैं–आपकी यह चाल कामयाब नहीं होगी इसलिए नहीं होंगी क्योंकि आप सिर्फ एक स्वार्थ भरी कहानी सुना रहे हैं और मैं हकीकत जान चुकी हूं–अगर हकीकत न जान चुकी होती तो–मुमकिन है कि आपकी बातों में आ जाती–आप अभी तक सम्भावनाओं के अंधेरे में भटक रहे हैं जबकि मेरे मस्तिष्क में सच्चाई का प्रकाश फैल चुका है, सारा केस शीशे की तरह साफ है–आप सम्भावना व्यक्त कर रहे हैं कि सफेद नकाबपोश शेखर मल्होत्रा का अरेंज किया हुआ व्यक्ति हो सकता है जबकि मैं जानती हूं कि वह कौन है और मेरा दावा है कि जब आप जानेंगे तो यह नहीं कह सकेंगे कि वह शेखर का अरेंज किया हुआ हो सकता है–वह हस्ती किसी के द्वारा अरेंज की जाने लायक नहीं है–खैर मुझे डर है कि कहीं आपके प्रयास से उत्तेजित होकर वह सब अभी ही न कह बैठूं जो नौ बजे के बाद कहना है इसलिए फिलहाल अपने कमरे में जाने की इजाजत चाहती हूं–कल हत्यारे का रहस्य खोलने के बाद शेखर के बारे में आपके ख्याल जरूर पूछूंगी।'' कहने के बाद वह तेज कदमों के साथ अपने कमरे में चली गई।

⅄

मेरे प्रेरक पाठकों,

सारी तैयारियां हो चुकी हैं–किरन अग्निहोत्री द्वारा बुलाई गई मीटिंग में आप भी आमन्त्रित हैं और अपनी बुद्धि की परीक्षा लेना

चाहते हैं तो एक कागज पर उसका नाम लिख लें जिसे आप हत्यारा समझते हों। यह आपके लिए अन्तिम मौका है क्योंकि इसके बाद हत्यारे का नाम जाना तो क्या जाना–अगर अभी दिमाग में नहीं आ रहा है तो अगले दृश्य का एक भी शब्द पढ़े बगैर किताब बन्द करके रख दें–सोचें, एक अच्छे इन्वेस्टीगेटर की तरह एक-एक किरदार पर विचार करें और फिर जिस पर दिल ठुके उसका नाम कागज पर लिख लें।

......उम्मीद है कि आपने कागज पर नाम लिख लिया होगा–अब यह जानने का समय आ गया है कि आपका लिखा हुआ नाम हत्यारे का है या नहीं–तो, आगे बढ़ें–किरन द्वारा बुलाई गई मीटिंग में शामिल हो जाएं।

आपका–वेदप्रकाश शर्मा

⅄

सुबह के नौ बजे।

केवल एक व्यक्ति गायब था।

बाकी सभी आमन्त्रित व्यक्ति शेखर मल्होत्रा के ड्राइंग-रूम में मौजूद थे।

जज साहब, बैरिस्टर विश्वनाथ, शहजाद राय, इंस्पेक्टर अक्षय, बुन्दू, आहूजा, रमन, अतर जैन, सुमित्रा, संगम, राकेश, कमल और शेखर मल्होत्रा के साथ मौजूद थे उसका ऑपरेशन करने वाले सीनियर सर्जन।

शेखर मल्होत्रा के अलावा सभी लोग कुर्सियों पर पक्तिबद्ध बैठे थे–मुंह उस तरफ थे जिधर एक मेज पड़ी थी और मेज के पार थी वह कुर्सी जिस पर किरन को बैठना था।

अन्य सारा फर्नीचर हॉल से हटा दिया गया था।

शेखर किरन की कुर्सी के नजदीक एक पहियों वाले बेड पर लेटा था–डॉक्टर की राय के मुताबिक शेखर की हालत में काफी सुधार था–अब वह ठीक से बोल सकता था, देख और समझ सकता था।

केवल उसी के नहीं बल्कि हॉल में मौजूद सभी लोगों के चेहरों पर हत्यारे का नाम जानने की बेचैनी के भाव नाच रहे थे....सुर्ख बूटों वाली सफेद साड़ी में सजी किरन उस वक्त शेखर मल्होत्रा से बातें कर रही थी जब देखमुख ने कहा–''अपने मेहमानों के धैर्य की और ज्यादा परीक्षा न लो बेटी, बताओ कि हत्यारा कौन है–चक्रव्यूह क्या है?''

''ओ. के. अंकल।'' कहने के बाद अपनी कुर्सी पर बैठते ही कहा उसने –''हत्यारा सुब्रत जैन का लड़का है।''

जज साहब ने पूछा–''कौन सुब्रत जैन?''

''सुब्रत जैन का परिचय मिस्टर अतर जैन देंगे।'' किरन ने कहा।

अतर हिचका किन्तु सबके अनुरोध के बाद उसे वह सब बताना पड़ा–जो शेखर मल्होत्रा ने किरन को बताया था।

उसके चुप होते ही किरन बोली–''पन्द्रह साल पहले हुआ वह पारिवारिक कलह इस हत्याकांड का मुख्य कारण है–हस्तिनापुर से चले जाने के कुछ दिन बाद एक ट्रेन-दुर्घटना में सुब्रत जैन और उसकी पत्नी की मृत्यु हो गई थी मगर मरने से पहले अपने बेटे के दिलो-दिमाग में सुब्रत जैन अपने पिता और गुलाब चन्द के प्रति इतना जहर भर चुका था कि बेटे ने पिता द्वारा खाई गई कसम को पूरा करने की कसम खाई–जब तक वह बदला लेने लायक यानि बड़ा हुआ तब तक उसके दादा यानि सुब्रत जैन के पिता की मृत्यु स्वतः हो चुकी थी–अब उसके शिकार थे गुलाब चन्द और संगीता–पहले उसने

गुलाब चन्द को चुना–गुलाब चन्द शराब के शौकीन थे मगर इतने 'गाफिल' कभी नहीं होते थे कि 'ब्रेक-पैडिल' समझकर एक्सीलेटर को दबाते रहे–उस दिन हुआ यह कि हिल स्टेशन से लौटते वक्त दुर्घटना-स्थल से कुछ ही पहले एक बार में व्हिस्की पी–पूरी एक बोतल व्हिस्की ली थी उन्होंने, जितनी पी सके पी और बाकी गाड़ी में रख ली–सुब्रत जैन का लड़का बहुत दिन से ऐसे मौके की तलाश में था, जिसका लाभ उठाकर गुलाब चन्द को खत्म भी कर दे और पकड़ा भी न जाये–साये की तरह गुलाब चन्द के पीछे लगे सुब्रत के लड़के को लगा कि मौका अच्छा है–गुलाब चन्द बार में तीन घन्टे रहे क्योंकि पीने के बाद लंच भी लिया था उन्होंने और इन तीन घन्टों में सुब्रत जैन के लड़के ने फियेट के चारो 'ब्रेक-ड्रम' खोले, उसमें के 'ब्रेक-शू' निकाले और ड्रम बन्द करके चारों पहिए पुनः लगा दिये–बार से आगे की यात्रा गुलाब चन्द ने बगैर 'ब्रेक-शू' के गाड़ी से जारी की और परिणाम वही हुआ जो होना था–ढलान पर गाड़ी रुक नहीं रही थी–सो गुलाब चन्द ब्रेक मारने के बावजूद बौखला गये मगर उस अवस्था में कर भी क्या सकते थे–लिहाजा गाड़ी सहित सैकड़ों फुट गहरी खाई में जा गिरे।''

''तुम कैसे कह सकती हो कि उस गाड़ी के ब्रेक-ड्रमों के ब्रेक गायब थे?'' बैरिस्टर साहब ने पूछा।

''कल दिन में मैं वहीं गई थी पापा–गुलाब चन्द की गाड़ी का मलबा आज भी उसी खाई में पड़ा है–उस इलाके का पुलिस इंस्पेक्टर भी मेरे साथ था और वह गवाह है कि मेरे आदेश पर एक हवलदार तथा दो सिपाहियों ने जब बे्रक-ड्रम खोले तो उनमें 'ब्रेक-शू' नहीं थे–दुर्घटना की जांच करने वाले इंस्पेक्टर यानि इंस्पेक्टर गहलौद ने ड्रम खोलने की जरूरत नहीं समझी थी–ब्रेक-पैडिल–ब्रेक-ऑयल

और ब्रेक-पाइप को चैक करने के बाद वह इस नतीजे पर पहुंचा कि 'ब्रेक' बिल्कुल ठीक काम कर रहे थे और चश्मदीद गवाहों के बयान के आधार पर उसकी यह थ्योरी बनी कि नशे की ज्यादती के कारण गुलाब चन्द ब्रेक-पैडिल के स्थान पर एक्सीलेटर दबाता रहा–जिस 'बार' में गुलाब चन्द ने लंच और व्हिस्की लिए थे वहां का कायदा है कि लोग बिल पर ग्राहक के साईन कराते हैं–पन्द्रह नवम्बर के दिन कटे एक बिल की कार्बन कॉपी पर गुलाब चन्द के साइन मौजूद हैं–इन सब बातों की पुष्टि बिना किसी बाधा के की जा सकती है।''

अक्षय ने पूछा–''मगर आपको यह कैसे पता लगा कि 'बे्रक-शू' सुब्रत जैन के लड़के ने गायब किये थे?''

''क्योंकि ब्रेक-शू सुब्रत जैन के लड़के ने आज भी सम्भालकर अपने घर में रखे हैं।''

''घर कहां है उसका?'' रमन आहूजा ने पूछा।

''घर बाद में पूछना मिस्टर रमन, पहले इसे देखो।'' कहने के साथ किरन ने एक 'शू' निकालकर सबको दिखाते हुए कहा– ''गुलाब चन्द की गाड़ी के चार 'शू' में से एक 'शू' ये है।''

कमल ने पूछा–''अ-आप पर 'शू' कहां से आ गया?''

''परसों रात उसके घर से चुराया था मैंने।''

''घर......घर......।''

''खबरदार....खबरदार!'' कोई खतरनाक स्वर में दहाड़ा–''अगर किसी ने हिलने की कोशिश की तो भूनकर रख दूंगा।''

सबने चौंककर उसकी तरफ देखा।

इंस्पेक्टर अक्षय के हाथ में उसका रिवॉल्वर था, आंखों में खून और चेहरा लोहार की भट्ठी की मानिन्द धधक रहा था।

सभी सहम गये।

अवाक् रह गये।

जिस्मों में सनसनी दौड़ रही थी–हरेक के चेहरे को, खूंखार नजरों से घूरता इंस्पेक्टर अक्षय पुनः गर्जा–''अगर किसी ने अंगुली भी हिलाई तो मैं उसका भेजा उड़ा दूंगा–म-मुझे कोई नहीं रोक सकता, कोई गिरफ्तार नहीं कर सकता–मैं जा रहा हूं, याद रह......हिलना नहीं है किसी को।''

धीरे-धीरे वह दरवाजे की तरफ बढ़ने लगा।

किरन ने कहा–''अपने हाथों में दबे रिवॉल्वर के बूते पर तुम इस हॉल से भले ही निकल जाओ इंस्पेक्टर, मगर कानून के लम्बे हाथों की रेंज से बाहर नहीं जा सकोगे–तुम्हारी एक-एक करतूत का मैं न सिर्फ भेद जान गई हूं बल्कि मुकम्मल सबूत भी हैं मेरे पास–बेहतर यह होगा कि रिवॉल्वर फेंककर खुद को कानून के हवाले कर दो।''

''मैंने तुम्हें एक बेवकूफ लड़की समझा था–स्वप्न में भी कल्पना न कर पाया था कि तुम मेरे भेद तक पहुंच सकती हो–अगर जरा भी इल्म हो गया होता तो मैं यहां न आता बल्कि कल रात ही खत्म कर देता तुम्हें–तुमने रात तक मुझे भ्रम में रखा लेकिन अगर यह सोच रही हो कि इतने सारे लोगों की मौजूदगी के कारण यहां तुम्हें छोड़ दूंगा तो यह तुम्हारी भूल है–मैं अपना खेल बिगाड़ने वालों का खेल नहीं चलने दे सकता।''

सबकी आंखों में खौफ मंडरा रहा था–बैरिस्टर विश्वनाथ की आंखों में चिन्ता के लक्षण भी नजर आने लगे, मगर किरन के होंठों पर नृत्य करती मुस्कुराहट और गहरी हो गयी–उस वक्त अक्षय हॉल के दरवाजे पर पहुंच चुका था जब किरन ने कहा–''ट्रेगर दबाने से पहले चैक कर लेना इंस्पेक्टर कि तुम्हारे रिवॉल्वर में गोलियां भी हैं या नहीं?''

अक्षय के चेहरे पर बौखलाहट के भाव उभरे।

पर्स से गोलियां निकालकर मेज पर बिखेरती हुई किरन बोली–''मुझे मालूम था कि कहानी के बीच में ही तुम समझ जाओगे कि मैं सारा भेद जान चुकी हूं–सो, यह कल्पना भी कर ली थी कि अपने चेहरे से नकाब नुचते ही तुम्हारा 'एक्शन' क्या होगा, अतः आज सुबह तुम्हारे घर में घुसकर मैंने तुम्हारा रिवॉल्वर खाली कर दिया था।''

अक्षय का चेहरा पीला पड़ गया।

बुरी तरह हड़बड़ा उठा वह।

बौखलाहट में वह दनादन हाथ में दबे रिवॉल्वर का ट्रेगर दबाता चला गया।

परन्तु!

कोई गोली नहीं चली।

केवल 'क्लिक......क्लिक' की आवाजें गूंजकर रह गईं।

किरन खिलखिलाकर हँसी बोली–''अब यह खेल बन्द करो इंस्पेक्टर, दरअसल तुम यहां से भाग नहीं सकते।''

मगर!

किरन की बात पर ध्यान न देकर अक्षय तेजी से पलटा और दरवाजे के पार जम्प लगा दी–उसने–एक क्षण भी नहीं गुजरा था कि दर्दनाक चीख के साथ हवा में उछलता हुआ वापस हॉल के फर्श पर आ गिरा।

नाक से खून बह रहा था।

जाहिर था कि किसी ने उसकी नाक पर घूंसा मारा था।

बैरिस्टर, रमन और शहजाद राय ने लपककर फर्श से उठने की कोशिश कर रहे अक्षय को दबोच लिया और फिर कमरे में दाखिल

हुआ वह शख्स जिसने एक ही घूंसे में अक्षय को उछालकर हॉल में फेंक दिया था–उसे देखते ही किरन के अलावा सबके हलक से चीखें निकल गईं।

बुंदू की तो घिग्घी बंध गई।

वह लाश थी, गुलाब चन्द की लाश।

''य-यही है!'' बुंदू चीखा–''व-वह लाश यही है मेमशाब, जिसने अपनी गर्दन दबाने की कोशिश की थी।''

लाश आहिस्ता-आहिस्ता हॉल में आ गई।

तेजी से धड़कते दिलों के साथ सभी आंखों में खौफ लिए लाश को देख रहे थे–सबसे ज्यादा आश्चर्य के भाव अक्षय की आंखों में थे–बैरिस्टर, रमन और शहजाद राय के बंधनों में कैद वह गुलाब चन्द की लाश को इस तरह देख रहा था जैसे दुनिया के बड़े अजूबे को देख रहा हो जबकि अजूबा किरन के नजदीक पहुंचकर कुछ देर सीधा खड़ा रहा और फिर अपना सड़ा-गला हाथ पेट पर रखकर इस तरह झुका जैसे करोड़पति का ड्राइवर गाड़ी का दरवाजा खोलते वक्त झुकता है।

''यहां खड़े हो जाओ।'' किरन ने उसे आदेश दिया।

''अजूबा ठीक वहां खड़ा हो गया जहां किरन ने कहा था।''

बैरिस्टर सहित सभी लोग चकित हुए किरन की तरफ देख रहे थे, उसने कहा–''सब लोग अपनी-अपनी कुर्सी पर बैठ जाएं–केवल बुंदू और रमन इंस्पेक्टर को पकड़े रखेंगे, तुम हॉल का दरवाजा अन्दर से बन्द कर दो कमल।''

सबने मशीनी अन्दाज से उसके आदेश का पालन किया।

अक्षय भी अब किसी किस्म का विरोध करता नजर नहीं आ रहा था।

आंखों में खौफ लिए बुंदू उस वक्त भी गुलाब चन्द की लाश को

घूर रहा था, जब एकाएक किरन ने हाथ बढ़ाकर लाश के चेहरे पर चढ़ा सड़ा, गला और जला हुआ-सा नजर आने वाला फेसमास्क नोंच लिया।

''न-निक्कू......?'' बुंदू के हलक से चीख निकल गई–''श-शाब की लाश तू बना था निक्कू?''

आश्चर्य से परिपूर्ण चीखें बेड पर पड़े शेखर मल्होत्रा से लेकर अतर जैन एण्ड फैमिली तक के हलक से निकली थी, मगर सबसे बुरा हाल बुंदू का था जबकि निक्कू इस तरह मुस्कुरा रहा था जैसे स्टेज पर उसे 'बैस्ट एक्टर' का एवार्ड मिलने वाला हो–जज साहब, बैरिस्टर ओर शहजाद राय चकित निगाहों से निक्कू को देख रहे थे, हॉल में छाई मुक्कमल सनसनी आ आनन्द लूटने के बाद किरन ने बताया–''इस वक्त गुलाब चन्द की लाश निक्कू जरूर बना हुआ है बुंदू मगर वह निक्कू नहीं था, जिसने तुम्हारी गर्दन दबाने की कोशिश की थी।''

''त-तो वह कौन था मेमशाब?''

''वही, जिसकी गर्दन इस वक्त तुम्हारे हाथों में है।''

''तो इस वक्त लाश का-सा चेहरा निक्कू क्यों बना हुआ है मेमसाहब–ये लाश का-सा चेहरा, ये मालिक के अधजले कपड़े और अंगूठियां निक्कू पर कहां से आ गयीं?''

''मैंने दिए थे?''

''आपने–क्यों?''

''ताकि भागने की कोशिश करते इंस्पेक्टर को रोके उसे देखकर इसके रहे-सहे हौंसले भी पस्त हो जायें।'' कहने के साथ किरन ने फेसमास्क के बने गले-सड़े से नजर आने वाले ग्लव्स निक्कू के दोनों हाथों से जुदा किए–ये ग्लव्स कोहनियों तक थे और अंगूठियां ग्लव्स की अंगुलियों के ऊपर चढ़ी हुई थीं।

बैरिस्टर ने पूछा–''यह सारा सामान तुम्हारे पास कहां से आया?''

''ब्रेक-शू-के साथ इंस्पेक्टर अक्षय के घर से चुराया था–आप देख रहे हैं न जज साहब, फेसमास्क और ग्लव्स कितने शानदार बने हुए हैं–इन्हें बनाने वाला कारीगर कोर्ट को बताएगा कि ये उसने अक्षय के लिए बनाये थे।''

''तुम्हें यह कैसे पता लगा कि अक्षय सुब्रत जैन का लड़का है?''

''सबसे पहले मैं अक्षय को डाक बंगले में पहचानी।'' किरन ने कहना शुरू किया–''और यह सुनकर शायद आप हँसेंगे कि पहचाना कैसे–दरअसल इसने चेहरे पर सफेद नकाब पहन रखा था, आंखों में कान्टैक्ट लैंस लगा रखे थे यानि अपनी तरफ से पूरी तरह से सावधान था कि इसे कोई न पहचान सके मगर अपनी जुबान को क्या करता यह–आमतौर पर लोग कहते हैं कि पुलिस वाले गालियां इतने फर्राटे से देते हैं जैसे इन्हें ट्रेनिंग में में सिखाई जाती हों–सफेद नकाबपोश की गालियां सुनकर मुझे लोगों का यह कथन याद आ गया और दिमाग में विचार उभरा कि कहीं यह कोई पुलिस वाला ही तो नहीं? दिमाग में यह ख्याल उभरते ही अक्षय का ख्याल आया क्योंकि संगीता मर्डर केस से अक्षय ही कनैक्टिड था–डाक बंगले में श्योर नहीं हो पाई थी, केवल शक हुआ था यूं कहा जाना चाहिए कि दिमाग में एक सम्भावना पैदा हुई थी, सम्भावना में कितना दम है–है भी या नहीं–यह जांचने में उस वक्त उसके रेजीडैंस पर पहुंची पापा, जब आप एम्बुलेंस में बैठे अस्पताल जा रहे थे–जानती थी कि इस वक्त पर अक्षय घर पर नहीं है–वहां उसकी पत्नी और दोनों बच्चे मिले–पत्नी का नाम कमला है, लड़की का स्वीटी और लड़के का वीशु–दोनों बच्चे सोये हुए थे–कमला को मैंने अपना नाम शकुन्तला बताया और कहा कि किसी आवश्यक काम से इंस्पेक्टर साहब से मिलना चाहती हूं–उसके

यह कहने पर कि इंस्पेक्टर साहब घर पर नहीं हैं, मैंने कहा, 'आप ही से बात कर लूंगी–अगर कोई मर्द होता तो रात के उस वक्त कमला कभी उसे घर के अन्दर आने की इजाजत न देती मगर लेडीज होने का लाभ मिला–कमला मुझे ड्राइंगरूम में ले गई–वहां, दो जोड़ो के फोटो लगे हुए थे और दोनों ही पर मालाएं चढ़ी हुई थीं जो इस बात का द्योतक थी कि दोनों जोड़े स्वर्गीय हैं–एक फोटो के नीचे लिखा था मिस्टर एण्ड मिसेज राजेश श्रीवास्तव तथा दूसरे के नीचे लिखा था–मिस्टर एन्ड मिसेज सुब्रत जैन–इस नाम को पढ़ते ही बिजली की तरह यह बात दिमाग में कौंध गई कि सुब्रत जैन, अतर जैन और गुलाब चन्द का भाई था–एक लिंक और मिल गया था मुझे अतः बातों-ही-बातों में कमला से पूछा–''ये फोटो किसके हैं?''

''इनके माता-पिता के?''

''हां।''

''ऐसा कैसे हो सकता है, इनमें से एक ही जोड़ी तो इंस्पेक्टर साहब के माता-पिता होंगे?''

कमला अजीब अन्दाज में मुस्कराई, बोली–''ये दोनों ही जोड़े 'इनके' मां बाप हैं–ठीक उसी तरह जैसे कृष्णा के दो मां-बाप थे यानि एक जोड़े ने इन्हें जन्म दिया दूसरे ने पाला?''

जन्म किसने दिया? मैंने पूछा–''और पाला किसने?''

''जन्म देने वाले मां-बाप वे हैं।'' कमला ने सुब्रत जैन की तरफ इशारा दिया और फिर दूसरे फोटो की तरफ इशारा करके बोली–''और पालने वाले वे।''

''क्या मतलब?''

''कुछ दिन पहले तक मैं खुद नहीं जानती थीं कि इनके मां-बाप दो हैं।'' कमला कहती चली गई–''मैं तो इन्हें श्रीवास्तव साहब का

बेटा ही समझती थी–मेरे पिता ने शादी भी यही सोचकर की थी कि ये श्रीवास्तव हैं–मगर कुछ ही दिन पहले मेरे हाथ इनकी पर्सनल डायरी लग गई–उसमें जैन दम्पति का फोटो रखा था और इनके पर्सनल जीवन की बहुत-सी बातें लिखी थीं–अन्य बातों के साथ-साथ डायरी में यह भी लिखा था कि करीब बारह वर्ष पूर्व 'ये' अपने मां-बाप यानि जैन दम्पति के साथ ट्रेन में यात्रा कर रहे थे–इनके सामने वाली सीट पर श्रीवास्तव दम्पत्ति बैठे थे जो कि निःसन्तान थे और उन्हें 'इनकी' शरारत बहुत लुभा रही थीं अचानक उस ट्रेन का एक्सीडेंट हुआ जैन–दम्पत्ति मारे गये–श्रीवास्तव दम्पत्ति के हाथ थे लगे और उस घटना के बाद उन्होंने इन्हें अपना बेटा बना लिया–श्रीवास्तव दम्पत्ति नितांत नये शहर में जाकर बस गये–वहां, उन्हें कोई नहीं जानता था कि ये उनके बेटे नहीं हैं–यह रहस्य किसी को न बताने के लिए श्रीवास्तव दम्पत्ति ने इन्हें भी समझा दिया–उन्होंने इनका नाम वही यानि अक्षय रखा केवल कास्ट चेंज कर दी यानि जैन की जगह श्रीवास्तव कहने लगे।''

''ओह!''

एक दिन इनका मूड देखकर यह बात कह दी कि मैंने डायरी पढ़ ली है–पहले तो ये 'सन्न' रह गये मगर जब मैंने प्यार से पूछा कि यह बात आपने मुझसे छुपा क्यों रखी थी तो बोले, 'डरता था कि कहीं हकीकत जानने के बाद तुम मुझसे नफरत न करने लगो,–मैंने कहा–''इसमें भला नफरत करने की क्या बात है, भगवान् श्री कृष्ण के मां-बाप भी तो दो थे?''

''यानि इंस्पेक्टर साहब ने कुबूल कर लिया कि वे वास्तव में जैन हैं?''

''हां।'' कमला ने बताया–''तब मैंने यह फोटो डायरी से

निकालकर खुद यहां, उतने ही सम्मान के साथ लगाया जितने सम्मान के साथ श्रीवास्तव दम्पत्ति का लगाया था, उस दिन यह इतने भावुक हो उठे कि रो पड़े।''

''यह जानकारी मेरे लिए धमाकेदार थी।'' किरन कहती चली गई–''बल्कि अगर यह कहा जाये तो गलत न होगा कि इस जानकारी ने मुझे हत्यारे का नाम साफ-साफ बता दिया था–अब तो जरूरत केवल यह जानने की थी कि अक्षय जैन ने क्या, कैसे किया है और जो किया है उसे साबित कैसे किया जा सकता है–बातों-ही-बातों में मैंने कमला से यह पता लगा लिया था कि अक्षय का पर्सनल कमरा कौन-सा है–बच्चे दूसरे कमरे में सोये हुए थे, सो मैं समझ गई कि मेरे जाने और अक्षय के आने तक कमला उसी में बच्चों के पास सोयेगी–जानती ही थी कि डाक बंगले वाले केस में उलझा अक्षय तीन चार घन्टे से पहले घर आने वाला नहीं है–अतः तीस मिनट तक कमला के सो जाने का इंतजार करके पाईप के जरिये छत पर पहुंची, वहां से आंगन में और आंगन से दबे पांव खाली पड़े अक्षय के कमरे में–दूसरे कमरे में बच्चों के साथ मौजूद कमला तब तक सो चुकी हो या न सो चुकी हो, मगर यह सच है कि मैं अपना काम मुकम्मल करके मकान से निकल गई और कमला को मेरे आने-जाने की भनक तक न लगी।

''वहां क्या किया तुमने?''

''कमरे की तलाशी ली–इतनी सावधानी के साथ कि बाद में किसी को भनक तक न लगे कि कोई चीज छेड़ी गई है–कमरे में एक सेफ थी–उसकी चाबियों का गुच्छा बेड पर गद्दे के नीचे रखा मिल गया–सेफ का लॉकर तक खंगाल लिया मैंने किन्तु काम की कोई भी चीज हाथ न लगी। हर जगह की तलाशी लेने के बाद निराश-सी हो गई मैं–अब नजर केवल राइटिंग टेबल पर थी जो एक कोने में दीवार

से सटी रखी थी–तीन दराजें थीं उसमें तीनों में ताले–मगर चाबी कमरे में कहीं न थीं और इसलिए लग रहा था कि मेरे काम की वस्तु उसमें होगी–चूंकि एक बार कमला उनकी पर्सनल डायरी पढ़ चुकी थी–अतः अब वह डायरी को ऐसे स्थान पर नहीं रखता होगा–जहां कमला के हाथों पहुंच जाए, दराज की चाबी निश्चित रूप से किसी ऐसे स्थान पर होगी जहां से कमला को न मिल सके–'तलाश करते-करते जब दांतों तले पसीना आ गया मगर चाबी न मिली तो मैंने दूसरी तरकीब इस्तेमाल की।''

''क्या?''

''पूरी मेज लकड़ी की थी और आप लोगों को अनुभव होगा कि मेज का पिछला हिस्सा यानि उसके विपरीत हिस्सा जहां मेज का मालिक बैठकर लिखता है अक्सर कमजोर होता है–दरवाजों की बैक साइड में तो ज्यादातर लकड़ी का एक हल्का-सा 'फट्टा' भर लगा रहता है–उस मेज में भी ऐसा ही फट्टा था और उस फट्टे को मैंने आराम से तोड़ दिया–दरवाजे के पिछले हिस्से मेरे सामने थे और उनमें था वह सामान जो मेरे काम का न था–दरवाजों में हाथ डालकर मैं आराम से जो चाहूं निकाल सकती थी।''

''क्या-क्या था वहां?''

''चार ब्रेक-शू, काला नकाब, काला चौंगा, कीचड़-युक्त जूते, ठीक वैसा चाकू जिससे संगीता का मर्डर हुआ था, प्वॉइन्ट फाइव का एक रिवॉल्वर गुलाब चन्द की लाश बन सकने वाला यह सामान और इन सबसे बढ़कर महत्वपूर्ण थी अक्षय जैन के नितांत निजी जीवन को नंगा करती तीन डायरियां?''

''तीन डायरियां?''

''हां, तीन डायरियां थीं वे–उन्हें पढ़कर यह बात मेरी समझ में आई कि कमला ने डायरी पढ़कर यह क्यों जान लिया कि अक्षय को

जन्म देने वाले मां-बाप जैन दम्पत्ति हैं और यह क्यों नहीं जान पाई वह हत्यारा भी है।''

''ऐसा कैसे हुआ?''

''इंस्पेक्टर साहब को काफी विस्तार से डायरी लिखने का शौक है–उसी शौक के कारण दो डायरियां भर चुकी हैं और तीसरी चल रही है– इत्तेफाक से कमला के हाथ डायरी नम्बर एक लगी थी और उसका अंत वही था जहां इस्पेक्टर साहब ने यह लिखा है कि मैं अक्षय श्री वास्तव नहीं, अक्षय जैन हूं।''

''ओह!'' सबके मुंह से एक साथ निकला।

''अगर डायरी नम्बर दो कमला के हाथ लग जाती तो वह जान जाती कि पतिदेव कितने खतरनाक आदमी हैं–उसकी शुरूआत ही इन पंक्तियों से है कि 'मैं उस मंजर को कभी नहीं भूल सकता जब मेरे दादा और बड़े चाचा ने हमें धक्के देकर निकाल दिया था और न ही वह भूल सकता हूं कि अपने पिता का अधूरा काम मुझे पूरा करना है।'' कहने का मतलब ये कि उसमें सब कुछ लिखा है।

''तुमने तीनों डायरियां पढ़ी हैं।''

''हां।'' किरन ने कहा–''मगर उनका मजमून जानने से पहले ये जान लीजिए कि मैंने दराज में से केवल एक शू तीन डायरियां और गुलाब चन्द की लाश बनने वाला यह सामान गायब किया–बाकि सब अभी तक वहीं है।''

''बाकी सामान क्यों छोड़ दिया तुमने?'' जज साहब ने पूछा।

''ताकि इस मीटिंग के बाद आप स्वयं उसे बरामद करें और आगे चलकर बचाव पक्ष के वकील को यह कहने का मौका न मिले कि मैंने वास्तव में यह सामान इंस्पेक्टर अक्षय की दराज से नहीं बल्कि अन्य से हासिल किया है।''

शहजाद राय तपाक से बोले–''मुमकिन है कि सारा सामान तुम इसकी दराज में रखकर आई हो?''

''अगर मैं रखकर आई हूंगी तो उस सामान पर से इंस्पेक्टर साहब की अंगुलियों के निशान कैसे मिलेंगे?''

''क्या निशान मिलेंगे?''

''बिल्कुल मिलेंगे।'' किरन ने अपने एक-एक शब्द पर जोर देते हुए कहा–''इसलिए मिलेंगे क्योंकि उन्हें वहां वास्तव में अक्षय ने रखा है और मैंने रिवॉल्वर, चाकू या बाकी तीनों शू को छेड़ा तक नहीं है।''

''गुड।'' बैरिस्टर विश्वनाथ कह उठे।

''सामान निकालने के बाद मैंने मेज यथास्थान ठीक उसी पोजीशन में रख दी जैसी मेरे छेड़ने से पहले थी और वह पोजीशन ऐसी थी कि जो हिस्सा मैंने उखाड़ा था वह दीवार से सटा हुआ था यानि हिस्सा उखाड़ा हुआ था, यह बात तब तक किसी को पता लगने वाली नहीं थी जब तक कि मेज को वहां से हटाकर कहीं अन्य रखने का प्रयास न किया जाये और मेरी जनरल नॉलिज यह कहती थी कि मेज ऐसी चीज नहीं है जिसका स्थान कोई आये दिन चेंज करता हो–''जनरल नॉलिज ने ठीक ही कहा था, यह बात इस बात से साबित हो जाती है कि इंस्पेक्टर साहब को अपने यहां हुई चोरी को भनक यहां आने तक नहीं थी।''

''डायरियों से तुमने क्या पढ़ा?'' जज साहब ने पूछा।

''लिखने को तो इंस्पेक्टर साहब ने काफी लम्बी-चौड़ी रामायण लिख रखी है मगर मैं संक्षेप में वे बातें बता देती हूं जिन्हें सुनने के बाद आप लोगों के जहन में यह केस क्लियर हो जाये।'' कहने के बाद किरन शुरू हो गई–''श्रीवास्तव दम्पत्ति को अक्षय ने अपनी

उस 'आग' के बारे में कुछ नहीं बताया था जो सुब्रत जैन ने उसके अन्दर भरी थी–श्रीवास्तव दम्पत्ति ने इसे पढ़ाया, लिखाया और शादी की–पुलिस इंस्पेक्टर यह शादी के बाद बना–गुलाब चन्द की हत्या का विवरण तो मैं आपको बता ही चुकी हूं–उसके बाद इसने अपना ट्रांसफर उस थाने में करा लिया जिस क्षेत्र में यह कोठी आती थी...... कोठी की भौगोलिक स्थिति देखने के लिए एक रात इसने खुद संगीता के जेवरों की चोरी की–उन्हीं में गुलाब चन्द की अंगूठियां थीं–चोरी की रिपोर्ट लिखवाई जाते ही यह इन्क्वायरी के लिए आ गया और इन्वेस्टीगेशन के बहाने सारी कोठी में घूमा–उन दिनों शेखर मल्होत्रा बिजनेस के काम से कलकत्ते गया हुआ था–छानबीन करते वक्त इसने शेखर और संगीता के बेडरूम की बाईं दीवार से 'अटेच्ड' एक लोहे की आलमारी भी खुलवाई–एक नजर में देखने पर वह मात्रा आलमारी लगती थी–अक्षय को तो चूंकि कोठी के चप्पे-चप्पे की जानकारी लेनी थी अतः आलमारी के सारे कपड़े बाहर फिंकवाकर खुद उसमें घुस गया–आलमारी आदमकद थी–उस वक्त वह दीवारों को ध्यान से देख रहा था जब लगा कि आलमारी के टीन के फर्श पर जूतों की वैसी आवाज नहीं हो रही है जैसी होनी चाहिए–उसका ध्यान फर्श पर गया और यह देखकर चौंक पड़ा कि फर्श आलमारी की दिवारों से ज्वाइंट नहीं बल्कि अलग था और 'स्क्रूज' द्वारा कसा हुआ था–घूंसे मार-मारकर उसे बजाते हुए संगीता से पूछा–''इसके नीचे क्या है?'' तब–मजबूर होकर संगीता को वह बताना पड़ा जो नहीं बताना चाहती थी यानि उसे कहना पड़ा कि कोठी में एक तहखाना है और यह तहखाने का रास्ता है।''

''त-तो तहखाने का दूसरा रास्ता वह है?'' पलंग पर पड़ा शेखर मल्होत्रा बड़बड़ा उठा।

''कहने का मतलब ये कि उस इन्क्वायरी के बहाने अक्षय ने संगीता से यह जान लिया जो उसने शेखर मल्होत्रा तक को नहीं बताया था–हालांकि शेखर मल्होत्रा गुलाब चन्द के परिवार का सदस्य नहीं कहा जा सकता, मगर अक्षय की नजर में वह भी इस वजह से जीवित रहने का हकदार नहीं था क्योंकि उसने संगीता से शादी करने की हिमाकत की थी–हालात ऐसे थे जिनमें संगीता का कत्ल होने पर लोगों का सबसे पहले शक शेखर पर ही जाना था, अतः इस बार अक्षय ने एक तीर से दो शिकार करने की योजना बनाई यानि ऐसे मौके की ताक में लग गया जब संगीता का मर्डर करके शेखर मल्होत्रा को फंसा सके–इसके हाथ की लिखी डायरी साफ-साफ कहती है कि उन दिनों यह साये की तरह शेखर मल्होत्रा के पीछे लगा हुआ था जब 'ताज पैलेस' में शेखर और संगीता के बीच फर्स्ट अप्रैल को लेकर चेतावनियों का आदान-प्रदान हुआ–बगल वाली सीट पर बैठकर इसने वे सारी बातें सुनी थीं परन्तु उस वक्त कल्पना नहीं कर पाया था कि जिस मौके की उसे तलाश है वह मौका इसी बहस के कारण मिलने जा रहा है–चौंका वह जब अगले दिन शेखर को काला कपड़ा खरीदकर टेलर को नकाब और चौगा 'सीने' का आर्डर देते हुए देखा–इसने भी उसी दिन टेलर को नकाब काला कपड़ा देकर चौगा और नकाब सीने के लिए कहा–कहने का मतलब ये कि शेखर के पूरे प्लान का आभास हो गया इसे तथा इधर, इसने रधियां और बुन्दू के सम्बन्धों का भेद जान लिया–उस अनपढ़ नौकरानी को भेद खोल देने और दोनों को जेल में डाल देने की धमकी भी दे दी कि अगर इस बारे में बुन्दू से कुछ कहा तो दोनों को जेल में सड़ा देगा–कम अक्ल रधिया इसके जाल में फंस गई–घटना वाली रात का उसने तीन दो-पांच खेलने के बहाने बुन्दू-

निक्कू को जगाये रखा–चीख की आवाज सुनते ही उन्हें बेडरूम में ले गयी–और खुद इसी के द्वारा रटाये गये नम्बर पर फोन कर दिया–आप जानते ही हैं कि यहां से थाने का रास्ता पांच मिनट से ज्यादा का नहीं है।''

''फिर?''

''फिर क्या–इसका प्लान अक्षरशः कामयाब हुआ–शेखर इस हद तक फंस गया कि आज शायद इसे फांसी की सजा हो जाती, किसी ने इस बात पर गौर करने की जरूरत नहीं समझी कि हत्यारा कोई और भी हो सकता है–शेखर की नॉलिज में दूर-दूर तक अक्षय का खुद से या संगीता के परिवार से कोई लिंक न था, फिर भला बेचारा कैसे कल्पना कर सकता था कि चक्रव्यूह का रचियता इंस्पेक्टर अक्षय है–इसके ग्रह तो विपरीत दिशा में चलने तब शुरू हुए जब शेखर की बातों से प्रभावित होकर में रि-इन्वेस्टीगेशन के लिए निकल पड़ी–वह शेखर की प्रत्येक गतिविधि पर तब तक नजर रखना चाहता था जब तक संगीता के कत्ल के जुर्म में सजा न हो जाये बल्कि कहना चाहिए कि नजर रख रहा था–तभी इसे पता था कि शेखर से प्रभावित होकर मैं रि-इन्वेस्टीगेशन पर निकल चुकी हूं–मुझे आतंकित करने के लिए किराये के गुन्डों से हमला करवाना इसकी पहली भूल थी–इसने सोचा था कि मैं डरकर कदम वापस खींच लूंगी मगर जब इसकी सभी उम्मीदों के विपरीत मैं कोठी पर यानि यहां पहुंच गई तो यह सोचकर बौखला गया कि अनपढ़ राधिया कोई बेवकूफी-भरी बात कहकर इसके किये-धरे को चौपट कर सकती है अतः मजबूर होकर रधिया का कत्ल किया–गुलाब चन्द की लाश के रूप में बुन्दू का गला दबाने की कोशिश का मकसद केवल आतंक फैलाना और मुझे भ्रमित करने की चेष्टा करना था–यह बताने की जरूरत शायद बाकी नहीं बची है

कि स्टडी का दरवाजा बन्द करके यह किस रास्ते से निकला और थाने में जा बैठा।''

''क्या इस बारे में भी कुछ पता लगा कि हमारे फोटो रधिया के कमरे में कैसे पहुंचे?'' शहजाद राय ने पूछा।

''डायरी में इसने आपके फोटो और चिट्ठियों के बारे में भी लिखा है, कि वह लिफाफा इसे तहखाने से उस वक्त मिला था जब चोरी की इन्क्वायरी करने के बहाने कोठी की भौगोलिक स्थिति जानने आया था–ब्लैकमेल भी आपको यही करता रहा है परन्तु रधिया की मौत के बाद लिफाफा मेरी तवज्जो आपकी तरफ मोड़ देने के मकसद से उसके कमरे में रख दिया।''

''इसने यह कैसे जाना कि तुम सबके फोटुओं का क्या करोगी?''

''चाकू विक्रेता के कत्ल के बाद लिखे पृष्ठ पर इसने साफ लिखा है कि आज मैं 'अहमद' का सफाया कर आया क्योंकि वह किरन को बता सकता था कि शेखर के तुरन्त बाद ठीक वैसा ही चाकू मैंने खरीदा था–मैं इतना बेवकूफ नहीं हूं कि इतना भी अन्दाजा न लगा सकूं कि उसने सबके फोटो क्यों कलेक्ट किए हैं।''

''डायरी में गिरधारी लाल के बारे में लिखा है कुछ?''

बैरिस्टर विश्वनाथ ने पूछा।

''लिखा है कि आज एक ऐसी घटना घटी जिसे मैं इस दुनिया का नौवां आश्चर्य कह सकता हूं और साथ ही मुझे यह विश्वास हो गया कि मेरे सितारे बुलन्दी पर हैं किरन तो है क्या चीज, दुनिया की कोई ताकत कभी नहीं जान सकती कि संगीता की हत्या मैंने की है–आज पुलिस जीप में मैं अकेला चीथड़ रोड से गुजर रहा था कि लम्बी दाढ़ी वाले एक युवक ने मुझे रोका, किसी के द्वारा अपनी जेब कटी जाने की शिकायत की मगर मेरा ध्यान उसके शब्दों पर नहीं, शक्ल पर

था–लम्बीं और घनी दाढ़ी के पीछे मुझे शेखर मल्होत्रा का चेहरा नजर आ रहा था–एक बार तो मन में शंका उठी कि कहीं शेखर मल्होत्रा को आगे करके किरन मुझे किसी जाल में तो नहीं फंसा रही है–मगर दाढ़ी असली थी अतः लगा कि चक्कर कुछ और है–उसके साथ एक बच्चा भी था–जीप में बैठाकर मैं उन्हें डाक बंगले पर ले गया। दाढ़ी साफ होते ही यह देखकर दंग रह गया कि वह हू-ब-हू शेखर मल्होत्रा नजर आ रहा था–काफी पूछताछ के बाद मैं इस नतीजे पर पहुंचा कि शेखर मल्होत्रा से उसका दूर का भी कोई सम्बन्ध नहीं है– उसका नाम गिरधारी लाल है, बड़ौदा का रहने वाला है, बच्चा उसका बेटा है–जब भी उसकी शक्ल याद आती है तो सोचता हूं कि यह कैसे सम्भव है विश्वास नहीं होता मगर जो सामने है उसे झुठला भी नहीं सकता, अतः यह सोचकर संतोष कर लेने के अलावा कुछ नहीं है कि दुनिया के आश्चर्यों में से वह भी एक आश्चर्य है– गिरधारीलाल को अपनी अंगुलियों पर नचाकर अब मैं किरन को ऐसे-ऐसे खेल दिखाऊंगा कि जीवन मैं फिर कभी किसी केस की रि-इन्वेस्टीनेशन के बारे में सोचने तक से थर्राया करेगी।''

रमन ने पूछा–''उस पत्र का क्या चक्कर था किरन जी, जो कल रात आपने मुझे दिखाया था?''

''एक पत्र तो हमें भी दिखाया था तुमने।'' शहजाद राय ने कहा।

किरन हौले से मुस्कुराई बोली–''वे दोनों पत्र खुद मैंने लिखे थे।''

''त-तुमने!'' दोनों उछल पड़े–''क-क्यों?''

''मैटर ऐसा बनाया था कि आप दोनों के दिमाग उसमें उलझ जायें और वे पत्र आपको पढ़ाने के पीछे जो मेरा असली मकसद था उस तक आपकी तवज्जो न पहुंच सके।''

''तुम्हारा मकसद क्या था?''

''आपकी अंगुलियों के निशान लेना।''

''अंगुलियों के निशान......मगर उनका तुमने क्या किया?''

''कल रात किसी-न-किसी बहाने से मैंने सभी की अंगुलियों के निशान लिए थे, जैसे आप दोनों के लेटर्स पर, अक्षय के रिवॉल्वर पर, जज साहब के पैन पर अतर एण्ड फैमिली के निक्कू और बुंदू को साफ-साफ कहकर।''

''लेकिन जब तुम जान चुकी थी कि हत्यारा केवल इंस्पेक्टर अक्षय है तो हम सबके निशान लेने की क्या जरूरत थी?

''क्योंकि एक भेद ऐसा था जिसे अक्षय की डायरी न खोल सकी थी।''

''वह क्या?''

''अक्षय ने अपनी डायरी में साफ लिखा है कि तहखाने का बल्ब होल्डर से निकालकर ड्रम पर मैंने नहीं रखा हालांकि किरन को मैंने यह कहकर टाल दिया है कि बल्ब पर कोई निशान नहीं मिले मगर वास्तविकता ये है कि फिंगर प्रिन्ट्स एक्सपर्ट कहता है कि बल्ब पर किसी की अंगुलियों के निशान हैं–ऐसे, जैसे बल्ब को बहुत दिन पहले किसी ने छेड़ा हो, इस पंक्तियों को पढ़कर मेरे मन में यह जानने की उत्सुकता जागी कि आखिर बल्ब होल्डर से उतारकर ड्रम पर किसने रखा और इस सवाल का जवाब पाने के लिए सम्बन्धित सभी लोगों की अंगुलियों के निशान रात ही मैं एक्सपर्ट को देकर आई। आज सुबह वह अपनी रिपोर्ट दे चुका है।''

''किसके निशान हैं वे?''

''बल्ब पर रधिया की अंगुलियों के निशान हैं।''

''रधिया के?''

''इनसे स्पष्ट होता है कि रधिया तहखाने के अस्तित्व से वाकिफ थी।''

''मगर रधिया की अंगुलियों के निशान तुमने एक्सपर्ट को कहां से दिए?''

''रधिया के निशान तो एक्सपर्ट के पास थे ही–तब के, जब उसने तहखाने से निशान उठाये थे–चूक यह हुई थी कि उन निशानों का मिलान बल्ब पर मिले निशानों से नहीं किया रात जब मैंने रधिया के निशानों का मिलान भी बल्ब पर मिले निशान से करने के लिए कहा तो सुबह परिणाम सामने था।''

⅄

बड़ी गहरी नजरों से उन्हें देखती हुई किरन ने पूछा–''अब कहिए पापा–अब कहिए कि हत्यारा शेखर मल्होत्रा है, इंस्पेक्टर अक्षय जैसी हस्ती को अरेंज कर रखा था उसने और......

''बस......उस।'' बैरिस्टर साहब ने झपटकर उसका मुंह भींच लिया, बोले–''सब लोगों के सामने और ज्यादा बेइज्जती मत करो, हम किसी को मुंह दिखाने के काबिल नहीं रहेंगे।''

''अरे!'' जज साहब चौंके–''ये क्या हो रहा है बैरिस्टर साहब, किरन को बोलने क्यों नहीं देते?''

''व-वा......वो......बात ये है सर कि हमारी इस बेटी ने हमें 'धोबी-पाट' मारा है–ऐसा धोबी पाट कि हम मुंह के बल जमीन पर पड़े अभी तक जमीन चाट रहे हैं।''

''हम समझे नहीं?''

''ब-बात यह है सर कि हम रात तक यह कह रहे थे कि....

वाक्य बैरिस्टर साहब भी पूरा न कर सके।

उनके मुंह पर हाथ रखे कह रही थी किरन– ''नहीं पापा नहीं।''

बेटी की इस अदा पर बैरिस्टर साहब के हृदय से उसके प्रति मुहब्बत का सैलाब-सा उमड़ पड़ा, प्यार की ज्यादती के कारण आंखें भर आईं और मुंह से उसका हाथ हटाकर कुछ कहना ही चाहते थे कि जज साहब ने कहा–''अरे क्या खेल हो रहा है भई, तुम उसे नहीं बोलने दे रहे–वह तुम्हें नहीं बोलने दे रही, आखिर हमें भी तो बताओ कि क्या बात है?''

''दरअसल मेरे और किरन के बीच में यह बहस छिड़ी हुई थी सर कि हत्यारा शेखर मल्होत्रा है या कोई और–रात तक हम इसी बात पर अड़े हुए थे कि हत्यारा शेखर ही है मगर......अब....मैं फख्र के साथ कह सकता हूं सर कि मेरी बेटी ने मुझे शिकस्त दे दी, इसने साबित कर दिया कि यह बैरिस्टर विश्वनाथ की बेटी है।''

''ओह तो तुम शिकस्त कुबूल कर रहे हो?''

''यस सर।''

''भला ये भी शिकस्त कुबूल करने का कोई तरीका है?''

''ज-जी......क्या मतलब?''

''सीधे खड़े होकर बेटी को जोरदार सैल्यूट मारो।''

और फिर।

बैरिस्टर विश्वनाथ ने सचमुच पूरे सम्मान के साथ किरन को सैल्यूट मारा।

हॉल में ठहाके गूंज गये, जब साहब खुद जोर-जोर से हँस रहे थे।

लजा गई किरन, नन्हीं-सी गुड़िया बनकर अपने पापा के सीने में चेहरा छुपा लिया उसने।

⅄

केस खत्म हो चुका था।

शायद यह देखकर कि बचाव का कोई रास्ता नहीं बचा है इंस्पेक्टर अक्षय ने भी ज्यादा हाथ-पैर न मारे–मीटिंग के बाद कोठी घूमी गई, तहखाने का रास्ता नम्बर दो चैक किया गया और इंस्पेक्टर अक्षय की दराज से काफी सामान बरामद किया गया, हकीकत जानने के बाद कमला बेचारी दहाड़ें मार-मारकर रोई थी।

अतर एन्ड फैमिली को कोठी छोड़नी पड़ी।

केस अदालत में पहुंचा।

बचाव पक्ष के लिए कहने को कुछ था ही नहीं।

फिर भी कानूनी औपचारिकतायें तो निभाई ही जानी थीं–सो, निभाई जा रही थीं।

सरकारी वकील के रूप में एक बार फिर बैरिस्टर विश्वनाथ कोर्ट में खड़ें थे। मगर सच्चाई ये है कि करने के लिए उनके पास भी कोई खास काम न था–सारा काम तो अपनी रि-इन्वेस्टीगेशन के दरम्यान किरन ने कर दिया था। सबूत इतने पुख्ता थे कि दुनिया की कोई ताकत उन्हें काट नहीं सकती थी।

सबसे बड़ी गवाह थीं अक्षय जैन के अपने हाथ से लिखी डायरियां।

तारीखें लग रही थीं, केस आगे चल रहा था।

और!

इस गुजरते वक्त के साथ शेखर मल्होत्रा स्वस्थ होता चला गया।

किरन ने ठीक ही कहा था कि अगर दो व्यक्तियों के बीच भावनात्मक लगाव पैदा हो चुका है तो दुनिया की कोई ताकत, दुनिया की कोई साजिश उसे पनपने और बढ़ने से नहीं रोक सकती!

इतिहास मानो स्वयं को दोहरा रहा था।

वर्षों पहले जोश और जनून में फंसा शेखर मल्होत्रा सब कुछ भूलकर संगीता के लिए विधायक के बेटे पर टूट पड़ा था–उस घटना

से संगीता के दिल में उत्पन्न हुई चिंगारी शेखर मल्होत्रा के जिस्म पर चढ़ा प्लास्टर उतरने तक 'मुहब्बत के रोशन चिराग' में तब्दील हो गया था—करीब-करीब ऐसा ही पुनः हुआ, डाक बंगले में घटी घटना ने किरन के हृदय में जो चिंगारी पैदा की थी वह शेखर के स्वस्थ होते-होते 'मुहब्बत की रोशन मीनार' बन गई।

बैरिस्टर विश्वनाथ सब समझ रहे थे।

शुरू में तो थोड़ा अजीब लगा उन्हें, मगर फिर जब गहराई से सोचा था तो पाया कि बुराई क्या है?

शेखर खूबसूरत है। युवा है—करोड़ों का व्यापार है उसका।

बेटी सुखी रहेगी।

सो!

गुलाब चन्द की तरह नादानी नहीं दिखाई उन्होंने किरन को किसी किस्म के विद्रोह का अवसर न दिया बल्कि खुद आगे बढ़े— बेटी की इच्छा के अनुसार शादी तय कर दी उन्होंने।

उस दिन 'भावविह्वल' होकर किरन अपने पापा से लिपट गई थी।

⅄

"रात के इस वक्त कहां जाने की तैयारी हो रही है पापा?"

"जज साहब के पास जा रहे हैं, उनके साथ जेल जायेंगे—सुबह अक्षय को फांसी दी जानी है न, हमें वहां मौजूद रहना होगा—सो सुबह का प्रोग्राम सैट करने जा रहे हैं। मगर हमारी बेटी ने कहां की तैयारी की है?"

किरन जवाब न दे सकी, लजा गई वह।

बैरिस्टर विश्वनाथ ने किरन को ध्यान से देखा।

झिलमिल करती सितारों टंकी काली साड़ी में किरन का रंग कुछ

यूं निखरा नजर आ रहा था मानो कमल के बहुत बड़े फूल के निचले हिस्से को रेशमी काले कपड़े से ढांप दिया था, बोले–''शेखर से मिलने जा रही हो न?''

जवाब आहिस्ता से गर्दन झुकाकर दिया उसने।

बैरिस्टर साहब गम्भीर स्वर में बोले–''अगर बुरा न मानो तो एक-बात कहें किरन?''

''ज-जी?'' किरन ने अपना मुखड़ा ऊपर उठाया–''बोलिए।''

''शादी में केवल दस दिन बाकी रह गए हैं और शादी तक अब तुम लोगों को मिलना जुलना बन्द कर देना चाहिए–यह अनुभव की बात है बेटी, जिससे रोज मिलती हो, उससे दस दिन के विरह के बाद मिलोगी तो मिलन अलौकिक होगा।''

''ब-बस आज पापा!'' उसने बच्चों की तरह जिद की–''आज के बाद, फिर शादी के बाद।''

विश्वनाथ ठहाका लगा उठे, बोले–''बड़ी शरारती हो गई हो तुम?''

⅄

''आइए।'' बुन्दू ने कहा–''आइए मेमशाब!''

शेखर के बेडरूम में दाखिल होते किरन ने पूछा–''तुम्हारे मालिक साहब नहीं आए अभी?''

''फैक्ट्री से उनका फोन आया था मेमशाब!'' बुन्दू जानता था कि दस दिन बाद किरन उसकी मालकिन बनने वाली है–''बता रहे थे आप आयेंगी, आपको बैठा दूं। वे आठ बजे तक आ जायेंगे।''

पौने आठ बजा रही रिस्टवॉच पर नजर डालती वह टेप-रिकॉर्डर की तरफ बढ़ गई।

''कॉफी......चाय......कुछ बनाऊं मेमशाब?''

''नहीं।'' किरन कैसिट स्टैण्ड में लगी कैसिट्स को देखती हुई बोली–वह देखने का प्रयत्न कर रही थी कि पन्द्रह मिनट कौन-सी कैसिट सुनकर गुजारे जायें–अचानक उसकी नजर एक ऐसी कैसिट पर पड़ी जिसके बॉक्स पर ढेर सारी मिट्टी लगी हुई थी, बोली–''अरे, इस पर इतनी मिट्टी कहां से लग गई बुन्दू?''

''आज दिन में मुझे लॉन में मिली थी मेमशाब–जाने किस बेवकूफ ने लॉन में डाल दी और फिर मिट्टी के नीचे दब गई–एक पौधे को रोपने के लिए मैं क्यारी में 'खुरपा' चला रहा था तो मिली जरूर यह हरकत अतर जैन के परिवार के किसी आदमी की होगी–किसी चीज को सम्भालकर नहीं रखते थे वे–हुंह, उनके बाप का माल तो था नहीं।''

किरन मुस्कुरा दी।

न कैसेट बॉक्स पर कुछ लिखा था, न कैसेट पर।

उसने वही कैसेट रिकॉर्डर में डाली और 'प्ले' वाला स्विच ऑन कर दिया।

बुन्दू ने हिचकिचाते हुए पूछा–''अगर इजाजत हो तो 'बेकरी वाले' तक हो आऊं मेमशाब?''

''क्यों?''

''सुबह के बरेकफास्ट के लिए डबल रोटी लानी है न?''

''निक्कू कहां गया?''

''गांव गया है मेमशाब।''

''चले जाओ।'' कहने के बाद वह सोफे की तरफ बढ़ गई।

बुन्दू चला गया।

सोफे पर बैठकर किरन ने अभी पहली ही सांस ली थी कि इस

तरह उछलकर खड़ी हो गई जैसा सोफा–सोफा नहीं बल्कि दहकता हुआ तवा हो।

दिल धक्क से रह गया।

सांसें जहां की तहां रुक गई।

टेपरिकॉडर से इंस्पेक्टर अक्षय की आवाज निकली थी।

''सुनो कमला!'' वह कह रहा था–''इस कैसिट के जरिए मैं जो कुछ तुमसे कह रहा हूं उसे ध्यान से सुनो और जो कहूं उस पर अमल करना–जिसके पास यह कैसेट है वह इसे ठीक उस दिन तुम्हारे 'एड्रेस' पर पोस्ट कर देगा जिस दिन मैं 'फांसी' पर चढ़ाया जा चुका हूंगा। यानि मेरी मौत के दूसरे, तीसरे या ज्यादा-से-ज्यादा चौथे दिन कैसिट तुम्हें मिल जाएगी।''

किरन का दिमाग मानो 'कोमा' में पहुंच गया था।

टेपरिकॉर्डर कहे जा रहा था–''तुम्हें याद होगा एक दिन मैंने तुमसे कुछ फार्मों पर साइन कराए थे–इंगलिश के फार्म थे वे और तुम इंगलिश जानती नहीं हो, सो समझ न सकी थीं कि काहे के फार्म हैं–तुमने पूछा भी था मगर मैंने यह कहते हुये बात मजाक में उड़ा दी कि फिक्र मत करो, तलाक के फार्म नहीं हैं–वे फार्म 'स्विस बैंक' के थे कमला और तुम्हारे साइनों से स्विट्ज़रलैंड की राजधानी की 'मेन ब्रांच' में तुम्हारा एकाउन्ट खुल गया था–उसमें तुम्हारे नाम बीस लाख रुपये जमा हैं–मेरी नन्हीं-सी स्वीटी और प्यारे से वीशू को लेकर स्विट्ज़रलैंड चली जाना।

मेरे बच्चों को पढ़ाना-लिखाना।

वीशू को बड़ा आदमी बनाना।

किसी काबिल लड़के से मेरी स्वीटी की शादी कर देना।

और सुनो, इस कैसेट को किसी अन्य को सुनाने की कोशिश

मत करना–उससे तुम्हें कोई लाभ नहीं होगा–मैं मर चुका हूं लोग अगर हकीकत जान भी जाएं तो मैं तुम्हें वापिस न मिल सकूंगा–साथ ही तुम्हारी जानकारी के लिए बता दूं कि टेप कैसेट की कोर्ट में या कानून की नजर में कोई वैल्यू नहीं है.....कानून यह मानता है कि इस दुनिया में किसी की आवाज की 'हू-ब-हू' नकल कर देने वाले अनेक कलाकार मौजूद हैं और वे किसी भी आवाज में कैसी भी कैसिट तैयार कर सकते हैं–अर्थात् इस केस के बूते पर मेरी मौत के बाद कोर्ट में कोई साबित नहीं कर सकता कि संगीता मर्डर केस का जो फैसला हुआ वह गलत हुआ था–जिसके पास कैसेट है वह जानता है कि कैसेट की कोई कानूनी वैल्यू नहीं है इसलिए इसे तुम्हारे पास भेजने में नहीं हिचकेगा।

मुझे कैंसर था कमला।

अगर अब न मरता तो साल छः महीने बाद मर जाता–मेरी उस मौत के बाद तुम और मेरे बच्चे तबाह हो जाते–भीख मांगकर पेट भरने के अलावा शायद तुम्हारे पास कोई रास्ता न बचता।

मुझे एक ऑफर मिला।

ऐसा ऑफर जिसमें मेरी जान की कीमत बीस लाख लगाई गई थी।

कैंसर से मरता तो फ्री में मर जाता, तुम लोगों के लिए कुछ न कर पाता।

फांसी से मरने पर बीस लाख मिल रहे थे।

मरना निश्चित था।

सो!

तुम्हारे और अपने बच्चों के बेहतर भविष्य के लिए बीस लाख छोड़ जाना न्यायसंगत लगा।

अच्छा, अब विदा कमला, तुम्हें मेरे बच्चों की कसम है,–यह

कैसिट किसी अन्य को सुनाने की बेवकूफी न करना।

बस!

''कट'' की हल्की-सी आवाज के साथ टेपरिकॉर्डर ऑफ हो गया।

हक्की-बक्की अवस्था में खड़ी हो गई किरन।

सारा मामला समझ में आते ही चेहरा पसीने-पसीने हो गया और उसके भीतर से कोई चीखा–''भाग जा किरन, भाग जा यहां से–दुनिया का सबसे धूर्त, सबसे बड़ा मक्कार सबसे बड़ा जालसाज और संगीता मर्डर केस का असली मुजरिम यहां पहुंचने वाला होगा–भाग बेवकूफ, भाग यहां से।''

और!

भागने के लिए वह दरवाजे की तरफ मुड़ी।

''न-नहीं....नहीं!'' भयाक्रांत हुई वह हलक फाड़कर चिल्ला उठी।

वह दरवाजे पर खड़ा था।

चेहरा किसी हिंसक जानवर के चेहरे-सा लग रहा था, आंखें अंगारों-सी–दोनों हाथ दायीं-बायीं चौखट पर टिकाये दरवाजे के बीचों-बीच किसी दैत्य की मानिन्द खड़ा था वह, सुर्ख आंखें किरन पर स्थिर थीं–जाहिर था कि वह किरन को टेप सुनते देख चुका है–वह जिसका रोयां-रोयां गुस्से की ज्वाला में भभक रहा था।

किरन का चेहरा पीला पड़ गया।

अपनी मौत उसे साक्षात् खड़ी नजर आ रही थी।

पीछे हटी, खौफ की पराकाष्ठा के कारण चीख पड़ी– ''न-नहीं...... नहीं......तुम मुझे नहीं मार सकते।''

''छोड़ भी कैसे सकता हूं?'' आवाज इतनी भयानक थी जितनी इंसान के मुंह से हरगिज नहीं निकल सकती, हां दरिन्दे के मुंह से निकल सकती है।

किरन के छक्के छूट गए।

रोयां-रोयां खड़ा हो गया।

दैत्य ने चौखट से हाथ हटाये–मौत के फरिश्ते की तरह कमरे में आया और फिर बेहद फुर्ति के साथ लपककर दरवाजा बंद करके चटकनी चढ़ा दी–बुरी तरह आंतकित किरन लॉन में खुलने वाली खिड़की पर झपटी।

अन्दर से बंद अभी उसकी चटकनी ही गिरा पायी थी कि वनमानुष के से चौड़े पंजे ने पीछे से ब्लाउज पकड़कर ऐसा जोरदार झटका दिया कि एक लम्बी चीख के साथ किरन बेड के नजदीक फर्श पर जा गिरी।

ठीक वहां, जहां संगीता की लाश मिली थी।

ब्लाउज का टुकड़ा वनमानुष के पंजे में झूल रहा था।

किरन जहां थी वहां पड़ी रह गई।

भय ने जिस्म क्षीण कर दिया था, इतना ज्यादा कि खड़ी होने तक की शक्ति न जुटा सकी।

वहीं पर-पड़ी, भयाक्रांत अन्दाज में दहाड़ी जरूर–''त-तुमने खुद को बेगुनाह साबित करने के लिए इतना चक्करदार चक्रव्यूह रचा–मैं बेवकूफ तुम्हारे चक्रव्यूह में फंसती चली गई और वह साबित करती चली गयी जो तुम चाहते थे–त-तुम......मुझे अपने चक्रव्यूह में फंसाने में शायद इसलिए कामयाब हो गए क्योंकि संगीता तुम्हें बता चुकी थी कि अगर कोई मुजरिम किरन के सामने गिड़गिड़ाए प्रभावशाली ढंग से कहे कि 'मैं बेगुनाह हूं' तो किरन पसीज जाती है, मुजरिम के फेवर में रि-इन्वेस्टीगेशन करने निकल पड़ती है।''

वह हँसा।

दांत नरभक्षी जानवर की तरह चमके।

मुंह से गुर्राहट निकली–''अपने चक्रव्यूह में फंसाने के लिए मुझे

तुमसे बड़ी बेवकूफ और कहां मिल सकती थी जो अपने बाप के बार-बार समझाये जाने के बावजूद मेरे रंग में रंगी रही........वह खुर्राट बुड्ढा मेरी हर चाल समझ रहा था, हर कदम को 'एक्यूरेट' भांप रहा था मगर जिस ढंग से मैंने इंस्पेक्टर अक्षय को मुजरिम के रूप में प्लेट में सजाकर तुम लोगों के सामने प्रस्तुत किया उससे वह भी धोखा खा गया।''

''क-क्या रधिया और चाकू-विक्रेता की हत्या भी तुम्हीं ने की थी?''

''हत्या करने के लिए कलेजा चाहिए और इंस्पेक्टर में वह कलेजा नहीं था–सो रधिया और चाकू-विक्रेता के बाद नकाब और चौंगा सीने वाले टेलर को भी मैंने ही मारा।''

''ट-टेलर को?''

''जिसे मेरी योजना के मुताबिक तुम गिरधारी लाल की लाश समझीं वह टेलर की लाश थी।''

''य-यानि दुनिया में गिरधारी लाल नाम का कोई आदमी न था......वह तुम ही थे तुमने मुझे खुद किडनैप कर लिया और मैं बेवकूफ समझ न सकी......डाक बंगले में मुझे ही नहीं, जग्गा और चन्दू तक को धोखा दिया गया?''

''रधिया उस क्षण मर चुकी थी जिस क्षण तुम रि-इन्वेस्टीगेशन का 'आला विचार' अपने जहन में संजोये घर से निकली......अक्षय से गुलाब चन्द की लाश का ड्रामा रचवाकर मैंने तुम्हें रधिया की लाश तक पहुंचाया......संगीता की मां और शहजाद राय के फोटो रधिया के कमरे में मैंने रखे......तुम पर पहला हमला जानबूझकर ठीक उस वक्त कराया जब उस सड़क से रमन को गुजरना था.....उद्देश्य था तुम्हें चक्रव्यूह में उलझाना, भटकाना और तुम्हारे दिमाग में वह बैठा देना कि सही रास्ते पर जा रही हो–तुम खुद को 'ब्रिलिएन्ट' समझ रही थी,

मगर थी इतनी बेवकूफ मेरी जान कि हर स्पॉट पर, हर क्षण तुमने वह किया जो मैं चाहता था।''

''क-क्या इंस्पेक्टर अक्षय सुब्रत जैन का लड़का नहीं है?''

''सुब्रत जैन उसकी पत्नी और लड़का उसी दिन ट्रेन एक्सीडेन्ट में मारे गये थे जिस दिन उन्होंने हस्तिनापुर छोड़ा.....अक्षय को सुब्रत का लड़का बना पेश करने के लिए जरूरी था कि कमला भी उसे सुब्रत का ही लड़का समझे......सो ऐसा ड्रामा रचा गया कि एक पत्नी भी अपने पति को वह मान बैठी जो वह नहीं था।''

''इसका मतलब ये हुआ कि खुद को बेगुनाह साबित करने का चक्रव्यूह तुम पहले ही रच चुके था......मुझे उसमें फंसाने के लिए मेरे पास तब आये जब सभी तैयारियां मुकम्मल हो चुकी थीं।''

''अब तुम समझीं कि चक्रव्यूह मेरे नहीं तुम्हारे चारों तरफ रचा गया था, मैं तो रचयिता था मगर अब समझीं तो क्या समझीं—मेरा वह काम तुम पूरा कर चुकी हो जिसके लिए जरा-सी चूक के कारण 'बेवकूफ' चन्दू को रिवॉल्वर की गोलियां तक सहनी पड़ीं—उस वक्त भला मैं तुम्हें कैसे मरने दे सकता था बेबी, तुम न रहती तो वह दिन कैसे आता जिस दिन तुमने मुझे बेगुनाह साबित किया......दुःख है तो सिर्फ ये कि मैं पत्नी के रूप में तुम्हें भोग न सका।''

''म-मगर संगीता का मर्डर करने की तुम्हें जरूरत क्या थी?''

''क्या तुम यह कहना चाहती हो बेबी कि मुझे उस वेश्या को सिर पर बैठाये रखना चाहिए था जिसे एक चुटकी स्मैक देकर अनगिनत विदेशी लड़के भोग चुके थे?''

''ओह! तो तुमने संगीता की हत्या दौलत की खातिर नहीं की बल्कि इसलिए की क्योंकि तुम उसके लंदन वाले चरित्र से वाकिफ हो गए थे।

''मैं शर्त लगाकर कह सकता हूं कि कोई भी मर्द अपनी उस बीवी का चुम्बन तक नहीं ले सकता जिसे स्मैक की तरंग में डूबकर एक दिन वह मुझे खुद बता बैठी थी......मैंने उसी दिन संगीता से पीछा छुड़ाने का फैसला कर लिया और पीछा छुड़ाने के दो तरीके थे......तलाक या संगीता का खात्मा......मुझे दूसरा तरीका चुनना पड़ा क्योंकि 'तलाक' की अवस्था में मैं करोड़पति से फकीरपति बन जाता।''

''और गुलाब चन्द की हत्या क्यों की तुमने?''

बहुत जोर से, दरिन्दे की मानिन्द हँसा वह–''हकीकत ये है बेवकूफ लड़की कि गुलाबचन्द की हत्या न मैंने की–न किसी अन्य ने–उसकी हत्या नशे ने की, नशे की ज्यादती ने की–वह सचमुच एक दुर्घटना थी, केवल दुर्घटना–हत्या तो तुम्हारी नजरों में उसे मैंने साबित कर दिया।''

''क्या मतलब?''

''तुम्हारे साथ रहते-रहते मैंने महसूस किया कि तुम गुलाब चन्द की मौत को भी मर्डर मानने के लिए तैयार बैठी हो, अतः हिल एरिया में गया–खाई में पड़ी गाड़ी के 'ड्रम्स' से 'शू निकाले और अक्षय को पकड़ा दिये–बस, मेरी इतनी-सी मेहनत के बाद तुमने अपना 'ब्रिलिएन्टपना' दिखाया तथा जो वास्तव में दुर्घटना थी उसे मर्डर साबित कर दिया।''

''म-मगर इस कैसेट से तुम्हारे खिलाफ साबित तो कुछ नहीं किया जा सकता।''

''जो रहस्य इसमें है उसे तब तक साबित किया जा सकता है जब तक कि इंस्पेक्टर जीवित......।''

किरन ने एक पीतल का फूलदान पूरी ताकत से फेंककर मारा।

परन्तु!

हल्के से झुककर वह खुद को बचा गया।

तेवर विकराल हो उठे, गुर्राया–"ओह! तुम मुझे ही खत्म करने का इरादा बना बैठीं।"

किरन उछलकर खड़ी अवश्य हो गई परन्तु टांग इस कदर कांप रही थी कि वह ज्यादा देर तक खड़ी नहीं रह सकती थी–मारे खौफ के चीखकर दरवाजे की तरफ भागी।

चीता झपटा।

वनमानुष के हाथों ने उसके बाल पकड़े और इतना जोरदार झटका दिया कि वह चीखती हुई पुनः फर्श पर जा गिरी–चेहरे पर वहशियाना भाव लिए वह किसी दैत्य की तरह किरन की तरफ बढ़ा।

फर्श पर पड़ी किरन पीछे की तरफ रेंगती हुई भयभीत अन्दाज में चीखी–"न-नहीं......तुम मुझे नहीं मार सकते–तुम एक बेगुनाह के खून से हाथ नहीं रंग सकते।"

"अफसोस की बात है बेबी तुमने मुझे ठीक से नहीं पहचाना खुद को बेगुनाह साबित करने के लिए मैं हजार बेगुनाहों का खून कर सकता हूं–जरा सोच, रधिया–चाकू-विक्रेता और टेलर को मैंने क्यों मार डाला?"

"त-तुम......तुम नहीं......नहीं......

किरन चीखती रह गई।

वनमानुष का-सा हाथ उसके ब्लाउज के अगले हिस्से यानि वक्षस्थल वाले हिस्से को नोंच ले गया।

अब वह केवल ब्रेजरी में थी।

सितारों की टंकी काली साड़ी के पल्ले से वक्षस्थल को ढांपना चाहा तो कीमती काली साड़ी उसके हाथों में झूल गई।

‘‘न-नहीं...नहीं।’’ उसका इरादा भांपकर खौफ की ज्यादती के कारण किरन रो पड़ी, गिड़गिड़ा कर कह उठी वह–‘‘त-तुम...... तुम मुझे मार डालो मगर......मगर वह मत करो जो तुम चाहते हो।’’

वह हँसा।

मानो ‘ड्राक्यूला’ हँसा हो।

बोला–‘‘तो तुम समझ गयीं कि मैं क्या चाहता हूं?’’

‘‘प्लीज......प्लीज......मुझे बख्श दो.....।’’ बुरी तरह किरन ने हाथ जोड़ लिए–‘‘म-मैं तुम्हारे आगे हाथ जोड़ती हूं, पैर पकड़ती हूं.....म-मुझे मार डालो मगर छुओ मत।’’

‘‘अरे वाह?’’ वह हँसा–‘‘भला बिना छुए कोई किसी को कैसे मार सकता है–मैं तुम्हारे साथ जबरदस्ती नहीं करना चाहता–जबरदस्ती वाले हालात बने हैं बुन्दू की बेवकूफी से......मैंने सुरक्षित जगह समझकर कैसिट क्यारी में छुपा रखी थी–वह बेवकूफ उठाकर यहां ले आया।

बचाव के लिए किरन को कोई रास्ता नजर न आ रहा था।

वह चीखती रही, चिल्लाती रही।

परन्तु!

गिद्ध के हाथ को अपनी ब्रेजरी की तरफ बढ़ने से न रोक सकी।

हाथ बे्रजरी को नोंचकर फेंकने ही वाला था कि–‘खट्ट’ की आवाज हुई।

दोनों की तवज्जो लॉन की तरफ खुलने वाली खिड़की की तरफ गई।

किसी ने बाहर से धक्का मारकर उसे खोल दिया था।

‘‘धांय......धांय......धांय!’’

तीन गोलियां एक साथ चलीं।

एक ने उसका सिर फोड़ा, दूसरी ने दिल में शरण ली और तीसरी ने चेहरे का भूगोल बदल डाला–किसी जानवर से मिलती-जुलती डकार जैसी चीख के साथ एक लाश बेडरूम के फर्श पर जा गिरी।

हाथ में रिवॉल्वर लिए खिड़की की चौखट पर पैर रखकर बैरिस्टर विश्वनाथ कमरे में कूदे।

रिवॉल्वर से धुएं की लकीर निकल रही थी।

''प-पापा.....'' पागलों की मानिन्द किरन दौड़ी और उनसे लिपट गई।

फूट-फूटकर रो रही थी वह।

तभी, खिड़की के माध्यम से जज साहब भी बेडरूम में आये।

बुरी तरह रोती किरन ने पूछा–''अ-आप यहां कैसे पहुंच गये पापा?''

''जोश में भरे लोग आत्महत्या का इरादा तो बना लेते हैं बेटी, मगर जब मौत झपटती है तो जिन्दा रहने के लिए छटपटाने लगते हैं–सचमुच, मौत इंसान को बुरी तरह डरा देती है–तोड़कर रख देती है।''

''मैं समझी नहीं।''

''इस अहसास ने इंस्पेक्टर को तोड़ दिया कि सुबह उसे फांसी पर चढ़ा दिया जायेगा–हमें, जज साहब और जेलर साहब को सारी हकीकत बता दी उसने।''

''ओह पापा..... ओह..... आप जीत गये–मैं हार गयी, खुले दिल से कुबूल करती हूं कि बड़ी करारी शिकस्त खाई है मैंने......मगर.... मगर एक बात आपको भी कुबूल करनी पड़ेगी।''

''क्या?''

''वही, जो शेखर मल्होत्रा कहा करता था।''

''यानि?''

''कि सच्चाई सभी तर्कों, शहादतों, सबूतों और गवाहों से ऊपर होती है।''

''वह कैसे?''

''अब देखिए न–सच्चाई क्या थी और मैंने क्या साबित कर दिया?''

– समाप्त –